Emmanuelle Arsan

# *Emmanuelle oder Die Schule der Lust*

Roman



Rowohlt

*Die Originalausgabe erschien bei Eric Losfeld, Le Terrain vague, Paris, unter dem Titel «Emmanuelle»*
*Aus dem Französischen übertragen von* Henry Holz-Fay
*Umschlagentwurf Manfred Waller (Szenenfotos aus dem Film «Emanuela»/Gloria-Film)*

1.–40. Tausend Oktober 1974
41.–60. Tausend Dezember 1974

*Ungekürzte Ausgabe*
*Veröffentlicht im Rowohlt Taschenbuch Verlag GmbH, Reinbek bei Hamburg, Oktober 1974*

*Gesamtherstellung Clausen & Bosse, Leck/Schleswig*
*Printed in Germany*
*ISBN 3 499 11825 4*

Oder ob die Frauen, die du tadelst,
Wunschbild deiner Fabelsinne sind . . .

MALLARMÉ: ‹*L'Après-midi d'un faune*›

Wir sind noch nicht auf der Welt
Es gibt noch keine Welt
Die Dinge sind noch nicht gemacht
Der Daseinsgrund noch nicht gefunden.

ANTONIN ARTAUD

Für Jean

Erstes Kapitel

# *Das fliegende Einhorn*

Viele gibt's Arten der Lust; die leichteste und die bequemste, wenn halb rücklings gelehnt rechts auf der Seite sie liegt.

OVID: *‹Liebeskunst›*

Emmanuelle nimmt in London das Flugzeug, das sie nach Bangkok bringen soll. In der ihr unvertrauten Umgebung nimmt sie außer dem Geruch nach neuem Leder, wie er sich in englischen Autos nach Jahren noch hält, zunächst nur die dicken, leisen Moketteppiche und die wie aus einer anderen Welt kommende Beleuchtung wahr.

Was ihr der Mann, der ihr im Flugzeug vorangeht, lächelnd sagt, kann sie zwar nicht verstehen, aber das beunruhigt sie nicht. Möglich, daß ihr Herz rascher schlägt, aber bestimmt nicht aus Furcht, sondern höchstens, weil sie sich hier etwas fremd fühlt. Die blaue Uniform, die Aufmerksamkeit und das sichere Auftreten des Personals, das die Aufgabe hat, die Reisenden in Empfang zu nehmen und mit den Einrichtungen des Flugzeugs vertraut zu machen, all das läßt in ihr ein euphorisches Gefühl der Geborgenheit entstehen. Die rituellen Handlungen an den Schaltern, deren Geheimnis zu ergründen sie nicht einmal versucht hat, sollten ihr Zutritt zu einem Universum verschaffen, das nun zwölf Stunden ihre Welt sein wird: ein Universum, anderen Gesetzen unterworfen als den gewohnten, vielleicht strengeren, aber möglicherweise auch genußreicheren. Dieser geflügelte, geschwungene, die Durchsichtigkeit des anbrechenden englischen Sommernachmittags abweisende Metalleib setzt den alltäglichen Gesten und dem eigenen Willen Grenzen. An die Stelle der wachen Aufmerksamkeit, wie sie einem die Freiheit abverlangt, treten die Muße und die mit der Unterwerfung gewonnene innere Ruhe.

Der ihr zugewiesene Platz liegt unmittelbar an der fensterlosen, einheitlich mit Stoff bespannten, seidig glänzenden Wand; die Reisende wird also nichts von dem sehen, was draußen vorüberzieht. Aber das stört sie nicht; sie möchte nur eines, möchte sich diesem tiefen Sessel und den ihm innewohnenden Mächten anvertrauen, sich ganz diesen samtweichen Armen ausliefern, sich an diese sanfte Schulter lehnen und über diesen langen Sirenenbeinen entspannen.

Sie traut sich jedoch nicht, sich sogleich auf dem Sitz auszustrecken, wozu sie der Steward ermuntert, indem er auf die Hebel deutet, mit deren Hilfe sich die Rückenlehne nach hinten kippen läßt. Dann drückt er auf einen Knopf, und schon zeichnet der winzige Lichtschein ein leuchtendes Oval auf die Knie der Reisenden.

Eine Stewardess erscheint und verstaut mit vogelflinken Händen auf der über den Sitzen angebrachten Ablage die leichte, honigfarbene Reisetasche, die Emmanuelle als einziges Gepäckstück mit in die Kabine genommen hat, da sie sich während der Reise nicht umzuziehen gedenkt und auch nicht schreiben oder lesen will.

Die Stewardess spricht Französisch, und damit weicht bei der Fremden das Gefühl leichter Verwirrtheit, das sich ihrer seit zwei Tagen bemächtigt hat (sie ist erst am Vortag in London eingetroffen).

Das blonde Haar des Mädchens, das sich jetzt zu ihr herabbeugt, läßt das lange Haar von Emmanuelle noch nachtdunkler erscheinen. Beide sind fast gleich gekleidet: die eine trägt einen Rock aus blauem Ottoman und eine weiße Hemdbluse, die andere einen engen Rock aus Rohseide und eine Schantungbluse. Aber wie durchsichtig der Büstenhalter auch sein mag, der durch die Bluse der Engländerin hindurchschimmert, so zeichnen sich doch die Linien von Emmanuelles Brust lebendiger ab, da sie unter ihrer Bluse nackt ist. Und während die Stewardess ihren Halsausschnitt, wie es die Fluggesellschaft vorschreibt, hochgeschlossen tragen muß, steht Emmanuelles Bluse so weit offen, daß die Gunst eines Luftzugs oder eine zufällige Bewegung dem aufmerksamen Beobachter den Blick auf eine ihrer Brüste freigibt.

Emmanuelle empfindet es als wohltuend, daß die Stewardess jung ist und ihre Augen mit winzigen Goldsplittern übersät sind – ganz wie ihre eigenen.

Die Kabine, so hört Emmanuelle sie sagen, liege ganz hinten in der Maschine und nahe am Leitwerk. In jedem anderen Flugzeugtyp, so fährt sie fort, wäre Emmanuelle auf diesem Platz starken Vibrationen ausgesetzt, an Bord des ‹Fliegenden Einhorns› jedoch (und hier mischt sich Stolz in die Stimme des Mädchens) sei man überall gleich bequem untergebracht, wenigstens (so verbessert sie sich) in der Luxusklasse, denn natürlich hätten die Passagiere der Touristenklasse weder so viel Bewegungsfreiheit noch so weiche Sitze und dort fehlten auch die Intimität schaffenden Samtvorhänge zwischen den einzelnen Sitzreihen.

Emmanuelle schämt sich dieser Privilegien nicht und auch nicht des kleinen Vermögens, das es gekostet hatte, sie ihr zu verschaffen. Im Gegenteil, bei dem Gedanken an die überreichlichen Aufmerksamkeiten, die ihr zuteil werden, durchströmt sie ein Gefühl fast physischen Behagens.

Die Stewardess rühmt jetzt die luxuriöse Ausstattung der Waschräume, die sie der Reisenden gleich nach dem Start zeigen werde. An Bord der Maschine gebe es genügend davon, so daß Emmanuelle nicht befürchten müsse, durch das Hin und Her anderer Passagiere behelligt zu werden. Im Grunde brauche sie niemand anderem zu begegnen als ihren drei Kabinennachbarn. Sollte ihr dagegen an Gesellschaft gelegen sein, so könne sie leicht auf einem Gang durch das Flugzeug oder an der Bar mit anderen Fluggästen zusammentreffen. Wünsche sie, etwas zu lesen?

«Nein, danke», sagt Emmanuelle, «sehr liebenswürdig von Ihnen. Aber im Augenblick nicht.»

Sie überlegt sich, was sie fragen könnte, um die Freundlichkeit zu erwidern. Interesse für das Flugzeug zeigen? Wie schnell es flog?

«Wir fliegen mit einer Durchschnittsgeschwindigkeit von tausend Kilometern und brauchen zum Auftanken nur alle sechs Stunden einen Flughafen anzufliegen.» Bei nur einer Zwischenlandung dauere Emmanuelles Reise demnach kaum länger als zwölf Stunden, da aber das Flugzeug mit der Erdumdrehung fliege und sie daher scheinbar Zeit verliere, werde sie am nächsten Morgen nicht vor neun Uhr Ortszeit in Bangkok eintreffen. Sie habe also gerade genug Zeit, zu Abend zu essen, zu schlafen und aufzuwachen.

Der Vorhang wird von zwei Kindern, einem Jungen und einem Mädchen, die ihrer großen Ähnlichkeit nach Zwillinge zu sein scheinen, beiseite geschoben. Emmanuelle bemerkt sogleich ihre konventionelle, wenig kleidsame englische Schuluniform, ihr rotblondes Haar, ihren blasierten Gesichtsausdruck und die hochmütige Art, in der sie sich mit ein paar hingeworfenen Worten an den Angestellten der Fluggesellschaft wenden. Obwohl sie allem Anschein nach höchstens zwölf oder dreizehn Jahre alt sind, schafft die Sicherheit ihres Auftretens zwischen ihnen und dem Angestellten Distanz, die zu verringern diesem gar nicht in den Sinn kommt. Wichtigtuerisch machen sie es sich auf den Sitzen jenseits des Ganges bequem. Bevor Emmanuelle jedoch Zeit hat, sie genauer zu mustern, erscheint der letzte der vier Passagiere, für die die Kabine bestimmt ist, und die junge Frau wendet ihm ihre Aufmerksamkeit zu.

Er ist gut einen Kopf größer als sie, seine Nase und sein Kinn sind kühn geschwungen, Schnurrbart und Haar schwarz, und während er sich leicht über Emmanuelle beugt, um eine weiche, dunkle, wohlriechende Lederaktentasche zu verstauen, lächelt er ihr zu. Sein Anzug, dessen Farbe an Bernstein erinnert, und sein Illion-Hemd fallen Emmanuelle angenehm auf. Er ist elegant und hat gepflegte Manieren, Eigenschaften, die man bei einem Nachbarn im Flugzeug zu schätzen weiß.

Emmanuelle überlegt, wie alt er sein mag: vierzig, fünfzig? Die Fältchen um seine Augen verraten den Genießer. Seine

Gesellschaft ist ihr angenehmer als die dieser kleinen College-Snobs. Zugleich aber wird ihr bewußt, wie lächerlich diese übereilte Sympathie und Abneigung im Grunde ist. Und obendrein höchst überflüssig: für eine Nacht! . . . Gleichgültigkeit ergreift wieder Besitz von ihr.

Genauer, sie vergißt die Kinder und den Mann so weit, daß aus den Wogen ihres Bewußtseins, in denen es schon eine Zeitlang dahintrieb, ein Gefühl der Gereiztheit auftaucht und ihr etwas von dem Vergnügen zu nehmen droht, das sie sich vom Start des Flugzeugs verspricht: Die Stewardess hat inzwischen das Hin und Her der Neuankömmlinge benutzt, um die Kabine zu verlassen, und Emmanuelle sieht durch die Öffnung des Vorhangs das Blau ihrer Hüfte, die sich an einen unsichtbaren Passagier drängt. Eifersucht bemächtigt sich ihrer: ärgerlich darüber, bemüht sie sich, nicht hinzusehen. Eine schwermütige, getragene Melodie geht ihr durch den Kopf und verbindet sich mit Worten, von denen sie nicht weiß, woher sie stammen. «In der Einsamkeit und in der Verlassenheit.» Sie schüttelt die quälenden Gedanken ab, die schwarzen Haare peitschen ihre Wangen, fließen ihr übers Gesicht . . . Aber da richtet sich die junge Engländerin schon wieder auf, kommt den Gang herunter und taucht zwischen den träge herabhängenden Falten des Vorhangs auf, den sie mit beiden Händen wie zwei Schenkel auseinanderschiebt; sie ist wieder in Emmanuelles Nähe.

«Darf ich Ihnen jetzt Ihre Reisegefährten vorstellen?» fragt sie und nennt, ohne eine Antwort abzuwarten, den Namen des Mannes.

Emmanuelle glaubt, «Eisenhower» zu verstehen, und über der Heiterkeit, die das in ihr hervorruft, überhört sie die Namen der Zwillinge.

Jetzt spricht der Mann zu ihr. Aber sie versteht nicht, was er sagt. Die Stewardess bemerkt Emmanuelles Verlegenheit, richtet eine Frage an ihre Landsleute und lacht, wobei ihre Zungenspitze zu sehen ist.

«Zu dumm», sagt sie scherzend, «aber nicht einer von

diesen drei Reisenden spricht auch nur ein Wort Französisch. Eine gute Gelegenheit für Sie, Ihr Englisch aufzufrischen!»

Emmanuelle will protestieren, aber schon dreht sich das junge Mädchen, ihren Passagieren auf eine rätselhafte und graziöse Weise zuwinkend, um und entfernt sich. Emmanuelle fühlt sich wieder allein gelassen. Am liebsten möchte sie schmollen und alles um sie her mit Nichtachtung strafen.

Ihr Nachbar gibt nicht auf und ist sichtlich auf eine deutliche Aussprache bedacht. Sie muß über dieses wohlgemeinte, aber vergebliche Bemühen lächeln. In kindlichem Tonfall und mit einer Miene des Bedauerns gesteht sie: «Ich verstehe kein Englisch!» Resigniert verfällt er in Schweigen.

In diesem Augenblick erwacht ein hinter der Bespannung verborgener Lautsprecher. Nach einer Ansage in englischer Sprache erkennt Emmanuelle die (wie sie meint, *für sie*) jetzt Französisch sprechende und durch den Verstärker kaum veränderte Stimme ihrer Stewardess. Sie heißt die Passagiere an Bord des ‹Einhorns› willkommen, nennt die Uhrzeit und die Namen der Besatzungsmitglieder, teilt mit, daß der Start in wenigen Minuten erfolgen werde, daß man die Sicherheitsgurte anlegen solle (ein Steward taucht gerade rechtzeitig auf und kümmert sich eigens darum, Emmanuelles Sicherheitsgurt richtig einzustellen) und daß die Passagiere gebeten werden, solange das rote Lichtsignal brennt, nicht zu rauchen und nicht aufzustehen.

Nur ein leises Summen, ein schwaches Vibrieren der schalldichten Außenhaut verrät das Anspringen der Düsenaggregate. Emmanuelle nimmt nicht einmal wahr, daß das Flugzeug die Startbahn entlangrollt, und es braucht eine ganze Weile, bis sie spürt, daß sie fliegt.

Eigentlich wird sie sich dessen erst bewußt, als das rote Signal erlischt und der Mann ihr, während er aufsteht, durch Zeichen zu verstehen gibt, daß er sie von ihrer Kostümjacke, die sie aus einem ihr unerfindlichen Grund noch auf den Knien hält, befreien will. Sie läßt ihn gewähren. Er lächelt ihr noch einmal zu, öffnet ein Buch und vertieft sich in die Lektüre. Jetzt erscheint ein Steward mit einem Tablett voller Gläser. Emmanuelle wählt einen Cocktail, den sie der Farbe nach zu kennen glaubt, aber es ist nicht das erwartete Getränk und stärker, als sie angenommen hatte.

Während jenseits der mit Seide bespannten Wände wohl der Nachmittag verging, fand Emmanuelle für nichts anderes Zeit, als Gebäck zu knabbern, Tee zu trinken und flüchtig in einer Zeitschrift zu blättern, die ihr die Stewardess gebracht hatte (sie schlug eine zweite aus, denn sie wollte sich ganz dem ihr neuen Gefühl des Fliegens überlassen).

Etwas später wurde vor ihr ein kleiner Tisch aufgestellt, auf dem ihr in Schüsselchen von ungewohnter Form zahlreiche und kaum identifizierbare Gerichte serviert wurden. In einer Vertiefung des Tabletts war eine Pikkoloflasche Champagner befestigt, aus der sich Emmanuelle ein flötenschlankes Glas mehrmals bis an den Rand füllte. Ihr schien, als dauere dieser kleine Abendimbiß Stunden, doch gefiel ihr die Entdeckung dieses Spiels so gut, daß sie keine Eile hatte, es zu beenden. Es gab die verschiedensten Desserts, Kaffee in winzigen Tassen und alkoholische Getränke in überdimensionalen Gläsern. Als die Tische entfernt wurden, wußte Emmanuelle, daß sie dieses Abenteuer genießen und dabei die Süße des Lebens auskosten würde.

Sie fühlte sich unbeschwert und ein wenig schläfrig. Sogar ihre Voreingenommenheit gegenüber den Zwillingen war, wie sie jetzt feststellte, verflogen. Wenn die Stewardess vorbeikam, versäumte sie nie, ihr ein paar vergnügte Worte zuzuwerfen, und blieb sie einmal länger fort, wurde Emmanuelle nicht gleich ungeduldig.

Sie fragte sich, wie spät es wohl sein mochte und ob es an der Zeit war, zu schlafen. Aber stand es einem in dieser geflügelten Wiege nicht frei, zu schlafen, wann immer man wollte – so hoch über der Erdoberfläche und in jenem Teil des Weltraums, in dem es keine Winde und keine Wolken mehr gab und wo Emmanuelle nicht mehr wußte, ob es überhaupt noch Tag und Nacht gab?

Emmanuelles Knie sind nackt unter dem goldenen Licht der indirekten Beleuchtung. Ihr Rock hat sich hochgeschoben und die Knie freigegeben, und die Augen des Mannes ruhen auf ihnen.

Sie ist sich bewußt, daß sich ihre Knie diesem Blick entgegenheben, damit er Gefallen daran findet. Aber soll sie sich dadurch lächerlich machen, daß sie sie wieder bedeckt – und wie sollte sie das auch anstellen? Der Rock würde sich nicht wieder herunterziehen lassen, und überhaupt, warum sollte sie sich auf einmal ihrer Knie schämen, sie, die doch sonst so gern ihre Knie zu zeigen pflegt. Das Spiel der Grübchen unter den unsichtbaren Nylonstrümpfen läßt flüchtige Schatten auf der toastbraunen Haut ihrer Knie entstehen; Emmanuelle ist sich der von ihnen ausgehenden Wirkung bewußt. Da auch sie den Blick auf ihre Knie gerichtet hat, die eng aneinandergepreßt so nackt erscheinen wie nach einem mitternächtlichen Bad im Lichtkegel eines Scheinwerfers, spürt sie jetzt, wie ihre Schläfen schneller pochen und das Blut in ihre Lippen strömt.

Bald darauf fallen ihr die Lider zu, und sie sieht sich, nunmehr gänzlich nackt, wieder einmal der Versuchung narzißtischer Selbstbetrachtung wehrlos ausgeliefert.

Sie kämpfte dagegen an, aber nur, um die Wonnen der Hingabe nach und nach um so voller auszukosten, die sich durch eine sie ganz durchfließende Mattigkeit, ein vages Bewußtsein ihres Körpers, den Wunsch nach Gelöstheit, nach Sich-Öffnen, nach Erfülltsein ankündigten, ein noch zielloses Dahinträumen, eine unbestimmte Gefühlsregung: all das bereitete ihr ein körperliches Wohlbehagen, wie sie es ähnlich auch bei einem Sonnenbad auf heißem Sand am Strand empfunden hätte. Und dann begannen allmählich ihre Lippen zu glänzen und ihre Brüste zu schwellen, ihre auf den leisesten Kontakt reagierenden Beine streckten sich, und ihr Gehirn versuchte Bilder zu formen, zunächst fast formlose und lange Zeit beziehungslose Bilder, die jedoch intensiv genug waren, daß ihre Scheide feucht wurde und ihr Becken sich emporwölbte.

Die fast unmerklichen, aber nie nachlassenden, gedämpften Vibrationen des Metallrumpfes stimmten Emmanuelle auf ihre Schwingung ein und suchten in den Rhythmen ihres Körpers nach harmonischen Entsprechungen. Von den Knien aus (chimärischen Epizentren dieser umrißlos bebenden Empfindungen) spülte eine Welle ihre Beine herauf, ließ, unaufhaltsam und immer höher steigend, die Oberfläche ihrer Schenkel vibrieren und jagte Schauer durch ihren Körper.

Und dann stürmten die Phantasiebilder in besessenem Zug heran: Lippen, die sich auf ihre Haut preßten, männliche und weibliche Geschlechtsorgane (die Gesichter blieben verschwommen), Phalli, die sich drängten, sie zu berühren, sich an ihr zu reiben, sich zwischen ihren Knien einen Weg zu bahnen, die ihre Beine auseinanderzwängten, ihr Geschlecht öffneten, gewaltsam in sie einzudringen suchten. Sie war ganz erfüllt von der Aktivität dieser Glieder, die stetig weiter vordrangen, ohne sich je zurückzuziehen, die nacheinander auf engem Pfad in das unbekannte Reich von Emmanuelles Körper vorstießen, das zu erkunden sie nicht müde wurden, wobei es für ihr Vordringen keine Grenze zu geben schien; sie regten sich unaufhörlich in ihr, stillten Emmanuelles Lust, indem sie unaufhörlich ihre Säfte in sie ergossen.

In der Annahme, Emmanuelle schlafe, verwandelte die Stewardess den Sitz in ein Liegebett, indem sie die Rückenlehne behutsam nach hinten senkte. Sie breitete eine Decke aus Kaschmirwolle über die langen, erschlafften Beine, die durch das Zurückgleiten des Sessels bis zur Hälfte der Schenkel entblößt worden waren. Der Mann neben Emmanuelle stand auf und brachte durch Betätigung des Hebels seinen Sitz in die gleiche Lage. Die Kinder schliefen. Die Stewardess wünschte gute Nacht und schaltete die Deckenbeleuchtung aus. Nur zwei malvenfarbene Nachtlampen sorgten dafür, daß Gegenstände und Menschen nicht völlig ihre Konturen verloren.

Ohne die Augen aufzuschlagen, ließ sich Emmanuelle umsorgen; ihren Traumbildern nahm das Hin und Her nichts von ihrer Intensität und ihrem Drängen. Ihre rechte Hand glitt jetzt ganz langsam an ihrem Leib herunter, hielt inne, erreichte schließlich unter der leichten Decke, die sich bei ihrem Vorwärtsgleiten wellte, den Schamhügel. In diesem schwachen Licht fühlte sie sich sicher. Mit den Fingerspitzen tastete sie über die geschmeidige Seide ihres Rockes, wühlte sich in sie hinein, aber der Rock war zu eng, als daß sie ihre Beine auch nur leicht zu öffnen vermocht hätte: bei dem Versuch, sie zu spreizen, spannte sich der Stoff, aber schließlich spürten ihre Finger durch das dünne Gewebe die hoch aufgerichtete Fleischknospe, die sie gesucht hatten und nun zärtlich preßten.

In dem Bemühen, den Höhepunkt hinauszuzögern, ließ Emmanuelle einige Sekunden lang das Jubilieren ihres Körpers wieder verebben, doch bald – länger zu widerstehen ging über ihre Kräfte – begann sie mit einem erstickten Klageruf ihrem Mittelfinger den sanften und genau bemessenen Impuls zu geben, der den Orgasmus herbeiführen sollte. Fast im gleichen Augenblick legte sich die Hand des Mannes auf die ihre.

Emmanuelle stockte der Atem, sie fühlte, wie sich ihre Muskeln und Nerven verkrampften, als träfe ein eiskalter Wasserstrahl ihren Leib. Sie verharrte regungslos, aber nicht etwa, weil jedes Gefühl aus ihr gewichen wäre, sondern weil alle Gefühle und jeder Gedanke in ihr erstarrten, etwa so, wie wenn ein Film plötzlich stehen bleibt. Weder empfand sie Angst, noch war sie schockiert. Ebensowenig hatte sie das

Gefühl, ertappt worden zu sein. Sie war nur unfähig, die Geste des Mannes oder ihr eigenes Verhalten zu deuten. Sie hatte gerade noch registriert, was geschehen war, und dann war ihr Bewußtsein erstarrt. Jetzt wartete sie offenbar darauf, was an die Stelle ihrer zusammengestürzten Traumwelt treten sollte.

Die Hand des Mannes regte sich nicht, aber sie war spürbar da: allein durch ihr Gewicht übte sie einen Druck auf die Klitoris aus, auf der Emmanuelles Hand ruhte. Lange Zeit geschah nichts anderes.

Dann fühlte Emmanuelle, wie eine andere Hand die Decke anhob und zurückschlug, um sich gelassen eines ihrer Knie zu bemächtigen und es zu erforschen. Dann aber glitt sie, ohne innezuhalten, langsam an ihrem Schenkel hinauf und bewegte sich bald schon oberhalb des Strumpfrandes.

Bei der Berührung ihrer nackten Haut zuckte Emmanuelle zum erstenmal zusammen und versuchte, sich der Verzauberung zu entziehen. Da sie aber einerseits nicht genau wußte, was sie wollte, und ihr andererseits die Hände des Mannes zu kräftig schienen, als daß ihr die geringste Chance geblieben wäre, ihrem Zugriff zu entkommen, richtete sie nur ungeschickt ihren Oberkörper auf, hielt ihre freie Hand schützend über ihren Leib und drehte sich halb auf die Seite. Sie war sich zwar klar darüber, daß es ebenso einfach und sicher wirksamer gewesen wäre, die Beine zusammenzupressen, doch ohne daß sie hätte sagen können, warum, erschien ihr diese Reaktion mit einemmal so unschicklich und grotesk, daß sie nicht den Mut dazu fand und es am Ende einfach aufgab, eine Situation meistern zu wollen, die sie in Verwirrung stürzte. So überließ sie sich von neuem dem Gefühl der Gelähmtheit, das sie nur für einen kurzen Augenblick und auf lächerliche Weise überwunden hatte.

Als wollten die Hände des Mannes Emmanuelle zu ihrer Belehrung die Lektion erteilen, die aus der Vergeblichkeit dieser Auflehnung zu ziehen war, ließen sie plötzlich von ihr ab ... Es blieb ihr jedoch nicht einmal Zeit, über den Sinn dieses plötzlichen Umschwungs nachzugrübeln, denn schon regten sie sich wieder auf ihr, diesmal in Höhe ihrer Taille, hakten sicher und rasch das Gurtband ihres Rockes auf, öffneten den Reißverschluß und zogen den Rock über die Hüften bis zu den Knien herunter. Dann glitten sie wieder aufwärts. Die eine schob sich unter Emmanuelles Höschen (duftig und durchsichtig wie alle Unterwäsche, die sie trägt – und das ist wahrhaftig nicht gerade viel: ein Strumpfhaltergürtel, gelegentlich ein Unterkleid unter ihren weiten Röcken, nie Büstenhalter oder Hüfthalter, obwohl sie sich in den Boutiquen des Faubourg Saint-Honoré, in denen sie ihre Wäsche kauft, von einer der blonden oder auch dunkelhaarigen, unwirklich schönen Verkäuferinnen, die, wenn sie ihr zu Füßen niederknien, ihre langen Beine entblößen, unzählige Modelle von Korsagen, Schnürleibchen, Schlüpfern oder winzigen Höschen anprobieren läßt, während die graziösen Finger jener Schönen über ihre Brüste oder ihre Schenkel streifen, die gleichen Finger, die Emmanuelle dann geduldig und mit weichen, ständig wiederholten Bewegungen so lange liebkosen, bis sich Emmanuelles Augen schließen, sie sanft die Knie beugt und schließlich wie ein Schleier auf den mit Nylonwäsche übersäten Boden niedersinkt, um sich der vollkommenen und alle Begierden stillenden Kunstfertigkeit dieser Hände und Lippen heiß und geöffnet auszuliefern).

Emmanuelles Körper fiel wieder in die Stellung zurück, aus der ihn ein Anflug von Widerstand flüchtig aufgestört hatte. Die Hand des Mannes liebkoste ihren flachen und straffen Leib unmittelbar über dem sich hochwölbenden Schamhügel, so als tätschele sie den Hals eines Vollblüters. Seine Finger zogen, den Leistenfurchen am oberen Rand des Vlieses folgend, die Seiten des Dreiecks nach und schienen jene Fläche abzuschätzen, deren unterer Winkel weit geöffnet war, eine höchst seltene, gleichwohl von den griechischen Bildhauern verewigte Konfiguration.

Als die über ihren Leib tastende Hand Emmanuelles Körperformen ausgekostet hatte, zwang sie die Schenkel weiter auseinander; zwar behinderte der um die Knie zusammengerollte Rock ihre Bewegungsfreiheit, doch schließlich öffneten sie sich willfährig, so weit sie nur konnten. Die Hand schloß sich um das heiße, schwellende Geschlecht, streichelte es mit einer die Spalte der Schamlippen entlanggleitenden Bewegung, als wollte sie es besänftigen, tauchte – anfangs nur ganz leicht – in sie ein, strich über die hochaufgerichtete Klitoris und kam schließlich auf den dichten Locken des Schamhügels zur Ruhe. Und dann, während ihre Beine sich über dem immer weiter hinuntergleitenden Rock mehr und mehr spreizten, nahmen die Finger des Mannes bei jedem neuen Hineintauchen einen längeren Anlauf, drangen schließlich tiefer ein in die schleimig-feuchte Höhlung, wurden langsamer und schienen zu zögern, je mehr Emmanuelles Spannung wuchs. Sie biß sich auf die Lippen, um den aufsteigenden Schluchzer in ihrer Kehle zu ersticken, und keuchte mit emporgereckten Lenden vor Begierde nach Erlösung, die der Mann ihr immer wieder gewähren zu wollen schien, um sie ihr dann doch im letzten Augenblick zu verweigern.

Mit einer Hand spielte er in dem Rhythmus und auf eine Weise, wie es ihm gerade gefiel, mit ihrem Körper, ohne ihre Brüste, ihren Mund im geringsten zu beachten. Es schien ihn weder nach ihren Küssen noch nach ihrer Umarmung zu verlangen, vielmehr blieb er bei der unerfüllten Wollust, die er schenkte, lässig und distanziert. Emmanuelle warf ihren Kopf hin und her, stöhnte einige Male, gleichsam flehend, erstickt auf, und ihre tränenschimmernden, nun geöffneten Augen suchten das Gesicht des Mannes.

Im gleichen Augenblick, als die Hand des Mannes jene Stelle von Emmanuelles Leib, die sie entflammt hatte, fest umklammerte, hielt sie inne. Der Mann beugte sich leicht über sie, ergriff mit der freien Hand eine ihrer Hände, zog sie zu sich herüber, lenkte sie, und unter dieser Mithilfe umschloß sie seine steife Rute. Dauer und Geschwindigkeit der Bewegung ihrer Hand wurden von ihm bestimmt. Ganz wie seine Lust es verlangte, ließ er sie je nach dem Grad seiner

Erregung langsamer oder rascher auf und ab gleiten, bis er sich schließlich davon überzeugt hatte, daß er auf Emmanuelles Einfühlungsvermögen vertrauen und sie das Spiel ihrer Hand auf ihre eigene Weise vollenden lassen konnte, ein Spiel, auf das sie sich anfangs nur benommen und kindlich gehorsam eingelassen hatte, das aber dank ihres unerwarteten Eifers nach und nach immer vollkommener wurde.

Emmanuelle hatte den Oberkörper vorgebeugt, um ihrem Arm die Aufgabe zu erleichtern, und auch der Mann rückte näher, denn er wollte sie mit dem Sperma, das er tief unten aus seinen Hoden heraufquellen spürte, bespritzen. Doch vermochte er sich noch eine ganze Weile zurückzuhalten, während Emmanuelles zusammengepreßte Finger sich um so eifriger auf und ab bewegten, je länger die Liebkosung dauerte; sie bewegten sich nun nicht mehr bloß hin und her, sondern lockerten, plötzlich erfahren, etwas ihren Griff, um entlang der stark geschwollenen Ader über den geschwungenen Bogen der Rute gleiten zu können, tauchten (wobei ihre manikürten Nägel unmerklich die Haut ritzten) so tief, wie es die Enge der Hose erlaubte, zu den Hoden hinunter, zogen sich in lasziver Drehung zurück, bis die von der feuchten Hand umschlossene Hautfalte wieder über die Spitze des Gliedes geglitten war, was jedoch das ständig größer werdende Glied immer wieder vereiteln zu wollen schien. Von der Spitze fuhr die nun wieder fest zusammengepreßte Hand erneut den Schaft hinunter, spannte die Vorhaut, drückte das schwellende Fleisch erst zusammen, um dann die Umklammerung wieder zu lockern, ganz leicht über die Schleimhaut zu streichen oder sie in heftiger Massage zu reizen, dann wieder trieb sie mit kleinen Hieben die Erregung gnadenlos hoch . . . Die angeschwollene Eichel glühte und schien jeden Augenblick bersten zu wollen.

Sonderbar erregt empfing Emmanuelle die langen weißen und würzig riechenden Strahlen, die endlich aus dem befriedigten Glied hervorschossen und sich über ihre Arme, ihren nackten Leib, ihre Brust, ihr Gesicht, ihren Mund und ihre

Haare ergossen. Sie schienen nicht versiegen zu wollen. Emmanuelle meinte zu spüren, wie sie ihr die Kehle hinunterrannen, meinte sie zu trinken. Ein unbekannter Rausch überkam sie, eine Lust ohne Scham. Als sie den Arm zurücksinken ließ, nahm der Mann ihre Klitoris zwischen die Spitzen seiner Finger und brachte Emmanuelle zum Höhepunkt.

Ein Summen verriet, daß der Lautsprecher eingeschaltet wurde. Um die Passagiere nicht unsanft zu wecken, kündigte die Stimme der Stewardess mit gedämpfter Lautstärke an, daß die Maschine in rund zwanzig Minuten auf den Bahrain-Inseln landen und um 24 Uhr Ortszeit weiterfliegen werde. Auf dem Flughafen werde ein kleiner Imbiß gereicht.

Wie bei Anbruch eines neuen Tages nahm die Helligkeit in der Kabine langsam zu. Emmanuelle nahm die heruntergeglittene Decke und tupfte sich damit das Sperma ab. Sie zog ihren Rock wieder hoch und bedeckte ihre Hüften. Als die Stewardess eintrat, war Emmanuelle auf dem Liegesitz, dessen Rückenlehne sie noch nicht wieder hochgestellt hatte, noch immer damit beschäftigt, ihre Kleidung zu ordnen.

«Haben Sie gut geschlafen?» erkundigte sich fröhlich das junge Mädchen.

Emmanuelle hatte eben ihren Rock wieder zugehakt. «Meine Bluse ist völlig zerknittert», sagte sie.

Sie besah sich die feuchten Stellen beiderseits des Halsausschnittes und rollte die Aufschläge ihrer Bluse nach außen, so daß die kirschrote Spitze einer Brust sichtbar wurde. Den Halsausschnitt ließ sie offen, und die Blicke der vier Engländer starrten auf das vorspringende Profil der nackten Brust.

«Haben Sie etwas zum Umziehen dabei?» fragte die Stewardess.

«Nein», sagte Emmanuelle, halb schmollend, halb lachend.

Die Blicke der beiden Frauen trafen sich, und sie wurden sich ihrer Komplicenschaft bewußt. Sie waren beide gleichermaßen verwirrt. Der Mann beobachtete sie. Sein Anzug war makellos, sein Hemd war so sauber wie beim Abflug und seine Krawatte so korrekt gebunden wie vorher.

«Kommen Sie mit mir», entschied die Stewardess.

Emmanuelle stand auf, ging um ihren Nachbarn herum (Platz gab es ja genug) und folgte der jungen Engländerin in den Waschraum, der mit Spiegeln, Sitzkissen und weißer Lederverzierung ausgestattet war und wo auf Glasregalen dicht gedrängt Kristallflakons und Gesichtswasser standen.

«Warten Sie hier!»

Die Stewardess verschwand, kam ein paar Minuten später mit einem kleinen Koffer wieder herein, öffnete den schweinsledernen Deckel und zog aus einem kleinen Fach einen Pullover hervor, der die Farbe welker Blätter hatte und aus so leichten Orlon-, Woll- und Seidenfäden gewirkt war, daß er in eine geschlossene Hand paßte. Als sie ihn aufschüttelte, schien er sich plötzlich aufzublähen wie ein Ballon, und Emmanuelle klatschte entzückt in die Hände.

«Sie wollen ihn mir leihen?» fragte sie.

«Nein, den schenke ich Ihnen. Ich bin sicher, er wird Ihnen sehr gut stehen.»

«Aber . . .»

Die Stewardess legte ihren Finger auf Emmanuelles Lippen, die sich eben regen wollten, um zu beteuern, wie geniert sie sei.

Die zärtlichen Augen der Stewardess glitzerten, und Emmanuelle konnte den Blick nicht von ihnen wenden. Sie näherte ihr Gesicht diesen Augen, aber schon war die Stewardess herumgewirbelt; sie reichte ihr eine Flasche Eau de Toilette.

«Reiben Sie sich damit ein, das ist ein Genuß!»

Die Reisende erfrischte sich Gesicht, Arme und Hals, ließ den mit der parfümierten Flüssigkeit getränkten Wattebausch zwischen ihre Brüste gleiten, besann sich dann eines Besseren und öffnete rasch die letzten Knöpfe ihrer Bluse.

Sie ließ das seidene Kleidungsstück über ihre beiden nach hinten gestreckten Arme auf den weißen Teppich fallen und holte tief Luft, plötzlich ganz benommen davon, in dieser

Blöße dazustehen. Sie wandte sich der Stewardess zu und sah sie mit arglosem Strahlen an.

Die Stewardess bückte sich nach der zerknitterten Bluse und drückte sie an ihr Gesicht.

«Oh, wie gut das riecht», rief sie und lachte verschmitzt.

Emmanuelle geriet aus der Fassung. Es erschien ihr in diesem Augenblick gänzlich unangebracht, daß man sie an die unglaubliche Szene, die sie in der vergangenen Stunde erlebt hatte, erinnerte. Der einzige Gedanke, der ihr wie in einem Käfig im Kopf herumging, war der, daß sie sich ihres Rockes und ihrer Strümpfe entledigen und für dieses schöne Mädchen völlig nackt sein wollte. Ihre Finger spielten am Rockverschluß.

«Was haben Sie für schönes, dunkles Haar!» schwärmte die Stewardess, während sie spielerisch eine Bürste über Emmanuelles welliges Haar gleiten ließ, das ihren nackten Rükken bis über die Taille bedeckte. «Was für ein Glanz! Wie dicht und seidig! Ich wünschte, ich hätte auch so schönes Haar!»

«Aber mir gefällt Ihr Haar!» widersprach Emmanuelle.

Oh, wenn sich ihr Gegenüber doch auch entkleiden wollte! Ihre Stimme wurde ganz heiser vor Verlangen. Fast flehend sagte sie: «Kann man im Flugzeug ein Bad nehmen?»

«Selbstverständlich. Aber es ist besser, Sie warten noch ein wenig: Die Badezimmer auf dem Flugplatz, auf dem wir zwischenlanden, sind noch komfortabler. Und außerdem hätten Sie jetzt keine Zeit mehr dazu, wir landen in fünf Minuten.»

Emmanuelle vermochte sich nur schwer ins Unvermeidliche zu schicken. Ihre Lippen bebten. Sie zerrte am Reißverschluß ihres Rockes.

«Ziehen Sie schnell meinen süßen kleinen Pulli an», sagte die junge Engländerin vorwurfsvoll und reichte Emmanuelle den Wollgegenstand.

Sie half ihr beim Überziehen des Pullovers, der einen sehr engen Halsausschnitt hatte. Das dehnbare Gewebe war so anschmiegsam, daß die Spitzen von Emmanuelles Brüsten deutlich sichtbar hervortraten, als seien sie nicht mit einem Pullover bedeckt, sondern in fuchsrote Farbe getaucht. Die Stewardess schien sie jetzt erst zu bemerken.

«Wie verführerisch Sie aussehen!» rief sie.

Und lachend berührte sie mit der Spitze ihres Zeigefingers eine der vorspringenden Brustknospen, als drücke sie auf einen Klingelknopf. Emmanuelles Augen funkelten:

«Stimmt es», fragte sie, «daß alle Stewardessen noch Jungfrauen sind?»

Mit einem Vogellaut lachte das junge Mädchen auf, öffnete die Tür, bevor Emmanuelle noch ein Wort hatte sagen können, und zog die Reisende mit sich.

«Gehen Sie schnell wieder auf Ihren Platz. Die rote Lampe brennt schon, wir werden gleich landen.»

Aber Emmanuelle machte ein enttäuschtes Gesicht. Sie hatte nicht die geringste Lust, wieder Seite an Seite mit ihrem Kabinennachbarn zu sitzen.

Während der Zwischenlandung langweilte sie sich. Was hatte man schon davon, daß man sich mitten in der arabischen Wüste befand, wenn man doch nichts von ihr sah? Der aseptische, chromglitzernde, grell beleuchtete, tiefgekühlte, hermetisch abgeschlossene und schalldichte Flughafen glich überraschend dem Innern des künstlichen Satelliten, der in diesem Augenblick gerade in der Nachrichtensendung des Fernsehens auf dem Bildschirm im Salon erschien. Emmanuelle nahm mißmutig ein Bad, trank Tee und aß in Gesellschaft von vier oder fünf Passagieren, unter denen sich auch der ‹ihre› befand, gelangweilt ein Stück Kuchen.

Sie musterte ihren Kabinennachbarn verwundert und versuchte zu begreifen, was sich vor einer Stunde zwischen ihnen abgespielt hatte. Diese Episode stand nicht im Einklang mit ihrem Lebensgefühl. War sie denn überhaupt sicher, daß sich das alles wirklich zugetragen hatte? Ach, allein darüber nachzudenken war ja viel zu mühsam und kompliziert und obendrein viel zu riskant. Das Einfachste und Klügste war es, sich weiter keine Gedanken zu machen, und so bemühte sie sich, den Teil ihres Gehirns abzuschalten, der unablässig solche Fragen stellte.

Als sie, mehr durch den Aufbruch der anderen Fluggäste als durch die unverständliche Stimme im Lautsprecher, gewahr wurde, daß sie sich wieder zum Flugzeug begeben mußte, wußte sie schon nicht mehr so recht, was sie eigentlich so eifrig zu vergessen bemüht war.

Als die Passagiere ins Flugzeug zurückkamen, bemerkten sie, daß man hier gesäubert, aufgeräumt und gelüftet hatte. Ein erfrischendes Parfum war in den Kabinen zerstäubt worden, und auf den Liegesitzen fanden sie frische Decken vor. Das leuchtende Weiß der bauschig mit Daunen gefüllten großen Kopfkissen ließ den nachtblauen Samt der Sitze noch verlockender erscheinen. Der Steward kam und fragte, ob etwas zu trinken gewünscht werde. Nein? Dann allerseits angenehme Ruhe. Das wünschte auch die Stewardess. Emmanuelle entzückte das Zeremoniell daran. Sie fühlte, wie ihre gute Laune wiederkehrte – war wieder optimistisch, voller Elan, voller Zuversicht. Sie wollte die Welt, wie sie war. Alles auf Erden war ein für allemal wohlgeraten.

Sie streckte sich aus. Diesmal scheute sie sich nicht, ihre Beine zu zeigen; es machte ihr sogar Vergnügen, sie zu bewegen. Sie hob sie abwechselnd leicht an, beugte und streckte die Knie, wobei sie die Muskeln ihrer Schenkel spielen ließ und ihre Knöchel aneinanderrieb, so daß die Nylonstrümpfe leise knisterten. In vollen Zügen genoß sie das körperliche Wohlbehagen, das ihr diese Gymnastik bereitete. Um mehr Bewegungsfreiheit zu haben, zog sie den Rock mit beiden Händen durchaus absichtsvoll und ungeniert höher.

«Schließlich», sagte sie sich, «sind nicht nur meine Knie, sondern meine ganzen Beine ein hübscher Anblick. Man muß schon zugeben, sie sind wirklich wohlgeformt. Sie sind wie zwei schmale Flüsse, auf denen Laub dahintreibt, Wildbäche, die übermütig nebeneinander dahinströmen. Aber bin ich nicht auch sonst ganz wohlgeraten? Meine Haut zum Beispiel, die sich in der Sonne goldbraun färbt wie Mais, sich aber nie rötet; und auch die Rundung meines Gesäßes scheint vollkommen, ebenso die kleinen Himbeeren meiner Brüste mit ihrer zarten Zuckerkrause. Ich würde sie gern in den Mund nehmen.»

Langsam erloschen die Deckenlampen, und mit einem wohligen Seufzer zog sie die nach Fichtennadeln duftende Decke über sich, die ihr die Fluggesellschaft zum Schutz ihrer Träume zur Verfügung gestellt hatte.

Als nur noch die Nachtbeleuchtung brannte, drehte sie sich auf die Seite und versuchte, ihren Kabinennachbarn zu erkennen, auf den sie, seit sie wieder dicht neben ihm lag, noch keinen Blick zu werfen gewagt hatte. Zu ihrer Überraschung sah sie die Augen des Mannes auf sich ruhen, der da in der Dunkelheit auf sie zu warten schien. Eine Zeitlang lagen sie so Seite an Seite, die Blicke ineinander getaucht, ohne einen anderen Ausdruck als den vollkommener Ruhe. Wie schon zuvor nahm Emmanuelle in seinen Augen das Aufblitzen einer halb amüsierten, halb gönnerhaften Sympathie wahr (wann war es ihr aufgefallen? Lag das wirklich sieben Stunden zurück?); und sie sagte sich, daß eben das es war, was ihr an ihm gefiel.

Und da sie diese nachbarliche Nähe als unerwartet angenehm empfand, lächelte sie und schloß die Augen. Es verlangte sie nach irgend etwas – nur wußte sie nicht, wonach. Sie richtete ihre Gedanken wieder auf ihren Körper: die Vorstellung von seiner Schönheit durchzog ihren Sinn wie eine Lieblingsmelodie. Das Herz klopfte ihr, als ihre Gedanken die verborgene Bucht hinter dem Hügel aus schwarzem Gras suchten, dort wo die beiden Flüsse zusammentrafen. Sie spürte, wie die Strömung an die Ufer brandete. Als der Mann sich auf einem Ellbogen aufrichtete und sich zu ihr herüberbeugte, öffnete sie die Lider und ließ sich küssen. Die Lippen auf ihren Lippen hatten die salzige Frische des Meeres.

Als er ihr den Pullover ausziehen wollte, richtete sie sich ein wenig auf und hob die Arme, um es ihm zu erleichtern. Der Anblick ihrer unter der fuchsroten Wolle hervorbrechenden Brüste, die in dem Halbdunkel noch runder und üppiger als bei Tage erschienen, erregte sie. Um ihm nichts von dem Vergnügen zu nehmen, sie auszuziehen, half sie ihm nicht, als er nach ihrem Rockverschluß suchte: Sie hob nur leicht die Hüften, damit er ihn mühelos abstreifen konnte. Diesmal befreite er sie ganz von dieser engen Hülle.

Jetzt streiften die rastlosen Hände des Mannes ihr das hauchdünne Höschen ab, und nachdem sie auch den Strumpfhaltergürtel gelöst hatten, rollte Emmanuelle selbst die Strümpfe herunter und ließ sie auf Rock und Pullover fallen, die ihr zu Füßen lagen.

Nun, da sie völlig nackt war, preßte er sie an sich und begann sie überall von den Haaren herab bis zu den Knöcheln zu liebkosen. Ihr Verlangen war jetzt so übermächtig, daß es sie schmerzte und ihr die Kehle zuschnürte: ihr war, als werde sie nie mehr atmen, nie wieder in den Tag zurückkehren können. Angst befiel sie, und sie hätte gern gerufen, aber der Mann hielt sie eng umschlungen, während er mit einer Hand die Furche ihrer Hinterbacken öffnete und die kleine, bebende Spalte dehnte, um einen Finger tief einzuführen. Dabei küßte er sie gierig, spielte mit ihrer Zunge, schluckte ihren Speichel.

Sie stieß leise Klagerufe aus, ohne recht zu wissen, was sie quälte: war es der so tief in sie eingedrungene Finger oder der Mund, der jeden ihrer Atemzüge verschlang, als nähre er sich von ihnen, oder war es die folternde Begierde oder die Scham über ihre wollüstige Hingabe? Die lange, geschwungene Rute, die sie mit der Hand umschlossen hatte, stand ihr wieder vor Augen, herrlich emporgereckt, stolz, hart, rot, unerträglich heiß. Sie stöhnte so laut auf, daß der Mann Mitleid mit ihr empfand: endlich spürte sie das nackte Glied, stark, wie sie es sich ersehnt hatte, an ihrem Leib, und sie preßte sich mit der ganzen Zartheit ihres Körpers dagegen.

Eine ganze Weile hielten sie sich so umschlungen, ohne sich zu rühren, dann aber hob der Mann sie in seinen Armen wie in jähem Entschluß über sich hinweg, so daß sie nun auf dem Platz neben dem Gang lag, weniger als einen Meter von den englischen Kindern entfernt.

An sie hatte sie überhaupt nicht mehr gedacht. Plötzlich wurde ihr bewußt, daß sie nicht mehr schliefen, sondern zu ihr herüberblickten. Der Junge saß ihr am nächsten, aber das kleine Mädchen hatte sich dicht an ihn gedrängt, um besser sehen zu können. Regungslos und mit angehaltenem Atem starrten sie Emmanuelle mit weit aufgerissenen Augen an, in denen nichts als gebannte Neugier zu lesen war. Bei dem Gedanken, unter den Augen dieser Kinder von einem Mann besessen zu werden und sich wollüstiger Ausschweifung hinzugeben, ergriff sie eine Art Schwindel. Zugleich aber wollte sie, daß es geschähe und die Kinder alles sehen könnten.

Mit angezogenen Oberschenkeln und Knien lag sie auf der rechten Seite und bot ihren Schoß dar. Der Mann hielt von hinten ihre Hüften umschlungen, schob ein Bein zwischen Emmanuelles Beine und stieß seinen Penis unmittelbar und unwiderstehlich in sie hinein, was durch die Steife des Gliedes und die Feuchte ihres Geschlechts erleichtert wurde. Erst als er bis in das Innerste ihrer Scheide vorgedrungen war und dort einen genußvollen Seufzer lang verharrt hatte, begann er, sein Glied kraftvoll und regelmäßig in ihr hin und her zu bewegen.

Emmanuelle, die nun jede Angst verloren hatte, keuchte, und jeder neue Ansturm des Phallus ließ sie feuchter und heißer werden. Als nähre er sich von ihr, nahm er an Umfang zu und holte in immer kraftvolleren Stößen weiter aus. In den Nebelschleiern ihres Glücksgefühls überkam sie ein Staunen, wie tief sich dieser Sturmbock in ihren Leib zu bohren vermochte. Befriedigt stellte sie fest, daß ihre Organe während der langen Monate, in denen sie kein männlicher Sporn stimuliert hatte, offenbar nicht verkümmert waren. Und diese wiedergefundene Wollust wollte sie nun so vollkommen und so lange wie irgend möglich auskosten.

Offenbar wurde es auch der Fluggast nicht müde, sich in Emmanuelles Leib zu bohren. Sie fragte sich plötzlich, wie lange er schon in ihr war; sie hatte jedes Zeitgefühl verloren.

Sie hielt sich zurück. Den Orgasmus hinauszuzögern kostete sie weder Anstrengung, noch beeinträchtigte es ihr den Genuß, denn sie hatte sich seit ihrer Kindheit darin geübt, die Lust der Erwartung zu verlängern, und mehr noch als die Erlösung genoß sie diese wachsende Empfindsamkeit, diese äußerste Anspannung ihres ganzen Seins, die sie sich auf vollendete Weise dadurch zu verschaffen wußte, daß sie ihre Finger unaufhörlich mit der Schwerelosigkeit eines Violinbogens über den bebenden Schaft ihrer Klitoris streichen ließ und sich dem sehnsüchtigen Verlangen ihres Fleisches so lange versagte, bis die Sinnlichkeit sie überwältigte und sie sich zuckend wie in Agonie verströmte, dann aber entspannter und frischer als vorher zu neuem Leben erwachte.

Sie sah zu den Kindern hinüber. Aus ihren Gesichtern war jeder Anflug von Dünkel gewichen. Sie waren menschlich geworden. Keineswegs erregt oder gar spöttisch, sondern aufmerksam und fast ehrerbietig. Sie versuchte sich vorzustellen, was in ihren Köpfen vorgehen mochte, welche Bestürzung die Ereignisse, deren Zeuge sie waren, in ihnen hervorrufen mußten, doch Emmanuelles Gedanken zerflatterten, blendende Helle durchzuckte ihr Hirn, ihr Glücksgefühl schloß alle anderen Gedanken aus.

Als die immer schneller werdenden Bewegungen und eine gewisse Starrheit seiner ihre Hinterbacken umklammert haltenden Hände und schließlich ein jähes Anschwellen und Pulsieren seines sie durchdringenden Gliedes verrieten, daß ihr Partner jeden Augenblick ejakulieren würde, ließ auch sie sich mit fortreißen. Der Peitschenschlag des Spermas trieb sie auf den Höhepunkt der Lust. Während der Mann sich in sie ergoß, preßte er sein Glied tief in ihre Scheide, so daß es sich genau in den Hals ihrer Gebärmutter einfügte, und noch auf dem Gipfel des Orgasmus blieb Emmanuelle genügend Wachheit, um das Bild zu genießen, das ihr vor Augen stand: wie die sämigen Ströme aus dem Glied hervorbrachen, die von der länglichen Öffnung ihrer Gebärmutter kräftig und gierig wie von einem Mund aufgesogen wurden.

Der Orgasmus des Reisenden verebbte, und auch bei Emmanuelle verebbten die Wogen; ein reueloses Wohlgefühl durchströmte sie, und alles trug dazu bei: das Herausgleiten des männlichen Gliedes, die Berührung mit der Decke, die er, wie sie wohl merkte, über sie breitete, die Bequemlichkeit des Liegesitzes und das heraufziehende laue und milchige Dunkel des Schlafes, in dem sie versank.

Wie über eine Brücke war das Flugzeug durch die Nacht geglitten, blind für die Wüsten Indiens, die Meeresbuchten, die Mündungen der Flüsse, die Reisfelder. Als Emmanuelle die Augen aufschlug, schillerten, für sie jedoch nicht sichtbar, die Umrisse der birmanischen Gebirgskette regenbogenfarben in der Morgendämmerung, während im Innern der Kabine das malvenfarbene Licht der Nachtbeleuchtung nichts ahnen ließ vom fremden Erdteil und von der Stunde des Tages.

Die weiße Decke war vom Liegesitz herabgefallen, und Emmanuelle lag auf der linken Seite, nackt und zusammengekauert wie ein fröstelndes Kind. Ihr Bezwinger schlief.

Emmanuelle, deren Bewußtsein allmählich wieder erwachte, regte sich nicht. Ihre Gesichtszüge verrieten nichts von ihren Gedanken. Schließlich streckte sie langsam die Beine aus, reckte sich, legte sich auf den Rücken und tastete mit der Hand nach der Decke. Aber mitten in dieser Bewegung hielt sie inne: ein Mann, der im Gang stand, starrte sie an.

Der Unbekannte, der da vor ihr stand, schien ihr von riesenhaftem Wuchs zu sein und zugleich unglaublich schön. Zweifellos war es diese Schönheit, die sie ihre Nacktheit vergessen ließ. Eine griechische Statue. Wie war es möglich, daß sie lebte? Das Fragment eines Gedichts, keines griechischen Gedichts, kam ihr in den Sinn: ‹Gottheit des verfallenen Tempels . . .› Zu Füßen dieses Gottes müßten Frühlingsblumen und vergilbende Gräser stehen, dachte sie, und Laubwerk müßte sich um den Sockel ranken, Wind müßte über sein gelocktes Haar hinstreichen. Emmanuelles Blick folgte der geraden Linie seiner Nase, ruhte auf den leicht aufgeworfenen Lippen, dem marmornen Kinn. Wie gemeißelt trat die Form des Halses zwischen zwei straffen Sehnen hervor, über der haarlosen Brust, dem halb offenstehenden Hemd. Die Augen der Frau wanderten weiter. Dicht vor ihr spannte sich über einer starken Wölbung der weiße Stoff der Flanellhose.

Das Traumbild bückte sich und hob Rock und Pullover vom Boden auf. Nachdem es auch das Höschen, den Strumpfhaltergürtel, die Strümpfe und die zierlichen Schuhe aufgehoben hatte, richtete es sich wieder auf und sagte: «Kommen Sie.»

Emmanuelle richtete sich auf ihrem Liegesitz auf, setzte die Füße auf den Moketteppich und ergriff die sich ihr entgegenstreckende Hand. Dann erhob sie sich geschmeidig und schritt nackt durch den Gang, als lebe sie hier oben in der Nacht einer anderen Welt.

Der Unbekannte führte sie in den Waschraum, den sie schon einmal mit der Stewardess betreten hatte. Er lehnte sich mit dem Rücken an die Seidenbespannung der Wand und stellte Emmanuelle so vor sich hin, daß sie einander anblickten. Beim Anblick des herkulischen Reptils, das sich ihr aus goldschimmernden Haarbüscheln entgegenreckte, hätte sie fast einen Schrei ausgestoßen. Sie war wesentlich kleiner als der Mann, und der Kegel seiner Eichel befand sich zwischen ihren Brüsten.

Die mythische Erscheinung packte Emmanuelle bei der Taille und hob sie mühelos hoch. Die junge Frau schlang ihre

Hände um des Mannes Hals, dessen Muskeln sie unter ihren Handflächen hart werden fühlte; dann öffnete sie ihre Beine, damit das scharlachrote Glied, auf das ihr Entführer sie herabsenkte, in sie eindringen konnte. Während sich der Mann langsam in sie bohrte und dabei ihr Inneres aufriß, strömten ihr Tränen über die Wangen. Emmanuelle, die sich mit ihren Knien gegen die Wand und auf die Hüften ihres Partners stützte, suchte dieser mythischen Schlange behilflich zu sein, in die geheimsten Tiefen ihres Leibes zu kriechen. Sie wand sich hin und her, krallte sich in den Hals, schluchzte, röchelte, stammelte. In ihrer Verstörtheit bemerkte sie nicht einmal, daß der Mann mit einem wilden Stoß seines Beckens zum Orgasmus kam; es schien, als wolle er durch sie hindurch bis zu ihrem Herzen vordringen. Sein Gesicht strahlte Heiterkeit aus, als er sich aus ihr zurückzog. Noch immer hielt er sie aufrecht vor sich und drückte sie an sich. Der feuchte Phallus kühlte Emmanuelles brennende Haut.

«Hat es dir gefallen?» fragte er.

Emmanuelle legte ihre Wange an die Brust des griechischen Gottes. Sie spürte seinen Samen in sich.

«Ich liebe Sie», flüsterte sie.

Dann: «Wollen Sie mich noch einmal nehmen?»

Er lächelte.

«Gleich», sagte er. «Ich werde wiederkommen. Zieh dich jetzt an.»

Er beugte sich zu ihr herab und drückte einen so keuschen Kuß auf ihr Haar, daß sie nichts mehr zu sagen wagte. Ehe sie noch begriffen hatte, daß er sie verlassen wollte, war sie allein.

Mit einer Langsamkeit, als handle es sich um eine Zeremonie (oder als habe sie sich noch nicht wieder ganz an den Rhythmus der Wirklichkeit gewöhnt), ließ sie das Wasser der Dusche über ihren Körper rinnen, bedeckte ihn mit Seifenschaum, ließ wieder Wasser darüber rinnen, entnahm einem elektrischen Automaten heiße, wohlriechende Tücher und frottierte ihre Haut damit, zerstäubte auf ihrem Nacken, ihrer Brust und in den Höhlungen ihrer Achseln und auf dem Haarbusch ihres Schamhügels ein Parfum, dessen Duft an frisches Unterholz erinnerte, und bürstete sich das Haar. Von drei Seiten warfen lange Spiegel ihr Bild zurück. Es kam ihr so vor, als habe sie noch nie soviel Frische und Schönheit ausgestrahlt. Würde der Unbekannte sein Versprechen halten und wiederkommen?

Sie wartete, bis der Lautsprecher verkündete, daß man sich Bangkok nähere. Verdrossen und verstört kleidete sie sich an, kehrte in ihre Kabine zurück, nahm ihre Tasche und ihre Jacke aus dem Gepäckfach, setzte sich hin und behielt beides auf den Knien. Eine fürsorgliche Hand hatte den Sessel wieder hochgestellt, und auf einem Tablett stand eine Tasse Tee mit Brioches. Ihr Nachbar, den sie abwesend ansah, schien überrascht.

*«But ... aren't you going on to Tokyo?»* erkundigte er sich, und seine Stimme verriet die Enttäuschung.

Emmanuelle erriet, was er sagen wollte, und schüttelte verneinend den Kopf. Der Mann stellte eine weitere Frage, die sie nicht verstand, und sie hatte auch wenig Lust, ihm Rede und Antwort zu stehen. Ernst schaute sie vor sich hin.

Der Reisende hatte ein Notizbuch aus der Tasche genommen, reichte es Emmanuelle und bedeutete ihr durch Gesten, etwas hineinzuschreiben. Zweifellos erbat er Namen und Adresse, offenbar wollte er sie wiedertreffen, aber sie schüttelte erneut mit verstockter Miene den Kopf. Sie fragte sich, ob der Unbekannte mit dem Efeugesicht und dem Geruch nach warmem Gestein, ob der fleischgewordene Genius des verfallenen Tempels mit ihr in Bangkok das Flugzeug verlassen oder ob er nach Japan weiterfliegen würde. Aber in jedem Fall würde sie ihn ja bei der Landung wiedersehen ...

Ihre Augen suchten ihn unter den Passagieren, die, nachdem sie ausgestiegen waren, im Morgenlicht des tropischen Flughafens in Gruppen unter den Tragflächen darauf warteten, zu den Gebäuden aus Glas und Zement gefahren zu werden, deren futuristische Silhouette sich von einem zu dieser

Tageszeit schon vor Hitze weißen Himmel abhob. Aber sie sah niemanden von seiner Größe und auch niemanden mit seinem herbstfarbenen Haar. Die Stewardess lächelte ihr zu: sie bemerkte es kaum. Und schon wurde sie zum Zollgitter gedrängt. Jemand sprang über eine Absperrung, zeigte einen Passierschein vor, rief Emmanuelles Namen. Sie lief auf ihn zu und warf sich mit einem Freudenschrei in die ausgebreiteten Arme ihres Mannes.

*Macht unsre Bücher billiger! . . .*

... forderte Tucholsky einst, 1932, in einem «Avis an meinen Verleger». Die Forderung ist inzwischen eingelöst.

Man spart viel Geld beim Kauf von Taschenbüchern. Und wird das Eingesparte gut gespart, dann zahlt die Bank oder Sparkasse den weiteren Bucherwerb: Für die Jahreszinsen eines einzigen 100-Mark-Pfandbriefs kann man sich drei Taschenbücher kaufen.

## Zweites Kapitel

# *Grünes Paradies*

Rate ich euch, eure Sinne zu töten?
Ich rate euch zur Unschuld der Sinne.
NIETZSCHE: *‹Also sprach Zarathustra›*

Das schwarze Mosaikbecken, wo rosenfarbenes Wasser Emmanuelles Fußknöchel umspielt, liegt auf dem Gelände des Royal Bangkok Sports Club. Hierher kommen die in dieser Welt der Männer zugelassenen Frauen und Mädchen, um an den Wochenenden beim Wiegeplatz der Rennbahn unter den durchsichtigen Kleidern ihre Beine und Brüste zu zeigen und sich an den übrigen Wochentagen rund um den Swimmingpool unverhüllt zu bewegen.

Es spricht gerade eine junge Frau, die den Kopf in die Armbeuge geschmiegt dicht bei Emmanuelle liegt (so daß sie gelegentlich an der Flanke ihres Schenkels die Liebkosung des kurzgeschnittenen Haares spürt) und deren Fohlenkörper mit seinen unter der kupferbraunen Haut leicht hervortretenden Muskeln in der Sonne wie die Rötelzeichnung eines Bildhauers wirkt. Ihr heiteres Lachen hallt über das Wasser hin, und die Schönheit ihrer Stimme verleiht ihren Geständnissen Schmelz.

«Seit dieser Freibeuter hier durchgekommen ist, hält es Gilbert für passend, den Beleidigten zu spielen: er hält mir die drei Nächte vor, die ich außer Haus verbracht habe. Dabei bin ich doch weiß Gott ganz brav wieder zu ihm zurückgekehrt – nachdem der Freibeuter fort war!»

Emmanuelle wußte, daß es Ariane war, die Frau des Grafen de Saynes, Botschaftsrat an der französischen Botschaft. Und daß sie 26 Jahre alt war.

«Was ist denn plötzlich in deinen Mann gefahren?» erkundigte sich eine andere, die auf einem mit rotem Leinenstoff bespannten Liegestuhl lag und damit beschäftigt war, eine blasiert aussehende Hündin zu kämmen, die auf den Namen O hörte. «Sollten etwa seine Prinzipien ins Wanken geraten sein?»

«Nicht daß ich meine Nächte in der Kajüte des Kommandanten verbracht habe, hat ihm mißfallen, sondern daß ich ihm nichts davon gesagt habe. Er meint, er habe sich lächerlich gemacht, weil er mich überall gesucht und sich sogar an die Polizei gewandt hat.»

Die Stimmen der jungen Frauen schwirrten in der Luft. Wie erstarrt lagen sie auf dem heißen Rost der Steinplatten (und das, obwohl sie gewohnt waren, sich auf diese Weise bräunen zu lassen) und bildeten um die auf dem Bauch liegende Ariane und die sitzende Emmanuelle einen Stern glühender Leiber. Emmanuelle hörte sie mehr, als daß sie sie sah, denn im Augenblick interessierten sie die karamelfarbenen Reflexe des lauen Wassers um ihre Knöchel mehr als der Anblick dieser braungebrannten Körper.

«Aber wo solltest du denn sonst gewesen sein? Das war doch nicht schwer zu erraten.»

«Wenn man hier schon einmal eine Abwechslung geboten bekommt!»

«Dabei gibt er zu, daß er mich bei Ende des Festes zuletzt an Bord gesehen hat: völlig schutz- und wehrlos zwei stämmigen Toppgasten preisgegeben, die entschlossen schienen, sich ihre Beute zu teilen.»

«Und haben sie es getan?»

«Was weiß ich.»

Sie richtete sich auf und wandte sich an Emmanuelle, die wieder einmal die Ungezwungenheit und Raffinesse bewundern mußte, mit der diese Porzellannixen die Bänder ihrer Bikini-Oberteile auf dem Rücken lösten, angeblich, damit ihre Sonnenbräune durch keine hellen Streifen beeinträchtigt wurde, in Wahrheit aber, um die Gesetze der Schwerkraft für ihre Figuren auszunutzen, wenn sie sich, scheinbar arglos, auf die Ellbogen stützten und einen vorbeikommenden Freund grüßten.

«Meine Liebe», verkündete Ariane, «Sie haben die Gelegenheit des Jahrhunderts verpaßt, denn pro Jahrhundert gibt es so etwas in Bangkok nicht zweimal, wie Chouffie ganz richtig festgestellt hat. Unter dem Vorwand einer Höflichkeitsgeste gegenüber der siamesischen Marine ist letztes Wochenende hier im Fluß ein allerliebstes kleines Kriegsschiff vor Anker gegangen. Da ist Ihnen etwas entgangen: eine ganze Besatzung bocksfüßiger Satyrn! Der Kommandant – dionysisch! Drei Tage lang Cocktails, Soupers, Tanz – und das übrige!»

Emmanuelle war von der Indiskretion, dem ungezwungenen Ton, dem schrillen Lachen der jungen Französinnen, die sie umgaben, eingeschüchtert: sie war erstaunt, daß ihr die Erfahrung der Pariserin so wenig half, sich hier in dieser ausschweifenden Gesellschaft zu behaupten. Das Nichtstun und der Luxus dieser entwurzelten Geschöpfe kamen ihr fragwürdiger vor als die Verschwendung von Zeit und Geld, wie sie in Passy und Auteuil an der Tagesordnung waren. Hier wurde nichts improvisiert, selbst den Müßiggang betrieben sie mit einer keinen Augenblick nachlassenden Intensität. Alles wies darauf hin, daß sie, wo immer sie auch gerade sein mochten, ungeachtet ihres Alters, ihres Aussehens und ihrer gesellschaftlichen Stellung, nichts anderes im Sinn hatten, als zu verführen und verführt zu werden.

Jetzt erhob sich nachlässig eine von ihnen, deren fahlrotes Haar ihr in verschwenderischer Fülle über die Schultern herab bis zu den Hüften fiel, trat an den Rand des Swimmingpools, blieb dort mit gespreizten Beinen stehen, reckte sich und gähnte, während aus ihrem weißen Bikini, der zwischen ihren Beinen nicht breiter als eine Schnur war, ihr in der Sonne schimmerndes Junglöwenhaar hervorquoll und eine Wölbung den plötzlich aufmerksam gewordenen Augen Emmanuelles ein starkes, geübtes Geschlecht verriet, dessen schamlose Darbietung durch die Reinheit der Gesichtszüge und den Liebreiz der jugendlichen Gestalt noch hervorgehoben wurde.

«So töricht ist Jean natürlich nicht», bemerkte die junge Schöne. «Bevor er seine Frau kommen ließ, hat er sich erkundigt, wann der Freibeuter wieder abfährt.»

«Schade», stellte Ariane bedauernd fest. «Sie hätte tollen Erfolg gehabt.»

«Trotzdem sehe ich nicht recht ein», bemerkte eine der halbnackten jungen Frauen ironisch, «wieso er glauben konnte, Emmanuelle sei in Paris sicherer aufgehoben als hier. Man wird sie dort kaum vernachlässigt haben!»

Ariane betrachtete Emmanuelle mit augenscheinlich erhöhtem Interesse. Eine der Akoluthinnen erklärte phlegmatisch: «Stimmt. Ihr Mann scheint nicht gerade eifersüchtig zu sein, wenn er sie ein Jahr lang so ganz allein läßt.»

«Sechs Monate!» berichtigte Emmanuelle.

Sie starrte auf das gesäumte Relief der Scham vor ihr, das sie, hätte sie sich nur ein wenig vorgebeugt, mit ihren Lippen hätte berühren können.

«Ich finde, es war sehr richtig, daß er sie nicht gleich mit hierher gebracht hat», schaltete sich O's Herrin ein. «Er war ja fast die ganzen letzten Monate im Norden, hatte noch kein Haus und mußte jedesmal, wenn er in der Stadt war, ins Hotel gehen. Das wäre kein Leben für sie gewesen.»

Und dann fügte sie hinzu: «Wie gefällt Ihnen Ihre Villa? Ich habe gehört, sie sei ganz entzückend.»

«Oh! Wir sind noch nicht fertig eingerichtet: einige Möbel fehlen noch. Mir gefällt vor allem der Garten mit den großen Bäumen. Sie müssen einmal zu uns kommen», schloß Emmanuelle höflich.

«Werden Sie nun immer drei Viertel des Jahres allein in Bangkok sein?» fragte eine der Freundinnen Arianes.

«O nein», erwiderte Emmanuelle leicht gereizt. «Jetzt sind ja die Ingenieure dort, so daß Jean nicht mehr nach Yarn Hee fahren muß: er wird hier, wo die Gesellschaft ihre Niederlassung hat, genug zu tun haben. So wird er die ganze Zeit bei mir sein können.»

«Keine Angst», beruhigte sie die Gräfin scherzend, «die Stadt ist groß.»

Da Emmanuelle den Sinn dieser Bemerkung nicht sogleich zu begreifen schien, erklärte Ariane: «Sie werden schon sehen, den größten Teil des Tages wird ihn seine Arbeit ans Büro fesseln, und Ihnen wird so genügend Bewegungsfreiheit und Muße für Ihre Kavaliere bleiben. Ein Glück, daß hier in diesem Land die in Frage kommenden Männer nicht alle so beschäftigt sind wie unsere eigenen! Haben Sie einen eigenen Wagen?»

«Ja, aber ich wage mich nicht in das Labyrinth dieser Straßen zu stürzen. Jean läßt mir den Chauffeur, bis ich mich besser auskenne.»

«Es wird nicht lange dauern, bis Sie sich hier auskennen. Ich werde Sie schon durchlotsen.»

«Mit anderen Worten, Ariane ist darauf aus, Sie zu verderben!»

«Unsinn! Dazu braucht Emmanuelle mich nicht. Sie soll mir lieber von ihren Seitensprüngen erzählen: nur in Paris kann man so recht nach Herzenslust über die Stränge schlagen.»

«Aber ich habe nichts zu erzählen», warf Emmanuelle matt ein.

Plötzlich war ihr fast elend zumute.

«Sie brauchen sich nicht zu genieren», sagte eine andere, die am begierigsten zu sein schien, Emmanuelles Geheimnisse zu erfahren. «Sie können uns die schamlosesten Geständnisse machen, wir sind verschwiegen wie das Grab!»

«Es gibt nichts zu erzählen», sagte Emmanuelle mit einem Nachdruck und einer Gelassenheit, die sie selbst in Erstaunen setzten. «Ich habe meinen Mann während der ganzen Zeit, die ich allein in Frankreich war, nicht betrogen.»

Einen Augenblick lang schwiegen die Frauen. Sie schienen die Tragweite dieser Erklärung abzuschätzen. Die Aufrichtigkeit in Emmanuelles Stimme hatte sie beeindruckt. Die Gräfin sah die Neue mit einem Anflug von Verachtung an.

War die Kleine etwa prüde? Andererseits, wenn man sie so ansah ...

«Wie lange sind Sie verheiratet?» fragte sie.

«Fast ein Jahr», antwortete Emmanuelle.

Um die anderen Frauen eifersüchtig auf ihre Jugend zu machen, fügte sie hinzu: «Ich habe mit achtzehn geheiratet.» Und da sie die anderen nicht wieder die Oberhand gewinnen lassen wollte, setzte sie noch hinzu: «Ein Jahr verheiratet und davon sechs Monate getrennt! Ich bin einfach glücklich, wieder mit Jean zusammen zu sein.»

Zu ihrer eigenen Überraschung traten ihr, ehe sie sich noch abwenden konnte, Tränen in die Augen.

Die jungen Frauen nickten voller Mitgefühl, dachten aber in Wirklichkeit: «Die gehört nicht zu uns.»

«Wollen Sie nicht auf einen Milkshake mit zu mir kommen?»

Emmanuelle hat das Mädchen, das soeben mit einem Sprung aufgestanden ist, vorher gar nicht bemerkt. Aber sofort belustigen sie die entschlossene Miene und die fast gönnerhafte Selbstsicherheit dieses jungen Geschöpfs mit dem Gesicht eines kleinen Mädchens.

So klein ist sie gar nicht, korrigiert sie sich, während die Halbwüchsige sich breitbeinig vor sie hinstellt, als wolle sie sie unter ihre Fittiche nehmen. Dreizehn wird sie sein, aber sie ist fast genauso groß wie ich. Nur ihr Körper ist noch nicht voll entwickelt, er hat etwas Eckiges, noch nicht ganz Gelöstes. Vielleicht ist es aber auch nur die körnige Haut, die ihn noch so kindlich erscheinen läßt: eine Haut, die die Sonne nicht annimmt – die keinen warmen Ton hat, nicht gepflegt und perlmuttern ist wie die Arianes. Auf den ersten Blick kommt einem diese Haut sogar etwas rauh vor ... und doch auch wieder nicht: eher wie eine ganz leichte Gänsehaut, vor allem an den Armen; an den Beinen scheint sie glatter zu sein. Schöne Knabenbeine – straffe Sehnen an den Knöcheln, harte Knie und Waden, nervige Oberschenkel. Und das Vergnügen, sie zu betrachten, entspringt eher ihren wohlgeratenen Proportionen und ihrer behenden Kraft als der etwas verwirrenden Erregung, die Frauenbeine gewöhnlich hervorrufen. Diese Beine hier stellt sich Emmanuelle eher vor, wie sie über Sand laufen oder sich auf einem Sprungbrett spannen, als daß sie, von den Liebkosungen einer Hand besiegt, einem ungeduldigen Drängen die Pforte zu einem gefügigen Leib öffnen.

Ähnlich wirkt auf Emmanuelle die konkave, vom sportlichen Training ausgehöhlte Bauchgrube, die mit der ganzen Spannung ihrer Muskelbänder wie ein Herz pocht und deren Anblick nicht einmal das knappe Stoffdreieck – weniger hat auch eine Nackttänzerin auf der Bühne nicht an – unzüchtig erscheinen zu lassen vermag.

Auch die kleinen, spitzen Brüste, die das symbolische Band des Bikini kaum verhüllt, sind es nicht, was sie so kindlich erscheinen läßt. «Hübsch», sagt sich Emmanuelle, «aber selbst wenn sie mit nacktem Oberkörper herumliefe, käme niemand auf schlechte Gedanken» (allerdings, wenn Emmanuelle es sich genau überlegt, ist sie dessen nicht mehr ganz so sicher). Sie fragt sich, worin die Sinnlichkeit solcher Brüste liegen mag, und dann denkt sie an ihre eigenen und an das lustvolle Vergnügen, das sie ihnen schon entlockte, als sie noch kaum richtig ausgebildet waren, sich noch nicht einmal so rundeten wie diese hier, die, je genauer sie sie betrachtet, ihr um so ansehnlicher erscheinen. Möglicherweise war es der Gegensatz zu Arianes Brüsten, der sie vorschnell hatte urteilen lassen, oder vielleicht die schmalen Hüften oder die Schulmädchenfigur . . .

Vielleicht liegt es auch an den langen, dicken Zöpfen, die über dieser rosigen Brust spielen. Diese Zöpfe sind Emmanuelles ganzes Entzücken. Solches Haar hat sie noch nie gesehen. So blond und so fein, daß es im Sonnenlicht fast nicht zu sehen ist – weder strohblond noch flachsfarben; es erinnerte nicht an Sand, an Gold, an Platin, Silber oder Asche . . . Womit könnte man es vergleichen? Mit einer gewissen Rohseide, die nicht ganz weiß ist und die man zum Stikken nimmt. Oder mit dem Silberstreifen der Morgendämmerung. Oder mit dem Fell des Schneeluchses ... Da begegnet Emmanuelles Blick den grünen Augen, und sie vergißt alles andere.

Schräggestellt, mandelförmig, in einem so seltenen Schwung zu den Schläfen hin ansteigend, daß man versucht ist zu glauben, sie hätten sich auf diese hellhäutigen Wangen einer Europäerin nur verirrt – wären sie nicht so grün! So voller Licht! Emmanuelle sieht, wie es in ihnen aufleuchtet gleich dem kreisenden Blinken eines Leuchtturms, Funken von Ironie, Ernst, Vernunft, starker Autorität, dann plötzlich ein Schimmer von Besorgnis, von Mitgefühl und dann ein Aufblitzen von Schalkhaftigkeit, Phantasie und Naivität: betörendes Feuer.

«Ich heiße Marie-Anne.»

Und weil die in ihren Anblick versunkene Emmanuelle ganz vergessen hat, ihr zu antworten, wiederholt sie ihre Einladung: «Wollen Sie nicht mit zu mir kommen?»

Diesmal lächelt Emmanuelle ihr zu und erhebt sich. Sie erklärt, heute könne sie leider nicht, da Jean sie im Club abholen komme und mit ihr Besuche machen wolle, sie käme wohl erst spät wieder nach Hause. Aber sie wäre überglücklich, wenn Marie-Anne sie am nächsten Tag besuchen würde. Ob sie denn wisse, wo sie wohne?

«Ja», sagt Marie-Anne kurz. «Also dann bis morgen nachmittag.»

Emmanuelle nutzt die Gelegenheit, da alle abgelenkt sind, sich davonzustehlen. Unter dem Vorwand, daß sie ihren Mann nicht warten lassen will, eilt sie in ihre Kabine.

«Meinst du, daß wir das Gästezimmer bald benutzen können?» fragte ihr Mann, als sie sich zu Tisch setzten.

Die zu dieser Stunde weit geöffneten faltbaren Wände gaben den Blick frei auf eine rechteckige Wasserfläche, auf der Lotuspflanzen, die morgens rosa, malvenfarben, weiß oder blau erblühten, nun am Abend ihre grünen Kelche wiegten.

«Wenn es sein muß, kann es jetzt schon benutzt werden. Es fehlen nur noch die Vorhänge und die bunten Kissen, die auf das Bett sollen. Ach ja, und dann noch eine Lampe.»

«Mir wäre es lieb, wenn bis Sonntag in acht Tagen alles fertig sein könnte.»

«Das läßt sich sicher machen. Ich brauche bestimmt keine zehn Tage, um die fehlenden Dinge noch zu besorgen. Erwartest du jemanden?»

«Ja, Christopher. Du weißt ... Sein Bezirk ist Malaysia, seit einem Monat. Ich hatte ihn schon seit längerem eingeladen. Jetzt hat er zugesagt. Und da die Firma ihn auf eine Rundreise durch Thailand schickt, kann er ein paar Wochen bei uns bleiben. Er ist ein feiner Kerl, er wird dir bestimmt gefallen. Ich habe ihn seit drei Jahren nicht mehr gesehen.»

«Ist das nicht der, der damals nach dem Bau des Staudamms mit dir in Assuan geblieben ist?»

«Ja, er hat als einziger nicht gekniffen.»

«Jetzt erinnere ich mich. Du hast mir erzählt, daß er so ernst ist ...»

Sie machte einen Schmollmund, und Jean lachte über sie.

«Ernst schon, aber doch kein Spielverderber, alles, was recht ist! Ich mag ihn gern. Und ich bin sicher, dir wird er auch gefallen.»

«Wie alt ist er?»

«Sieben oder acht Monate jünger als ich. Damals kam er gerade aus Oxford.»

«Ist er denn Engländer?»

«Nein. Ja, doch, zur Hälfte, durch seine Mutter. Sein Vater ist einer der Gründer der Gesellschaft. Aber du mußt nicht denken, er sei bloß der Sohn eines reichen Vaters. Ganz im Gegenteil, der schuftet für drei. Man kann sich auf ihn verlassen.»

Emmanuelle war ein wenig enttäuscht, daß sie die eben erst wiedergefundene innige Zweisamkeit schon so bald mit jemandem teilen sollte. Doch war sie entschlossen, den Gast, der ihrem Mann so nahestand, aufs freundlichste aufzunehmen. Sie erinnerte sich an Fotografien, auf denen ein lächelnder Christopher als athletisch gebauter und braungebrannter Forschungsreisender zu sehen war, und sie sagte sich, daß es gewiß vorzuziehen sei, ihn als Gast zu haben als die alten, dickbäuchigen Inspektoren, denen man bestimmt auch noch die Sehenswürdigkeiten der Stadt zeigen mußte und die man obendrein vor Sonnenbrand und Mückenstichen würde schützen müssen.

Sie fragte nach weiteren Einzelheiten und lauschte begierig den Erzählungen aus jenen gefahrenreichen Jahren, als sie Jean noch nicht kannte. Wäre er damals umgekommen, so wäre sie nie seine Frau geworden: der Gedanke schnürte ihr das Herz zusammen. Sie konnte nicht mehr weiteressen.

Der Boy ging um den Tisch, servierte mit Karamelcreme gefüllte Kokosnüsse, eisgekühlten Reis und die Blütenbeignets, auf deren Zubereitung zu Ehren der neuen Herrin die alte Köchin mit den roten Zähnen drei Tage verwendet hatte. Beim Gehen wippte er auf den Zehenspitzen und holte beim Servieren jedesmal Schwung, als wolle er hochschnellen. Emmanuelle war er etwas unheimlich. Er bewegte sich so geräuschlos, war so stark und geschmeidig, so glatt und allgegenwärtig – ganz wie eine Katze.

Marie-Anne kam in einem weißen amerikanischen Wagen, an dessen Steuer ein indischer Chauffeur mit Turban und schwarzem Schnurrbart saß. Er setzte sie ab und fuhr gleich weiter.

«Kannst du mich später nach Hause fahren, Emmanuelle?» fragte Marie-Anne.

Das ‹Du› überraschte Emmanuelle. Noch deutlicher als am Vortag empfand sie, wie gut die Stimme zu den Zöpfen und zu der Haut paßte. Impulsiv hätte sie das Kind gern auf beide Wangen geküßt, aber irgend etwas hielt sie davon ab. Waren es vielleicht die kleinen, spitzen Brüste unter der blauen Hemdbluse? Ach, Unsinn! Marie-Anne stand ganz dicht neben ihr.

«Gib nichts auf das, was diese dummen Gänse erzählen», sagte sie. «Die geben nur an. Sie tun nicht den zehnten Teil von dem, was sie behaupten.»

«Ich versteh schon», pflichtete ihr Emmanuelle nach einem Augenblick des Nichtbegreifens bei: offensichtlich bezog sich Marie-Anne auf ihre älteren Gefährtinnen am Swimmingpool. «Was meinen Sie: wollen wir auf die Terrasse gehen?»

Im nächsten Augenblick schon bereute sie das ‹Sie›, das sie instinktiv gebraucht hatte. Marie-Anne nahm den Vorschlag mit einem Kopfnicken an. Sie gingen die Treppe hinauf, und als sie am Schlafzimmer vorbeikamen, fiel Emmanuelle plötzlich das große Aktfoto von ihr ein, das auf Jeans Nachttisch stand. Sie beschleunigte ihre Schritte, aber Marie-Anne war schon vor dem Moskito-Gitter stehengeblieben, das das Zimmer vom Treppenflur abtrennte.

«Ist das dein Schlafzimmer?» fragte sie. «Darf ich es sehen?» Ohne die Antwort abzuwarten, steß sie die Gittertür auf. Emmanuelle folgte ihr. Die Besucherin lachte auf.

«Was für ein riesiges Bett! Zu wievielt schlaft ihr denn darin?»

Emmanuelle errötete. «Das sind eigentlich zwei Einzelbetten. Sie sind nur aneinandergeschoben.»

Marie-Anne betrachtete das Foto. «Wie schön du bist», sagte sie. «Wer hat es aufgenommen?»

Emmanuelle wollte erst sagen, es sei Jean gewesen, aber sie brachte diese Lüge nicht über die Lippen.

«Ein Künstler, ein Freund meines Mannes», gab sie zu.

«Hast du noch mehr solcher Fotos? Er hat doch bestimmt nicht nur dieses eine gemacht. Und hast du keins, auf dem du gerade einen Mann liebst?»

Emmanuelle schwindelte es. Was war das für ein seltsames Mädchen, das sie mit so großen, hellen Augen und einem so frischen Lächeln ansah und dabei, augenscheinlich ungerührt und in ganz kameradschaftlichem Ton, so erstaunliche Fragen stellte? Das Schlimmste war, daß Emmanuelle fühlte, unter diesem Blick würde sie nur die Wahrheit sagen können, und daß dieses Kind die Macht besaß, ihr, wenn es nur wollte, die geheimsten Geständnisse zu entlocken. Unvermittelt öffnete sie die Tür, so als wollte sie sich durch diese Geste schützen.

«Kommen Sie?» sagte sie.

Schon wieder hatte sie das ‹Du› vergessen.

Marie-Anne lächelte flüchtig. Sie traten auf eine Terrasse hinaus, von der eine gelb-weiß gestreifte Markise die Sonne abschirmte. Vom nahen Fluß wehte eine leichte Brise herauf. Marie-Anne rief aus: «Was hast du für ein Glück! Es gibt in Bangkok kein zweites Haus mit einer solchen Lage. Welch herrlicher Blick, und wie wohl man sich hier fühlen muß!»

Einen Augenblick verharrte sie reglos vor dieser Landschaft mit den Kokospalmen und Flamboyant-Bäumen, dann hakte sie ganz ungezwungen den breiten Gürtel aus Raphia-Bast auf, der ihre Taille fest umschloß, und warf ihn in einen der Korbsessel. Ohne weiteres Zögern öffnete sie den Verschluß ihres bunten Rocks, der ihr sofort bis auf die Füße herabglitt. Das Mädchen sprang aus dem Kreis, den der Stoff auf den Steinfliesen bildete. Die Bluse reichte ihr bis zu den Hüften, tiefer als der seitliche Rand des Höschens, so daß von ihm vorn und hinten nur ein schmales, waagerechtes, scharlachrotes und mit Spitzen besetztes Stück zu sehen war. Sie ließ sich auf einen der Liegestühle fallen und griff sogleich nach einer der herumliegenden Zeitschriften.

«Ich habe schon lange keine französischen Zeitschriften mehr gesehen! Woher hast du die alle?»

Sie machte es sich bequem und streckte ganz brav die Beine nebeneinander aus. Emmanuelle seufzte, verscheuchte die sie bedrängenden wirren Gedanken und setzte sich Marie-Anne gegenüber.

«Was ist denn das für eine komische Geschichte: ‹Das Eulenöl›?» lachte sie los. «Es macht dir doch nichts aus, wenn ich sie jetzt lese?»

«Aber nein, Marie-Anne.»

Und schon war sie in die Lektüre vertieft. Das offene Heft verbarg ihr Gesicht.

Aber sie blieb nicht lange so ruhig liegen: bald wurde ihr Körper lebendig, zuckte ab und zu wie ein nervöses Füllen. Sie hob ein Knie, und ihr linker Schenkel, der sich eben noch, auf gleicher Höhe mit dem anderen, gegen diesen gepreßt hatte, legte sich weich gegen die Armlehne des Sitzes. Emmanuelle versuchte, in das nun leicht geöffnete Höschen zu spähen. Die eine Hand von Marie-Anne löste sich vom Heft und glitt, ohne zu zaudern, zwischen die Beine, schob den Nylonstoff beiseite und suchte in der Tiefe einen Punkt, den sie auch zu finden schien und auf den sie sich einen Augenblick lang konzentrierte. Aber schon glitt sie wieder höher und entblößte dabei, indem sie darüber hinfuhr, den Spalt zwischen den Fleischlippen. Sie spielte mit der Schwellung, die den Stoff spannte, glitt wieder hinab, schob sich unter das Gesäß und begann ihre Reise von neuem. Diesmal aber war nur der Mittelfinger abwärts gerichtet, während die anderen anmutig emporgestreckten Finger ihn wie entfaltete Elytren umgaben: er strich leicht über die Haut, bis das jäh abknickende Handgelenk wieder zur Ruhe kam. Emmanuelle fühlte ihr Herz so mächtig schlagen, daß sie fürchtete, man könne es hören. Ihre Zungenspitze schob sich zwischen ihre Lippen.

Marie-Anne trieb ihr Spiel weiter. Der große Finger preßte sich tiefer hinein und drückte dabei die Lippen auseinander. Dann hielt er inne, beschrieb einen Kreis, zögerte, tupfte über die Haut hin, bebte kaum merklich. Unwillkürlich entfuhr Emmanuelles Kehle ein Laut. Marie-Anne ließ die Illustrierte sinken und lächelte ihr zu.

«Streichelst du dich nicht?» sagte sie verwundert. Sie legte den Kopf auf die Schulter, und in ihren Augen glänzte der Schalk: «Ich streichle mich immer, wenn ich lese.»

Emmanuelle nickte, sie war unfähig, zu sprechen. Marie-Anne legte das Heft fort, wölbte das Becken vor, griff nach ihren Hüften und schob sich rasch das rote Höschen über die Schenkel herunter. Sie strampelte mit den Beinen in der Luft, bis sie sich ganz davon befreit hatte. Dann entspannte sie sich, schloß die Augen und spreizte mit zwei Fingern die feuchte, rosenfarbene Scham auseinander.

«Das tut gut, gerade hier», sagte sie, «findest du nicht auch?»

Emmanuelle nickte erneut. Wie etwas ganz Alltägliches sagte Marie-Anne: «Ich mag es, wenn es lange dauert. Deshalb berühre ich nicht zu oft die Stelle oben. Das Hin- und Hergleiten in der Spalte ist besser.»

Sie veranschaulichte sogleich, was sie damit sagen wollte. Schließlich wölbten sich ihre Lenden zu einem Bogen, und sie gab einen leisen Klageton von sich.

«Ah!» sagte sie. «Ich halte es nicht mehr aus.»

Jetzt zitterte der Finger wie eine Libelle über der Klitoris. Der Klageruf wurde zum Schrei. Ihre Schenkel spreizten sich ungestüm und schlugen über der gefangenen Hand wieder zusammen. Lange schrie sie geradezu herzzerreißend und sank endlich keuchend zurück. Nach wenigen Sekunden kam sie wieder zu Atem und öffnete die Augen.

«Das tut wirklich gut!» hauchte sie.

Mit vorgeneigtem Kopf führte sie nun wieder den Mittelfinger vorsichtig und zart in ihr Geschlecht ein. Emmanuelle biß sich auf die Lippen. Als der Finger ganz eingetaucht war, stieß Marie-Anne einen langen Seufzer aus. Sie strahlte förmlich vor Gesundheit, gutem Gewissen und Genugtuung über die geleistete Arbeit.

«Streichle dich auch», sagte sie ermunternd.

Emmanuelle zögerte, als suche sie eine Ausflucht. Doch dann erhob sie sich unvermittelt und ließ ihre Shorts heruntergleiten. Sie hatte kein Höschen darunter an. Ihr orangefarbener Pullover betonte den schwarzen Glanz ihrer Schamhaare.

Als Emmanuelle sich wieder hingelegt hatte, setzte sich Marie-Anne ihr zu Füßen auf einen Plüschhocker. Beide waren oben bekleidet und von der Taille abwärts nackt. Marie-Anne betrachtete das Geschlecht ihrer Freundin ganz aus der Nähe.

«Wie streichelst du dich am liebsten?» fragte sie.

«Nun, wie die anderen auch!» sagte Emmanuelle, der Marie-Annes Atem, den sie auf ihren Schenkeln spürte, die Sinne verwirrte.

Hätte das Mädchen ihre Hand auf Emmanuelles Schoß gelegt, so hätte sie das wohl von der Anspannung ihrer Sinne und gewiß auch von ihrer Verlegenheit befreit. Aber Marie-Anne rührte sich nicht.

«Laß mich sehen», sagte sie nur.

Das Masturbieren brachte Emmanuelle sofortige Erleichterung. Ihr war, als läge die Welt hinter einem Vorhang, und nachdem ihre Finger zwischen ihren Beinen die ihnen vertraute Aufgabe erfüllt hatten, gewann sie ihre innere Ruhe wieder. Diesmal mühte sie sich nicht, den Genuß der Erwartung zu verlängern. Sie mußte sich rasch in das strahlende Refugium des Orgasmus flüchten, um wieder einen Halt zu finden.

«Wie bist *du* darauf gekommen?» fragte Marie-Anne, als ihre Freundin wieder die Augen öffnete.

«Ganz von allein. Meine Hände haben das selbst entdeckt», sagte Emmanuelle lachend.

Sie war gutgelaunt und nun zum Plaudern aufgelegt.

«Konntest du es auch schon mit dreizehn?» fragte Marie-Anne zweifelnd.

«Das will ich meinen! Lange vorher schon! Du nicht?»

Marie-Anne gab keine Antwort und setzte ihr Verhör fort: «An welcher Stelle streichelst du dich am liebsten?»

«Oh, an verschiedenen. An der Spitze, am Schaft oder an der Wurzel, hier, überall ist das Gefühl anders. Ist das bei dir nicht genauso?»

Wieder ließ Marie-Anne die Frage unbeantwortet. Sie fragte: «Streichelst du denn nur deine Klitoris?»

«Nein, wo denkst du hin! Vor allem die ganz kleine Öffnung, weißt du, direkt darunter: die Harnröhre. Die Stelle ist auch sehr empfindsam. Ich brauche sie nur mit den Fingerspitzen zu berühren, und schon habe ich einen Orgasmus.»

«Was machst du sonst noch?»

«Ich streichle mir gern die Innenseiten der Schamlippen, dort, wo es so feucht ist.»

«Mit deinen Fingern?»

«Auch mit Bananen –» Emmanuelles Stimme bekam einen stolzen Klang – «ich stoße sie ganz hinein. Aber zuerst schäle ich sie. Sie dürfen nicht reif sein. Die langen grünen, die man hier auf dem schwimmenden Markt bekommt – oh, wie gut das tut!»

Bei der Erinnerung an diese Wollust schwanden ihr die Sinne. Sie war von der Vorstellung ihrer einsamen Wonnen so überwältigt, daß sie darüber die Anwesenheit der anderen fast vergaß. Ihre Finger massierten die Schamspalte. Sie sehnte sich danach, daß sich etwas in sie hineinbohrte. Sie drehte sich auf die Seite, zu Marie-Anne hin, und mit geschlossenen Lidern öffnete sie weit ihre Beine. Sie mußte ihre Begierde ganz einfach noch einmal stillen. Ihre Finger strichen mit schnellen, sehr gleichmäßigen Bewegungen einige Minuten lang über die Innenseite ihrer Schamlippen, so lange, bis sie befriedigt war.

«Siehst du, ich kann mir mehrere Male hintereinander Lust verschaffen.»

«Machst du das oft?»

«Ja.»

«Wie oft am Tag?»

«Das kommt darauf an. Weißt du, in Paris war ich den größten Teil des Tages nicht zu Hause, sondern in der Fakultät oder bummelte durch die Geschäfte. Meist konnte ich mich morgens nur ein- oder zweimal befriedigen: beim Aufwachen und im Bad. Und dann zwei- oder dreimal abends vor dem Einschlafen. Und dann noch einmal nachts, wenn ich aufwachte. Aber in den Ferien habe ich nichts anderes zu tun: dann kann ich mir viel häufiger Lust verschaffen. Und hier habe ich ja die ganze Zeit Ferien!»

Still lagen sie nebeneinander und genossen die Freundschaft, die ihrer Offenheit entsprang. Emmanuelle war beglückt, daß sie es vermocht hatte, über diese Dinge zu sprechen, daß sie ihre Scheu überwunden hatte; glücklich war sie aber, ohne es sich ganz einzugestehen, vor allem deshalb, weil sie sich vor diesem Mädchen, dem das Zusehen Freude machte und das die Sinnenlust kannte, befriedigt hatte. Schon stattete sie sie in ihrem Herzen mit allen Vorzügen der Vollkommenheit aus. Sie erschien ihr jetzt so schön! Diese Elfenaugen . . . Und dieser träumende Spalt, der ebenso ausdrucksvoll, ebenso unnahbar, ebenso fleischig war wie der andere Schmollmund auch! Und diese gespreizten Schenkel, schamlos-unbekümmert in ihrer Nacktheit . . .

Sie fragte: «Woran denkst du, Marie-Anne? Du siehst so ernst aus.» Und zum Spaß zog sie an einem der Zöpfe.

«Ich denke an die Bananen», sagte Marie-Anne.

Sie kräuselte das Näschen, und beide lachten, bis ihnen der Atem ausging.

«Wie gut, daß man keine Jungfrau mehr ist», erläuterte die ältere. «Früher wußte ich nichts von Bananen und ahnte nicht, was ich mir entgehen ließ.»

«Und wie hat es bei dir mit den Männern angefangen?» erkundigte sich Marie-Anne.

«Jean hat mich defloriert», sagte Emmanuelle.

«Vorher hat es niemanden gegeben?» rief Marie-Anne erstaunt und geradezu entrüstet, so daß Emmanuelle im Ton einer Entschuldigung antwortete:

«Nein. Jedenfalls nicht richtig. Natürlich haben mich Jungens gestreichelt. Aber sie wußten nicht so recht, wie sie es anfangen sollten!» Und dann fuhr sie, wieder selbstsicher, fort: «Jean hat sofort mit mir geschlafen. Deshalb habe ich ihn geliebt.»

«Sofort?»

«Ja, am zweiten Tag, nachdem ich ihn kennengelernt hatte. Am ersten ist er zu uns nach Hause gekommen; er war mit meinen Eltern befreundet. Er hat mich die ganze Zeit amüsiert angesehen, als wollte er mich wütend machen. Dann hat er es so eingerichtet, daß er allein mit mir blieb, und hat mich über alles ausgefragt: wie viele Flirts ich gehabt hätte, ob mir die Liebe Spaß machte. Mir war das schrecklich peinlich, aber ich konnte nicht anders, ich mußte ihm die Wahrheit sagen. So ähnlich wie bei dir! Auch er wollte alles möglichst genau wissen. Am Nachmittag des nächsten Tages hat er mich zu einer Spazierfahrt in seinem schönen Wagen eingeladen. Er sagte mir, ich solle mich ganz dicht neben ihn setzen, und streichelte sofort erst meine Schultern und dann meine Brüste, während er fuhr. Schließlich hat er den Wagen auf einem Weg im Wald bei Fontainebleau angehalten und mich zum erstenmal geküßt. In einem Ton, der mir, ich weiß nicht, weshalb, jede Angst vor dem, was folgen sollte, nahm, hat er zu mir gesagt: ‹Du bist noch Jungfrau, ich werde dich öffnen.› Und dann sind wir lange dort sitzen geblieben, still und wortlos aneinandergeschmiegt. Endlich ließ mein Herzklopfen nach. Ich war glücklich. Es war genauso, wie ich es mir erträumt hatte (obwohl ich in Wirklichkeit niemals davon geträumt hatte). Jean sagte, ich solle mir mein Höschen selber ausziehen, und ich beeilte mich, ihm zu gehorchen, denn ich wollte bei meiner Deflorierung mithelfen, sie nicht untätig erdulden. Er befahl mir, mich auf die Sitzbank des Autos zu legen, dessen Verdeck geöffnet war: ich sah in die grünen Wipfel der Bäume. Er stand an der Öffnung der Wagentür. Er hat gar nicht erst versucht, mich zu streicheln, sondern ist sofort in mich eingedrungen, jedoch so, daß ich mich nicht erinnern kann, Schmerzen empfunden zu haben. Im Gegenteil, meine Lustgefühle waren so überwältigend, daß ich ohnmächtig geworden oder eingeschlafen bin, ich weiß es nicht mehr. Jedenfalls kann ich mich an nichts mehr erinnern, bis wir in dem Restaurant im Wald saßen, wo wir beide zusammen zu Abend gegessen haben. Es war herrlich! Jean hat dann ein Zimmer genommen, und wir haben uns bis Mitternacht weitergeliebt. Ich habe es schnell gelernt!»

«Was haben deine Eltern gesagt?»

«Oh, nichts! Am nächsten Tag habe ich überall herausposaunt, daß ich keine Jungfrau mehr sei und mich verliebt hätte. Sie schienen das ganz normal zu finden.»

«Hat Jean um deine Hand angehalten?»

«Natürlich nicht! Weder er noch ich hatten die Absicht zu heiraten. Ich war noch keine siebzehn. Ich hatte gerade mein Abitur gemacht. Und ich war viel zu froh, einen Geliebten zu haben, die Mätresse eines Mannes zu sein.»

«Warum hast du denn dann geheiratet?»

«Eines schönen Tages hat mir Jean ruhig wie immer erzählt, seine Gesellschaft schicke ihn nach Siam. Ich meinte, vor Kummer in die Erde versinken zu müssen. Aber dazu ließ er mir gar keine Zeit. Ohne große Umschweife fuhr er fort: ‹Wir werden vor meiner Abreise heiraten. Sobald ich ein Haus gefunden habe, kommst du nach.›»

«Wie hast du es aufgenommen?»

«Es kam mir vor wie ein Märchen, zu schön, um wahr zu sein. Ich lachte wie närrisch. Einen Monat später waren wir schon verheiratet. Daß ich Jeans Geliebte war, hatten meine Eltern für ganz natürlich gehalten, aber jetzt, da er mich heiraten wollte, war das Geschrei groß. Sie hielten ihm vor, daß er zu alt und ich zu jung und ‹unschuldig› sei. Was sagst du dazu? Aber schließlich hat er sie überzeugt. Zu gern wüßte ich, wie ihm das gelungen ist. Besonders mein Vater muß hartnäckig gewesen sein: er konnte sich nicht damit abfinden, daß ich die höhere Mathematik aufgab.»

«Mathematik?» fragte Marie-Anne.

«Ja, ich hatte schon ein Jahr Mathematik studiert.»

«Was für eine Schnapsidee!» Marie-Anne lachte.

«Es war Papas Idee. Ursprünglich sollte Jean gleich nach unserer Hochzeit abreisen, aber glücklicherweise hat sich das um ein halbes Jahr verzögert. So brauchten wir uns nicht gleich wieder zu trennen, sechs Monate führte ich das Leben einer Ehefrau, ebenso lange, wie ich seine Geliebte gewesen war. Ich fand es amüsant, verheiratet zu sein, und komisch, daß wir nun jede Nacht miteinander schliefen.»

«Und dann? Wo hast du während seiner Abwesenheit gewohnt? Bei deinen Eltern?»

«Aber nein! In seiner oder vielmehr in ‹unserer› Wohnung, in der Rue du Docteur-Blanche.»

«Hat er keine Angst gehabt, dich so ganz allein zu lassen?»

«Angst? Wovor?»

«Nun, daß du ihn betrügst?»

Emmanuelle lachte auf. «Offenbar nicht. Wir haben nie darüber gesprochen. Dieser Gedanke ist ihm wohl gar nicht gekommen. Mir übrigens auch nicht.»

«Aber später hast du es dann doch wohl getan?»

«Nein, warum? Die Männer liefen mir zwar nach, aber ich fand sie lächerlich . . .»

«Dann hast du also im Club die Wahrheit gesagt?»

«Im Club?»

«Ja, gestern, erinnerst du dich nicht mehr? Du hast behauptet, du hättest noch nie mit einem anderen Mann als Jean geschlafen.»

Emmanuelle zögerte den Bruchteil einer Sekunde. Das jedoch genügte schon, um Marie-Anne hellhörig zu machen. Sie sprang auf, kniete vor Emmanuelle nieder, beugte sich vor und schleuderte ihren Verdacht heraus.

«Davon ist doch kein Wort wahr», verkündete sie in der Pose der Anklägerin. «Man braucht dich nur anzusehen. Dein Gesicht verrät alles!»

Emmanuelle wand sich und sagte ohne große Überzeugung: «Erstens habe ich etwas Derartiges nie behauptet . . .»

«Aber hör mal, du hast doch zu Ariane gesagt, daß du deinen Mann nicht betrügst. Deshalb wollte ich ja gerade mit dir sprechen, ich habe dir nämlich nicht geglaubt. Und ich hatte recht damit, wie sich zeigt!»

Emmanuelle blieb bei ihren sophistischen Ausflüchten: «Dann irrst du dich eben. Ich habe es nicht so gesagt, wie du es wahrhaben willst. Ich habe nichts weiter gesagt, als daß ich Jean in Paris treu geblieben bin. Das ist alles.»

«Alles? Verbirgst du mir auch nichts?»

Marie-Anne sah Emmanuelle, die sich alle Mühe gab, ungezwungen zu erscheinen, forschend an. Unvermittelt änderte die Jüngere ihre Taktik und sagte schmeichelnd: «Warum hättest du denn treu sein sollen? Weshalb hättest du dir etwas entgehen lassen sollen?»

«Aber ich habe mir ja gar nichts entgehen lassen; ich hatte ganz einfach keine Lust.»

Marie-Anne verzog den Mund, dachte einen Moment nach und fragte dann: «Das heißt also, hättest du Lust gehabt, wärst du mit jemandem ins Bett gegangen.»

«Richtig.»

«Wie soll ich das glauben?» sagte Marie-Anne herausfordernd in kindlicher Streitsucht.

Emmanuelle sah sie unentschlossen an und sagte dann plötzlich: «Ich habe es getan.»

Marie-Anne sprang wie elektrisiert auf, setzte sich im Schneidersitz wieder hin und stützte beide Hände auf die Knie.

«Na also», sagte sie vorwurfsvoll und entrüstet. «Und du wolltest mir das Gegenteil weismachen!»

«Es war nicht in Paris», erklärte Emmanuelle geduldig, «sondern im Flugzeug. Im Flugzeug, das mich hierher gebracht hat. Verstehst du?»

«Und mit wem?» drängte Marie-Anne ungläubig.

Emmanuelle ließ sich Zeit, bevor sie sagte: «Mit zwei Unbekannten.»

Wenn sie geglaubt hatte, das würde Eindruck machen, so wurde sie enttäuscht. Marie-Anne setzte ungerührt ihr Verhör fort: «Waren sie richtig in dir drin?»

«Ja!»

«Sind sie in dir gekommen?»

«O ja.»

Instinktiv legte Emmanuelle eine Hand auf ihren Schoß.

«Streichle dich, während du erzählst», befahl Marie-Anne.

Aber Emmanuelle schüttelte den Kopf. Sie schien plötzlich die Sprache verloren zu haben. Marie-Anne musterte sie kritisch.

«Los», gebot sie, «sprich!»

Emmanuelle gehorchte, anfangs widerwillig und verlegen, dann aber ließ sie sich, von ihrer eigenen Geschichte erregt, nicht weiter bitten und war sogar bemüht, kein Detail auszulassen. Sie erzählte, wie die griechische Statue sie entführt hatte. Dann hielt sie inne. Marie-Anne hatte ihr begierig zugehört und dabei mehrmals ihre Haltung gewechselt ... Aber sie schien nicht sonderlich beeindruckt.

«Hast du es Jean erzählt?» erkundigte sie sich.

«Nein.»

«Hast du die beiden Männer wiedergesehen?»

«Nein, natürlich nicht.»

Für den Augenblick schien Marie-Anne keine Fragen mehr zu haben.

Emmanuelle rief eine Hausgehilfin – die mit ihrem schwarzen, blumengeschmückten Haar, ihrem ockerfarbenen Körper und ihrem scharlachroten Sarong einem Traum Gauguins entsprungen zu sein schien – und sagte ihr, sie solle ihnen Tee machen. Sie zog sich ihre Shorts wieder an, und Marie-Anne streifte sich ihr Höschen wieder über, ließ aber ihren Rock auf dem Boden liegen. Dann bat sie Emmanuelle, ihr die anderen Fotos zu zeigen. Emmanuelle holte sie. Sogleich schlug Marie-Anne wieder ihren aggressiven Ton an.

«Hör mal! Du willst mir doch nicht sagen, daß du nichts mit dem Fotografen gehabt hast?»

«Also, ich bitte dich», protestierte Emmanuelle. «Er hat mich nicht einmal angerührt.» Und mit gespielter Empörung fügte sie hinzu: «Ich hatte überhaupt keine Chance, er war Päderast.»

Marie-Anne verzog den Mund. Noch immer skeptisch, betrachtete sie wieder die Fotos.

«Ich finde», erklärte sie, «ein Künstler sollte immer mit

seinem Modell schlafen, bevor er es porträtiert. Es war töricht von dir, dich von jemandem fotografieren zu lassen, der Frauen nicht mag.»

«Ich habe ihn mir ja nicht ausgesucht», sagte Emmanuelle ärgerlich. «Er selbst hat vorgeschlagen, mich zu fotografieren. Ich habe dir doch gesagt, er war ein Freund von Jean.»

Marie-Anne machte eine Handbewegung, als wolle sie die Vergangenheit wegwischen.

«Man müßte dich wirklich einmal von jemandem malen lassen, der etwas davon versteht. Wenn du alt bist, ist es zu spät.»

Der Gedanke daran, was Marie-Anne wohl mit «Jemand, der etwas davon versteht» meinte, und die Vorstellung, daß ihr das Greisenalter unmittelbar bevorstand, lösten bei Emmanuelle einen Lachanfall aus.

«Ich sitze nicht gern Modell, nicht einmal einem Fotografen, geschweige denn einem Maler!»

«Und hier hast du noch nichts mit Männern gehabt?»

«Du bist verrückt», entrüstete sich Emmanuelle.

Marie-Anne schien enttäuscht. «Über kurz oder lang wirst du dir aber einen Liebhaber suchen müssen», seufzte sie.

«Ist das so unerläßlich?» fragte Emmanuelle amüsiert.

Aber ihr Gegenüber schien keineswegs zum Scherzen aufgelegt. Sie zuckte vielmehr gereizt mit den Achseln.

«Du bist komisch, Emmanuelle», sagte sie.

Dann, nach einer Pause: «Du willst doch nicht etwa ewig wie eine alte Jungfer leben?» Und fast zornig sagte sie noch einmal: «Wirklich, du bist komisch!»

«Aber», wagte Emmanuelle zu protestieren, «ich habe doch schließlich einen Mann und lebe nicht wie eine alte Jungfer!»

Marie-Anne warf ihr statt einer Antwort nur einen kühlen Blick zu. Offensichtlich hatte sie für Emmanuelles Argument nur Bedauern übrig. Sie schien entschlossen, die Diskussion abzubrechen. Aber jetzt war es Emmanuelle, die keine Lust verspürte, das Thema zu wechseln. Sie suchte die intime Atmosphäre von vorher wiederherzustellen.

«Warum ziehst du dir nicht wieder dein Höschen aus, Marie-Anne?»

Marie-Anne schüttelte ihre Zöpfe. «Ich muß gleich gehen.» Sie stand auf. «Fährst du mich nach Hause?»

«Hast du es denn so eilig?»

Aber sie hatte schon erkannt, daß man Marie-Anne nicht umstimmen konnte, wenn sie sich einmal etwas in den Kopf gesetzt hatte.

Im Wagen sah das Mädchen Emmanuelle mitleidig an.

«Weißt du», sagte sie, «ich möchte nicht, daß du dein Leben vertust, dazu bist du zu hübsch. Es ist verrückt, so prüde zu sein wie du.»

Emmanuelle lachte schallend, aber Marie-Anne ließ ihr keine Zeit zu einer ironischen Bemerkung.

«Es ist einfach nicht zu glauben, daß du bei deinem Alter nicht mehr erlebt hast als diese harmlosen kleinen Abenteuer in deinem fensterlosen Flugzeug. Und dabei hast du dich auch noch benommen wie ein Gänschen.» Sie schüttelte bekümmert den Kopf. «Ich sage dir, du bist nicht normal.»

«Marie-Anne . . .»

«Bestimmt. Aber es hat ja keinen Zweck, Vergangenem nachzutrauern.»

Das grüne Leuchtfeuer erstrahlte souverän.

«Wirst du wenigstens von jetzt an das tun, was ich dir sage?»

«Und was wäre das?»

«*Alles,* was ich dir sage.»

«Na, na», sagte Emmanuelle fasziniert.

«Schwörst du es?»

«Nun gut, wenn es dir Spaß macht.»

Sie lachte noch immer, aber Marie-Anne ließ sich von ihrem gravitätischen Ernst nicht abbringen.

«Soll ich dir einen Rat geben?»

«Nein, danke!»

Das Elfenauge analysierte die Schwere ihres Falls. Emmanuelle gab sich gelassen, machte sich aber keine Illusionen über ihre Aussichten, gegen Marie-Anne anzukommen. Als der Wagen vor der Bank ihres Vaters hielt, sagte Marie-Anne: «Streichle dich heute nacht. Punkt zwölf. Ich tue es dann auch.»

Zustimmend zwinkerte Emmanuelle mit den Augen, beugte sich aus dem Wagen und warf dem jungen Mädchen noch einen Kuß zu.

«Nicht vergessen!» rief Marie-Anne.

Erst auf der Rückfahrt wurde Emmanuelle klar, daß sie selbst nicht die geringste Frage an Marie-Anne gestellt hatte. Das kleine Mädchen mit den Zöpfen kannte jetzt die intimsten Geheimnisse ihrer neuen Freundin, aber ihr, Emmanuelle, war völlig verborgen geblieben, wie es in Marie-Annes Leben wohl aussehen mochte. Sie war nicht einmal dazu gekommen, sie zu fragen, ob sie noch Jungfrau sei.

Emmanuelles Mann hat geduscht. Er geht ins Schlafzimmer, wo Emmanuelle nackt auf dem großen, niedrigen Bett hockt und auf ihn wartet. Sie schlingt die Arme um seine Hüften und nimmt sein Glied in den Mund. Kaum hat sie begonnen, daran zu saugen, schwillt es an und richtet sich auf. Emmanuelle läßt es zwischen ihren Lippen hin- und hergleiten, bis es ganz hart ist. Dann fährt sie mit der Zunge über seine ganze Länge hin, neigt den Kopf, drückt die blauschimmernde Ader, die dicht unter der Haut liegt, zusammen, in die jetzt unter ihren Küssen das Blut drängt. Jean sagt, sie sehe aus, als knabbere sie an einem Maiskolben, und daraufhin beißt sie ihn ganz leicht mit ihren kleinen weißen Zähnen. Aber sogleich saugt sie zur Sühne die seidige Haut der Hoden sanft in ihren Mund, hebt sie mit ihren Händen hoch, läßt ihre Zungenspitze darunter gleiten, liebkost eine andere Ader, berauscht sich an dem heißen Blut, das sie unter der Berührung ihrer Lippen heftiger pulsieren fühlt, dringt in immer intimere Bereiche vor, tastet herum, kommt, geht, kehrt schließlich unvermittelt zur Spitze des Phallus zurück und stößt sich ihn tief in die Kehle, so tief, daß sie fast erstickt; und dann beginnt sie mit langsamen, unwiderstehlichen Pumpbewegungen, während ihre Zunge das immer noch tief in ihrer Kehle verharrende Glied umspielt und massiert.

Die Leidenschaft, mit der ihre Arme die Lenden ihres Mannes umschlingen, steigert sich, je länger sie an seiner Rute saugt und je stärker sich die Erregung ihrer Lippen und ihrer Zunge auf ihre Brüste und ihr Geschlecht überträgt. Sie fühlt, daß zwischen ihren zusammengepreßten Schenkeln der Saft ebenso reichlich hervorquillt wie der Speichel, mit dem sie in diesem Augenblick das zuckende Glied in ihrem Mund benetzt. Dann entlassen ihre Lippen den Penis einen Augenblick, um vor Wollust zu stöhnen. Ein Teilorgasmus bringt ihr Erleichterung, so daß sie ihre Fellatio fortsetzen kann, und sie fährt fort, die Öffnung des Harngangs zärtlich mit ihrer Zunge zu betupfen. Dann schlingt sie erneut die bebende Brücke, die sie miteinander verbindet, in sich hinein.

Jean hält mit den Händen die Schläfen seiner Frau, aber nicht, weil er ihre Bewegungen lenken oder ihren Rhythmus bestimmen möchte. Er weiß, daß er nichts Besseres tun kann, als sich ihr anzuvertrauen und es ihr zu überlassen, ihrer beider Lust zu erhöhen. Wieder einmal wird die Besonderheit, die sie dieser Umarmung zu verleihen weiß, sich von früheren Umarmungen unterscheiden. An manchen Tagen besteht Emmanuelles Spiel darin, ihren Mann hinzuhalten: nirgends verweilend, sucht sie wie ein Schmetterling eine empfindsame Stelle nach der andern auf, entlockt der Kehle ihres Opfers Klagelaute, leises Stöhnen, die sie aber ungerührt lassen, läßt es zucken, keuchen, treibt es zur Raserei, um ihr Werk dann schließlich präzise und lebhaft zu vollenden. Heute jedoch möchte sie Spenderin einer gelasseneren Befriedigung sein. Ohne das bebende Glied zu fest zusammenzupressen, unterstützt sie das Saugen ihrer Lippen mit dem Druck ihrer Finger, mit regelmäßigen Handbewegungen, um das Glied auf sanfte Weise von seinem Samen zu befreien und es so vollständig wie nur möglich zu entleeren. Als Jean sich ergibt, schluckt sie die würzige Substanz, die sie tief aus seinem Innern hervorgeholt hatte, in langsamen Zügen; nur den letzten Strahl läßt sie auf ihrer verliebten Zunge schmelzen.

Sie selbst hat sich schon so sehr in ihren eigenen Orgasmus hineingesteigert, daß ihr Mann nur noch ihre Klitoris zwischen seine Lippen zu nehmen braucht, um ihrer Lust den Höhepunkt zu verschaffen.

«Gleich werde ich zu dir kommen», sagt er.

«Nein, nein! Ich will dich noch einmal trinken! Versprich es mir! Versprich mir, daß du wieder in meinen Mund kommst. Oh! Noch einmal wirst du in meinen Mund fließen, sag ja, bitte! Das ist so herrlich, ich habe es so gern!»

«Sind deine Freundinnen, als ich noch nicht hier war, ebenso zärtlich mit dir umgegangen wie ich?» fragt sie ihn später, als sie beide ruhen.

«Es gibt keine Frau, die sich mit dir vergleichen ließe.»

«Nicht einmal die Siamesinnen?»

«Nein, auch die nicht.»

«Sagst du das nur, um mir etwas Nettes zu sagen?»

«Du weißt genau, daß ich das nicht tue. Wärest du nicht die beste aller Geliebten, dann würde ich dir das sagen – um dir zu helfen, es zu werden. Aber ich weiß wirklich nicht, was du noch lernen könntest. Auch die Kunst der Liebe hat schließlich ihre Grenzen.»

Emmanuelle sieht nachdenklich aus.

«Ich weiß nicht recht.»

Ihre Augenbrauen ziehen sich zusammen. Der Ton ihrer Stimme läßt erkennen, daß sie Zweifel hat.

«Auf jeden Fall habe ich diese Grenzen noch nicht erreicht!»

Jean widerspricht: «Wie kommst du darauf?»

Sie antwortet nicht.

Er insistiert: «Glaubst du nicht, daß ich das beurteilen kann?»

«O doch!»

«Das würde dann also heißen, daß ich kein guter Lehrer gewesen bin. Habe ich dich in der Liebe nicht alles gelehrt?»

Rasch beschwichtigt sie ihn: «Mein Liebling! Niemand auf der Welt wäre ein besserer Lehrer gewesen als du. Ich kann es schwer erklären, aber ... Ich habe das Gefühl, daß die Technik nicht das Wichtigste und Wesentlichste ist bei der Liebe. Es muß da noch etwas anderes geben.»

«Meinst du Hingabe, Zuneigung, Zärtlichkeit?»

«Nein, nein! Ich bin ganz sicher, daß es auch mit der körperlichen Liebe etwas zu tun hat. Es ist aber keine Frage größerer Kunstfertigkeit, Geschicklichkeit oder größeren Eifers: eher vielleicht eine geistige Haltung, eine Frage der Mentalität.» Sie holt Atem: «Im Grunde glaube ich gar nicht, daß es eine Frage der Grenzen ist. Ob es nicht vielmehr eine Frage der Auffassung, der Anschauung ist?»

«Eine andere Betrachtungsweise der Liebe?»

«Nicht nur der Liebe, aller Dinge!»

«Kannst du nicht deutlicher erklären, was du meinst?»

Sie wirft bekümmert die Lippen auf, rollt sich die Locken ihres Vlieses um die Finger mit den langen, perlmuttglänzenden Nägeln, als könne ihr das beim Nachdenken helfen.

«Nein», sagt sie schließlich. «Ich bin mir darüber noch nicht klar. Aber es gibt da bestimmt noch etwas, das ich finden muß, das mir noch fehlt, um ganz und gar Frau, ganz deine Frau zu sein. Aber ich weiß nicht, was es ist!» Sie wird ganz traurig: «Ich glaubte, ich wüßte so viel, aber was ist es schon, verglichen mit dem, was ich nicht weiß?» Sie runzelt ungeduldig die Stirn. «Mir fehlt es an Geist. Du siehst ja, ich weiß nichts, ich bin zu einfältig. Ich bin eben noch zu sehr unberührte Jungfrau. Gräßlich, wie sehr ich mich heute abend als Jungfrau fühle! Unberührte Jungfrau, starrend vor Jungfräulichkeit, daß ich mich schäme.»

«Mein reiner Engel!»

«O nein, keineswegs rein! Ganz und gar nicht rein. Eine Jungfrau ist nicht unbedingt rein, aber töricht ist sie.»

Entzückt küßt er sie. Sie aber bleibt dabei: «Und voller Vorurteile.»

«Du bist anbetungswürdig, wenn ich dich so über deine Unschuld klagen höre, während du mich doch eben erst mit deinen keuschen Lippen hingerissen hast!»

Ihr Gesicht hellt sich auf, aber ist sie überzeugt?

«Ach, wenn der Geist auf diesen Wegen zu den Mädchen kommt», sagt sie mit einem tiefen Seufzer, «will ich keine Minute länger säumen, ihn mir aus dir zu holen.»

Diese Anspielung hat bei Jean eine Wirkung, die Emmanuelle nicht entgeht; und schon will sie ihr Versprechen einlösen, erhebt sich und läßt ihre Zungenspitze zwischen ihren feuchten Zähnen spielen.... Er aber hält sie zurück.

«Wer hat dir gesagt, daß der Geist nur diese Öffnung kennt. Erinnere dich: Er weht, wo er will.»

Er legt sich auf sie, und sofort ist ihre Sehnsucht, genommen zu werden, ebenso groß wie seine, sie zu besitzen. Mit den Spitzen ihrer Finger öffnet sie selbst ihren Schoß und führt die Eichel, hilft ihr, in sie einzudringen. Ihre Knie heben sich, pressen sich an den Körper des Mannes, werden auseinandergerissen, während das steif gewordene Glied tief in ihren Leib taucht, so wie es eben noch in ihre Kehle eingedrungen war. Emmanuelle, die es zur gleichen Zeit in ihrem Mund spüren möchte, überläßt sich ihrer lodernden Phantasie, die ihr die Wirklichkeit ersetzt, und ihre Lippen, über die sie die Zunge gleiten läßt, schmecken die Süße des Spermas: die Lust in ihrem Schoß füllt ihr den Mund, und sie glaubt zu trinken. Sie fleht: «Komm!»

Sie spürt, wie in der Tiefe ihrer Scheide der Mund ihrer Gebärmutter sich fest um den Phallus schließt und ihn – wie ein Saugnapf – in sich hineinzieht. Jean soll seinen Samen in sie ergießen, und mit der ganzen Kraft ihres Schoßes und ihrer Hinterbacken versucht sie den Saft aus ihm herauszupressen: jeder Muskel ihres Körpers gehorcht, sie ist ein geschmeidiges und behendes Tier, das sich an den Mann schmiegt und ihn vor Lust erzittern läßt. Jean aber will sie bezwingen, sie als erste auf den Höhepunkt der Lust treiben; mit zusammengebissenen Zähnen und in raschen, ungestümen Stößen bohrt er seine Rute in ihrer ganzen Länge und Dicke schonungslos in sie hinein, begierig, sie röcheln zu hören, ihren Duft und ihre Geilheit zu spüren, zu sehen, wie sie sich windet, sich aufbäumt wie unter der Peitsche, ihm den Rücken zerkratzt und schließlich losschreit, so laut und so lange schreit, daß ihr die Stimme versagt, der Atem ausgeht, sie ruhig wird und plötzlich verstummt: betäubt, gezähmt, gelöst, fast ohne ein Gefühl in ihrem Körper, aber schon wieder von dem Wunsch beseelt, daß die Erregung erneut in ihrem Geist aufkeimt und sie ihr Gehirn unter dem neuen Blutandrang zucken spürt wie ihr Geschlecht.

Und jetzt wünscht sie sich, daß er sich nicht bewegt. Er weiß das und hält still. Sie murmelt: «Ich möchte so einschlafen, wenn du in mir bist.»

Er schmiegt seine Wange an die ihre. Die Flut ihrer nachtschwarzen Haare liebkost seine Lippen. Sie wissen nicht, wie lange sie so liegen. Dann hört er, wie sie in sein Ohr keucht: «Bin ich tot?»

«Nein. Du lebst durch mich.»

Er preßt sie an sich, und sie erschauert.

«Oh! Mein Liebes, wir sind wahrhaft eins. Ich bin nur ein Stück von dir.»

Sie legt ihre Lippen auf seinen Mund und küßt ihn mit der ganzen Kraft und Zärtlichkeit ihres Mundes.

«Nimm mich noch einmal! Tiefer! Öffne mich. Zerreiß mich ... Komm in mein Herz!» fleht sie und lacht gleichzeitig über ihre eigene Unvernunft: «Entjungfere mich! Oh! Ich liebe dich! Entjungfere mich!»

Er geht auf das Spiel ein: «Verströme dich. Gib deinen Willen auf. Laß mich alles mit dir machen, was ich will.»

Trunken vor Hingabe flüstert sie: «Ja.»

«Ja», wiederholt sie. «Tu alles, was du willst. Frag nicht, tu es!»

Sie möchte sich noch vollständiger ausliefern, noch deutlicher vor Augen haben, daß sie genommen wird, wie es dem, der sie nimmt, gerade gefällt, möchte sich ihm unterwerfen, nicht gefragt werden, schwach sein, nichts weiter als eifrig gehorchen, sich öffnen ... Gibt es, so schwärmt sie insgeheim, ein größeres Glück als willenlose Hingabe? Dieser Gedanke läßt sie schließlich in den Orgasmus taumeln.

Und dann, als sie wieder zu sich kommt und daliegt wie ein zur Strecke gebrachtes Tier, mit dem Gefühl, ihre Bestimmung erfüllt zu haben und im zur Ruhe gekommenen Schatten des Jägers glückliche Beute zu sein, sagt sie: «Glaubst du, daß ich die Frau bin, die du brauchst?»

Statt einer Antwort küßt er sie.

«Aber ich will sie noch mehr werden!»

«Jeden Tag bist du sie mehr.»

«Bist du dessen ganz sicher?»

Sein Lächeln flößt ihr Vertrauen ein. Ihre Unruhe legt sich. Ein nächtlicher Strom fließt durch ihre Adern, läßt sie erschlaffen, schließt ihr die Lippen. Sie versucht, gegen die Lust, die ihr den Kopf verwirrt, anzukämpfen.

«Marie-Anne muß mir das in den Kopf gesetzt haben», hört sie sich zu ihrer eigenen Überraschung sagen, denn davon wollte sie Jean gar nichts erzählen.

Und tatsächlich reagiert er verwundert.

«Wieso Marie-Anne?»

«Sie ist ein merkwürdig aufgewecktes Kind.»

Emmanuelle möchte nicht mehr sprechen. Dieser Stamm da in ihr wird immer größer, streckt seine Wurzeln, seine zahllosen Zweige aus, läßt seine Säfte strömen, wird drängender als ihre Gedanken ... Der Mann aber, der sich langsam in ihr wieder zu bewegen beginnt und sich anschickt, ihr sein Mark zu geben, insistiert: «Glaubst du etwa, daß sie dir tiefe Lebensgeheimnisse enthüllen wird?»

«Warum nicht?»

Das belustigt Jean.

«Hat sie dir denn schon eine Probe von ihren Talenten gegeben?»

Sie zögert einen Augenblick, dann sagt sie, unbekümmert darum, ob man ihr glaubt oder nicht, viel zu sehr in Anspruch genommen in ihrer anderen Welt: «Nein.»

Dann lächelt sie über einen Gedanken, der an den Gestaden, auf die ihr Traum zutreibt, nicht befremdlich ist.

«Aber ich möchte es gern!»

Nachsichtig sagt Jean: «Ich verstehe.»

Er wiegt sie in seinen Armen.

«Mein kleiner, jungfräulicher Liebling sehnt sich also danach, mit Marie-Anne zu schlafen? Das ist es doch, was du dir wünschst?»

Ohne die Augen zu öffnen, nickt Emmanuelle heftig mit dem Kopf.

«Das ist nicht alles, aber sicher gehört es auch dazu», räumt sie ein.

Er macht sich zärtlich über sie lustig: «Mit so einem kleinen Mädchen!»

Wie ein verwöhntes Kind zieht sie eine schmollende Miene, in der sich bereits die Züge ihres Nachtgesichts abzeichnen, und ihre Stimme, die schon weit weg ist, protestiert gedämpft, als käme sie aus einem Wellental: «Darf ich mich denn nicht danach sehnen?»

Da ergießt sich Jean in sie, und er staunt, wieviel er ihr zu geben hat, wie tief er sie durchbohrt hat, wie groß seine Lust ist.

Sie bleiben ausgestreckt nebeneinander liegen, berühren sich an den Schultern, an den Hüften. Sie rührt sich nicht, um keinen Tropfen von ihm zu verlieren.

«Schlaf», sagt Jean.

«Warte . . .»

In einem fernen Zimmer das leise Glockenspiel einer Uhr. Langsam gleitet Emmanuelles Hand zu ihrem Schoß hinunter, berühren ihre Finger die Klitoris und dringen in die von Sperma überquellende Scheide ein. Vor Emmanuelles geschlossenen Augen spreizen sich Marie-Annes Schenkel, und auf jede Bewegung von ihr antwortet sie mit genau der gleichen Liebkosung. Als sie fühlt, daß ihre Freundin sich verströmt, schreit sie auf, lauter noch, als sie in den Armen ihres Mannes geschrien hat. Auf einen Ellbogen gestützt, betrachtet er lächelnd, wie sie den Taumel der Lust genießt: nackt, vor Sinnenfreude strahlend, die eine Hand in ihrem Schoß gefangen, die andere ihre Brüste pressend, die Beine in wohligen Schauern zuckend. Dann breitet sich über ihre Stirn, ihre Wimpern, ihre Lippen die reglose Sanftheit des Schlafes.

## Drittes Kapitel

# *Brüste, Göttinnen und Rosen*

Mitten in meinen Armen bin ich eine andere geworden.

Paul Valéry: ‹*La Jeune Parque*›

Hier, und bis zum Abend. Die Schattenrose wird auf den Mauern kreisen. Die Stundenrose wird lautlos verblühen. Die hellen Fliesen werden diese dem Tag verfallenen Schritte lenken, wie es ihnen gefällt.

Yves Bonnefoy: ‹*Hier régnant désert*›

Da Emmanuelle in den Club geht, um zu schwimmen, und nicht, um sich Klatsch anzuhören, beschließt sie, ihre Besuche dort auf morgens zu verlegen. Zehnmal durchschwimmt sie geschmeidig die ganze Länge des Beckens, und sie kümmert sich ebensowenig darum, wieviel Zeit sie dafür braucht, wie um die Blicke der Männer, die sich um diese Stunde hier aufhalten. Durch das ständig wiederholte Anheben der Arme über ihren Kopf haben sich ihre Brüste aus ihrem trägerlosen Badeanzug geschoben, und wenn sie sich auf die Seite legt, hebt das darüber hinrieselnde Wasser ihre sich wölbenden Linien hervor und verleiht ihnen einen seidigen Glanz. Um die Brustspitzen hat sich eine feine, kreisförmige Rille gebildet, und so scheinen die Ränder des Warzenhofes ein Miniaturatoll zu bilden. Ohne dieses Detail, das zeigt, wie verletzlich sie sind, und zugleich ihren fruchtigen Geschmack erahnen läßt, schiene ihre Rundung vielleicht zu vollkommen, um noch erregen zu können, glichen sie zu sehr den Brüsten einer Statue.

Als Emmanuelle keuchend vor Anstrengung mit beiden Händen das verchromte Geländer der Leiter ergriff, sah sie, daß ihr der Weg verstellt war. Ariane de Saynes stand auf dem Rand des Beckens und beugte sich, aus vollem Halse lachend, zu ihr herab.

«Durchgang gesperrt!» rief sie. «Ihren Ausweis, bitte!»

Obwohl es Emmanuelle gern vermieden hätte, einer der ‹dummen Gänse› zu begegnen, machte sie gute Miene zum bösen Spiel und lächelte.

«Während die ehrbaren Hausfrauen ihre Einkäufe machen, spielen wir hier also die Najade? Warum so ungesellig?»

«Nun, Sie sind doch auch hier», wandte Emmanuelle ein und versuchte, aus dem Wasser zu steigen.

Ariane machte keine Anstalten, ihr den Weg freizugeben.

«Ah! Bei mir ist das was anderes», sagte sie geheimnistuerisch. Aber Emmanuelle tat ihr nicht den Gefallen, neugierige Fragen zu stellen.

Die Gräfin betrachtete gelassen und ungeniert die Reize ihrer Gefangenen.

«Sie haben eine herrliche Figur!» rief sie bewundernd.

Sie sagte das mit ehrlicher Überzeugung, und Emmanuelle fand, daß sie ja eigentlich auch gar nicht so boshaft aussah, wie sie sie von ihrer ersten Begegnung in Erinnerung hatte. Vielleicht war sie ein bißchen verrückt, aber man mußte auch zugeben, daß sie anregend, *stimulierend* war. Emmanuelle brauchte sich keinen großen Zwang mehr anzutun, um liebenswürdig zu sein.

Endlich gab Ariane den Weg frei. Die Schwimmerin schwang sich auf den Beckenrand. Gelassen schob sie mit den Fingerspitzen ihre Brüste oder vielmehr die untere Hälfte ihrer Brüste in den Badeanzug zurück (die Spitzen blieben noch deutlich sichtbar) und setzte sich neben Ariane. Zwei große, nordisch aussehende junge Männer kamen auf sie zu und begannen eine Unterhaltung auf englisch. Die Gräfin antwortete gutgelaunt. Daß Emmanuelle kein Wort von dem Geplauder verstand, machte ihr wenig aus. Plötzlich wandte sich Ariane ihr zu und fragte: «Interessieren Sie die beiden?»

Emmanuelle verzog den Mund, und Ariane ließ die beiden Kavaliere abblitzen. Die beiden lachten, waren aber offenbar nicht gekränkt und keinesfalls gewillt, zu gehen. Emmanuelle fand sie unsagbar albern. Nach einer Weile erhob sich Ariane entschlossen und zog Emmanuelle mit sich.

«Die beiden sind langweilig», erklärte sie. «Kommen Sie mit mir auf das Sprungbrett.»

Die beiden jungen Frauen kletterten auf den Acht-Meter-Turm und ließen sich bäuchlings nebeneinander auf der mit einer Sisalmatte bedeckten Plattform nieder. Ariane entledigte sich im Handumdrehen ihres Bikinioberteils und dann des Slips.

«Sie können sich hier ganz auspellen», verkündete sie. «Von hier aus sieht man früh genug, wenn jemand kommt.»

Emmanuelle hatte jedoch keine Lust, sich vor Ariane nackt auszuziehen. Wenig überzeugend erklärte sie, es sei ihr zu umständlich, den eng anliegenden Badeanzug aus- und wieder anzuziehen, und außerdem sei ihr die Sonne zu stark . . .

«Da haben Sie recht», räumte Ariane ein. «Es ist besser, Sie gewöhnen sich erst langsam daran.»

Still lagen sie da und dösten in der Sonne. Emmanuelle fand die Gräfin gar nicht so übel. Sie mochte Menschen gern, mit denen sie zusammen sein konnte, ohne sprechen zu müssen. Aber dann war sie es selber, die das Schweigen nach einer Weile brach: «Mit was vertreibt man sich hier eigentlich die Zeit? Immer nur schwimmen, Cocktailparties und Diners, langweilt man sich da nicht doch zu Tode?»

Ariane pfiff durch die Zähne, als habe sie eine Ungeheuerlichkeit vernommen.

«Na, na! An Zeitvertreib fehlt es hier wirklich nicht. Von Kinos, Nachtlokalen und dem ganzen Amüsierbetrieb einmal abgesehen kann man hier reiten, Golf, Tennis oder Squash spielen, auf dem Fluß Wasserski laufen oder auf den Kanälen romantisch dahinschaukeln. Man kann die Pagoden besichtigen. Immerhin sind sie sehenswert, und es gibt fast tausend davon: besuchen Sie eine pro Tag, und Sie sind für drei Jahre beschäftigt. Schade, daß das Meer – ich meine das richtige Meer, wo man baden kann – so weit weg ist. Hundertfünfzig Kilometer. Aber die Reise lohnt sich. Die Strände sind herrlich, endlos lang und breit, von Kokospalmen gesäumt, menschenleer und übersät mit Muscheln. Nachts phosphoresziert das Wasser märchenhaft: es wimmelt von Myriaden kleiner leuchtender Lebewesen. Die Korallen kitzeln einem die Fußsohlen, und die Haifische kommen und fressen einem aus der Hand.»

«Das würde ich ja gern mal sehen!» lachte Emmanuelle heraus.

«Sie singen einem sogar Serenaden, sage ich Ihnen, wenn man an diesen Gestaden in den Armen eines Liebhabers liegt. Tagsüber sonnt man sich auf dem Sand, der einen massiert, oder sucht den Schatten der Zuckerpalmen auf. Sie finden immer einen kleinen Jungen, der Ihnen für einen Tikal gern Luft zufächelt, während Ihr Kavalier sich Ihnen widmet. Und wenn man nachts am Strand liegt, dicht am Wasser, liebkosen die Wellen einem züngelnd den Rücken, und wenn ein verliebtes Gesicht einem den Blick auf die Sterne verdeckt, ach!, dann ist man glücklich, eine Frau zu sein!»

«Das scheint also doch noch immer der beliebteste Sport in diesem Land zu sein», sagte Emmanuelle, aber fern aller moralischen Entrüstung.

Ariane musterte sie mit einem unergründlichen Lächeln. Eine ganze Weile schwieg sie. Dann sagte sie: «Sagen Sie mal, mein Schatz . . .»

Sie unterbrach sich, als hemme sie plötzlich ein heimlicher Gedanke.

Emmanuelle drehte sich ihr lachend zu: «Ja? Was soll ich Ihnen denn sagen?»

Ariane überlegte schweigend und entschied dann, in welchem Ausmaß sie der Neuen vertrauen konnte. Der Unterton mondäner Ironie schwand aus ihrer Stimme. Sie schnitt eine lustige Grimasse.

«Ich bin sicher», sagte sie, «Sie sind temperamentvoll. Sie sind nicht das Unschuldslamm, das Sie zu sein vorgeben. Gott sei Dank, übrigens. Um Ihnen die Wahrheit zu sagen, Sie haben mich vom ersten Augenblick an interessiert.»

Emmanuelle wußte nicht recht, was sie von dieser Erklärung halten sollte. Fast gegen ihren Willen blieb sie in der Defensive; eher etwas verärgert als geschmeichelt, denn sie mochte es nicht, wenn man ihre Aufrichtigkeit in Zweifel zog. Und was hatten diese Frauen eigentlich, daß sie sie alle für prüde hielten? Anfangs hatte sie darüber gelacht, aber allmählich ging es ihr auf die Nerven.

«Vielleicht wollen Sie nicht, daß es Ihnen hier gefällt?» fuhr Ariane fort, in einem Ton, der mehr sagte als alle Worte.

«Doch», sagte Emmanuelle. Sie war sich darüber klar, daß sie sich auf ein gefährliches Terrain begab, aber noch mehr fürchtete sie, als tugendhaft verdächtigt zu werden.

Arianes anerkennendes Lächeln entschädigte sie nur halb.

«Also, Sie süßer kleiner Fratz, kommen Sie abends einmal mit mir. Sie können Ihrem Mann ja sagen, Sie hätten ein Damenessen. Sie werden schon sehen, was für ein Betätigungsfeld ich für Sie habe. Fünfzig Lichtjahre in der Runde gibt es keine galanteren und muntereren Kavaliere als Arianes Freunde. Geistvoll, jung, stramm, immer auf Eroberungen aus. Sie werden sich bestimmt nicht langweilen. Einverstanden?»

«Aber Sie kennen mich doch kaum», sagte Emmanuelle, nach Ausflüchten suchend. «Sind Sie denn nicht . . .»

Ariane zuckte die Achseln: «Ich kenne Sie gut genug! Ich brauche Sie nicht erst lange zu beobachten, um zu erkennen, daß Ihre Schönheit Frauen wie Männer betört. Und die Freunde, von denen ich sprach, verstehen sich auf Schönheit. Ich käme gar nicht auf die Idee, Sie mit ihnen bekannt zu machen, wenn ich nicht wüßte, wen ich vor mir habe. So stehen die Dinge.»

«Und . . .» fragte Emmanuelle zögernd, «Ihr Mann?»

Ariane lachte hellauf. «Ein guter Ehemann weiß es zu schätzen, wenn seine Frau zufrieden ist», sagte sie.

«Ich weiß nicht, ob Jean das auch so selbstverständlich findet.»

«Dann ziehen Sie ihn eben nicht ins Vertrauen», sagte Ariane leichthin. Sie rückte dicht an Emmanuelle heran, legte spontan den Arm um ihre Taille und drückte sie an sich: «Schwören Sie mir, daß Sie mir die Wahrheit sagen?»

Emmanuelle blinzelte. Sie ließ sich nicht gerade gern auf so etwas ein. Die festen, warmen Brüste, die sich an ihre Schulter preßten, brachten sie ein wenig aus der Fassung.

«Sie werden mir nun nicht mehr weiszumachen versuchen, daß Sie diesen berauschenden Körper noch niemals einem anderen hingegeben haben als Ihrem Mann, nicht wahr? Gut; haben Sie es ihm etwa gebeichtet?»

Emmanuelles Wangen brannten. Da wollte man schon wieder Geständnisse von ihr erpressen! Aber was nützte es, sich zu wehren? Und sollte man sie denn für naiver halten, als sie in Wirklichkeit war? Sie schüttelte auf Arianes Frage verneinend den Kopf. Und erhielt dafür einen vergnügten Kuß aufs Ohr.

«Siehst du», sagte Ariane triumphierend und musterte sie stolz. «Ich verspreche dir, daß du es nicht bereuen wirst, nach Bangkok gekommen zu sein!»

Der Ton, in dem sie das sagte, ließ erkennen, daß sie der Meinung war, Emmanuelle habe soeben einen Pakt unterzeichnet.

Emmanuelle versuchte sich herauszuwinden: «Nein, bitte! Sie bringen mich in Verlegenheit.» Plötzlich kühner, versicherte sie: «Sie müssen nicht glauben, daß ich prüde wäre oder moralische Bedenken hätte. Absolut nicht. Aber ... lassen Sie mir wenigstens etwas Zeit, mich an den Gedanken zu gewöhnen.»

«Natürlich, alles hat Zeit», sagte Ariane. «Halten Sie es wie mit dem Sonnen ...» Ihr schien plötzlich eine Eingebung zu kommen. Sie ließ ein flüchtiges Lächeln über ihre Lippen huschen und setzte sich auf.

«Komm», befahl sie. «Wir gehen und lassen uns massieren.» Sie zog ihren Bikini wieder an und fügte mit leicht herablassendem Ton hinzu, als spräche sie mit einem Kind: «Keine Angst, mein Kleines, da gibt's nur Frauen.»

Emmanuelle ließ ihren Wagen im Club stehen und setzte sich zu Ariane in deren offenes Kabriolett. Eine halbe Stunde lang fuhren sie durch das Gewühl der Fahrrad-Rikschas und

Motorrad-Taxis. Sie hielten vor einem neuen, einstöckigen Gebäude, das zwischen den Geschäften von Seidenhändlern, Restaurants und Reisebüros lag. Eine Inschrift in Buchstaben, die Emmanuelle nicht lesen konnte, zierte die Fassade. Sie stießen eine dicke Glastür auf und befanden sich im Empfangsraum eines Badehauses, wie man es ähnlich auch in Europa hätte finden können. Eine in einen blumigen Kimono gekleidete Japanerin empfing sie höflich, verbeugte sich mit auf der Brust gekreuzten Händen mehrmals vor ihnen, bevor sie sie durch Gänge, die von Dampf und dem Duft nach Eau de Cologne erfüllt waren, führte. Dann blieb sie vor einer Tür stehen und verbeugte sich erneut ganz tief.

«Du kannst hier hineingehen», sagte Ariane, «alle Masseusen sind gleich gut. Ich nehme die Kabine nebenan. Wir treffen uns in einer Stunde wieder.»

Emmanuelle war nicht darauf gefaßt gewesen, von Ariane allein gelassen zu werden. Sie fühlte sich etwas hilflos. Die Tür, die die Japanerin halb geöffnet hatte, führte in ein kleines, sauberes Badezimmer mit sehr niedriger Decke, wo eine junge, schmächtige Asiatin im weißen Schwesternkittel zwischen einer Badewanne und einem Massagetisch stand. Sie hatte ein Vogelgesicht, das Erfahrung verriet. Auch sie machte eine Verbeugung, sagte ein paar Worte, ohne daß es ihr darauf anzukommen schien, ob sie verstanden wurde oder nicht, ging auf Emmanuelle zu und machte sich daran, ihr die Bluse aufzuknöpfen.

Als sie Emmanuelle entkleidet hatte, bedeutete sie ihr, in die mit bläulichem, duftendem heißem Wasser gefüllte Wanne zu steigen. Sie klopfte das Gesicht der Kundin mit einem feuchten Tuch und seifte ihr dann gründlich Schultern, Rücken, Brust und Unterleib ein. Emmanuelle überlief ein Beben, als der mit Schaum vollgesogene Schwamm zwischen ihren Beinen kreiste.

Nach dem Bad rieb die Siamesin sie mit einem großen, lauwarmen Badetuch trocken und forderte Emmanuelle auf, sich auf den gepolsterten Tisch zu legen. Zuerst klopfte sie ihren Körper mit kleinen, hastigen Schlägen mit der Handkante, zwickte dann ihre Muskeln, stemmte mit kräftigem Druck die Handflächen auf Waden und Kreuz, zog ihre Fußzehen in die Länge, knetete lange ihren Nacken durch und versetzte ihr kleine Klapse auf den Kopf. Emmanuelle, halb betäubt, fühlte sich dennoch entspannt und zufrieden.

Dann holte die Masseuse aus einem Schrank zwei Apparate von der Größe einer Zigarettenschachtel, die sie an ihren beiden Handrücken befestigte und die zu summen anfingen. Langsam bewegten sich ihre vibrierenden Handflächen nun über die Oberfläche von Emmanuelles nacktem Körper, drangen in jede sich ihnen bietende Höhlung oder Hautfalte ein, glitten mit unwiderstehlicher Sachkenntnis in die Halsmulde, unter die Achseln, zwischen die Brüste, in die Spalte zwischen den Hinterbacken. Dann suchten sie auf der Innenseite der Schenkel die sensibelsten Stellen. Emmanuelle, die bis in die Tiefe ihres Fleisches erzitterte, spreizte die Beine, hob ihren Schamhügel etwas an, und mit einer unnachahmlich anmutigen Bewegung, bei der sich ihre Schamlippen wie zu einem kindlichen Kuß öffneten, bot sie sich dar. Aber schon zogen sich die Hände wieder zurück, glitten am Oberkörper hinauf, kamen und gingen mit fachmännischer Routine, fuhren immer wieder über die gleichen Stellen wie ein Bügeleisen. Als Emmanuelle kaum hörbar zu stöhnen begann, stiegen die Hände bis zu den Brustwarzen hinauf und kreisten auf ihnen, wobei sie bald die Spitzen nur streiften, bald die Warzen zusammenpreßten und sich in die schwellende Fülle der Brüste senkten. Wellen der Erregung durchströmten Emmanuelle bis hinab zu den Lenden. Sie bäumte sich auf, brach in ein langanhaltendes Klagen aus. Die Hände bearbeiteten die empfindlichen Brustwarzen so lange, bis der Orgasmus schließlich abklang und Emmanuelle leblos und ermattet freigab.

Unverzüglich ließ die Masseuse jetzt Emmanuelles Schultern, Armen und Knöcheln ihre fürsorgliche Aufmerksamkeit zuteil werden. Langsam kam Emmanuelle wieder zu sich.

Schließlich öffnete sie die Augen und lächelte flüchtig. Die junge Siamesin lächelte steif zurück und sagte etwas zu ihr, das wie eine Frage klang. Gleichzeitig glitten ihre schmalen langen Finger an Emmanuelle herunter, auf ihren Unterleib zu, während sie selbst sie mit hochgezogenen Augenbrauen ansah, als warte sie auf Erlaubnis. Emmanuelle nickte zustimmend. Die von dem Vibro-Massagegerät beschwerte Hand führte auf der Oberfläche und in den Falten ihres Schoßes mit peinlicher Genauigkeit die vielerprobten Bewegungen aus, genau wissend, was in jedem Augenblick zu tun war, um das Höchstmaß an Lust zu schenken. Sie gönnte ihr, des Erfolgs sicher, nicht die kleinste Atempause, während sie die Wirkung der elektrischen Vibrationen mit der Virtuosität ihrer klopfenden und reibenden Hände unterstützte.

Obwohl Emmanuelle sich zu beherrschen suchte, konnte sie nur kurze Zeit widerstehen. Diesmal überkam es sie mit solcher Heftigkeit, daß sich sogar im Gesicht der Masseuse ein leichtes Erschrecken spiegelte. Noch lange danach, als die Hände schon von ihr abgelassen hatten, wand sich Emmanuelle keuchend und krallte ihre Finger in die weiße Tischkante.

«Die Wände sind zwar schalldicht», sagte Ariane, als sie sich am Ausgang wiedertrafen, «aber deine Stimme dringt trotzdem durch. Jetzt wirst du mir nicht mehr erzählen wollen, daß dir Mathematik lieber ist.»

Marie-Anne kam an vier aufeinanderfolgenden Nachmittagen zu Emmanuelle. Mit jedem Tag wurde ihr Verhör schärfer; sie verlangte und erfuhr auch genauere Einzelheiten darüber, was sich zwischen ihrer Freundin und deren Mann abspielte, ebenso wie über ihre ausschweifenden täglichen Wachträume.

«Wenn du dich all den Männern wirklich hingegeben hättest, die deine Gedanken beschäftigt haben», bemerkte sie eines Tages, «wärst du eine vollkommene Frau.»

«Dann wäre ich tot», erwiderte lachend Emmanuelle.

«Wieso?»

«Glaubst du, man kann mit Männern genauso oft zusammen sein, wie man sich selbst Lust verschafft?»

«Warum nicht?»

«Aber mit einem Mann zusammen zu sein kostet doch Kräfte!»

«Strengt es dich denn nie an, wenn du dich selbst streichelst?»

«Nein.»

«Wie oft tust du es eigentlich?»

Emmanuelle lächelte verlegen: «Gestern sehr oft. Ich glaube, mindestens fünfzehnmal.»

«Es gibt Frauen, die tun es genauso oft mit Männern.»

Emmanuelle nickte. «Ich weiß», sagte sie. Aber es klang, als hätte sie kein Verlangen danach.

«Weißt du», erklärte sie, «mit den Männern ist es gar nicht immer so aufregend. Sie tun einem mit ihrer Härte manchmal sogar weh. Sie wissen nicht einmal immer, wie sie es anstellen müssen, um uns die höchste Lust zu verschaffen ...»

So paradox es war, es gab nur eine Art von Geständnissen, zu denen sich Emmanuelle dem jungen Mädchen gegenüber nicht überwinden konnte. Sie spielte höchstens gelegentlich ungeschickt darauf an, ohne sich darüber im klaren zu sein, ob Marie-Anne überhaupt verstand. Sie wußte selbst keine Erklärung für ihre Schüchternheit und Zurückhaltung, wozu das Verhalten ihrer Besucherin doch keinerlei Anlaß zu geben schien. Sobald Marie-Anne da war, zog sie sich aus: und als Emmanuelle vorschlug, sie solle doch auch ihre Bluse ausziehen, hatte sie nicht einmal dagegen etwas einzuwenden gehabt, und von nun an verbrachten die beiden Mädchen ihre Rendezvous völlig nackt auf der von Laubwerk umrankten Terrasse. Die Erregung, die Emmanuelle in diesen Stunden empfand, führte jedoch nur dazu, daß sie sich selbst noch häufiger streichelte: denn weder traute sie sich, ihre Freundin zu berühren, noch diese aufzufordern, sie zu berühren, und dabei sehnte sie sich so sehr danach, daß es ihr den Schlaf raubte. Seltsame Gefühle, keusche und dann wieder ganz schamlose, stritten in ihr. Schließlich fragte sie sich verwirrt und nicht gewillt, darüber nachzudenken, ob diese ihr ungewohnte Zurückhaltung nicht sogar eine höhere Form der Raffinesse war, die ihre Sinne unbewußt entwickelt hatten, und ob nicht vielleicht der Verzicht auf Marie-Annes Körper, zu dem sie sich gegen jeden Instinkt unsinnigerweise zwang, am Ende einen subtileren und perverseren Reiz besaß als eine körperliche Umarmung, so daß für Emmanuelle eine Situation, unter der sie eigentlich hätte leiden müssen – ein kleines Mädchen verfügte über sie nach Lust und Laune, ohne den Gelüsten ihrer Partnerin auch nur im geringsten entgegenzukommen –, zu einem unerwarteten Quell sinnlicher Lust wurde.

So wie ihr aus der versagten Befriedigung eines sinnlichen Begehrens, das ihr von jeher ganz natürlich erschienen war, eine bisher unbekannte Wollust erwuchs, offenbarte sich ihr durch das tiefe Schweigen ihrer kleinen Freundin über ihr eigenes sexuelles Erleben ein neues Element der Erotik. Als Emmanuelle merkte, wie gelassen sie es hinnahm, nichts – oder fast nichts – von Marie-Anne zu wissen, wurde ihr bewußt, daß ihr Geist und ihr Körper mehr Lustgewinn daraus zogen, einer andern den Anblick der Unzucht darzubieten, als wenn sie selbst die Zuschauerin gewesen wäre. Und wenn sie mit jedem Tag ungeduldiger auf ihre Freundin wartete, so weniger wegen der Erregung, die sie bei der Betrachtung ihrer Nacktheit oder als Augenzeugin ihrer lasziven Spiele empfand, als wegen der viel köstlicheren, weil obszöneren Erregung, die ihr zuteil wurde, wenn sie sich, unter den aufmerksamen Blicken Marie-Annes, in ihrem Liegestuhl selbst liebkoste. Auch wenn Marie-Anne schon gegangen war, blieb der Zauber ungebrochen: Emmanuelle sah die grünen Augen vor sich, die auf ihr Geschlecht starrten, und so blieb sie, in ihr Spiel mit sich selbst versunken, bis zum Abend liegen.

In der darauffolgenden Woche wurde Emmanuelle von Marie-Annes Mutter zum Tee eingeladen. In dem prätentiösen Salon fand sie ungefähr zehn Damen vor, die ihr alle gleich nichtssagend erschienen. Schon bedauerte sie, mit ihrer Vertrauten nicht allein sein zu können, die auf dem Teppich saß und sich ganz als die wohlerzogene Tochter des Hauses gab, als ihr Interesse durch die Ankunft einer sehr eleganten jungen Frau geweckt wurde, die in dieser Gesellschaft auf den ersten Blick ebenso deplaciert schien wie sie selbst.

Die Hereintretende erinnerte Emmanuelle an die Pariser Mannequins, die sie immer bewundert hatte. Sie war hochgewachsen wie diese. Ihre steinernen Züge zeigten den gleichen undefinierbaren Überdruß, die gleiche gespielte Distanziertheit gegenüber Vertraulichkeiten. Der «gleich einer Rose» halboffene Mund, die bernsteinfarbenen Augenbrauen, die sich über den großen Augen wölbten, die zärtlich geschwungenen Wimpern verliehen diesem Gesicht eine so unwahrscheinliche Arglosigkeit, daß es einer Herausforderung gleichkam. Mit einem gewissen Hochmut sagte sich Emmanuelle, daß sie hier vermutlich die einzige war, die dank ihrer ‹Erfahrung›, wie sie es nannte, zu begreifen vermochte, welche Bescheidenheit im Grunde einem so absoluten Streben nach Vollkommenheit innewohnte, wie verdienstvoll eine so anspruchsvolle Auffassung von der Pflicht zur Schönheit, wie bestrickend eine so große, unter dem gleichgültigen Perlmuttblick verborgene Leidenschaft war. Und sie erinnerte sich, auch auf den Masken ihrer Freundinnen, die «den stolzesten Denkmälern nachgebildet» waren, das gesehen zu haben, was Baudelaire mit der Verdammung «der Bewegung, welche die Linien verschiebt», hatte sagen wollen. Die alabasterhaften Göttinnen sind Fleisch geworden, aber des Menschen Sehnsucht nach Statuen lebt fort – der Mensch glaubt nur an die unerreichbaren Paradiese und an die unbeseelten Götter, und so ist das angebetete Fleisch wieder Stein geworden.

Die Erregung, die sich Emmanuelles bei der Beschwörung dieser Bilder bemächtigte, hatte zwiefachen Ursprung: teil hatten an ihr sowohl die noch nahe Erinnerung an die aufregenden Schwärmereien ihrer Schulzeit als auch die Sinnestaumel später in den Anprobesalons. Sie dachte, daß sie sich selbst gern in ein Kunstwerk verwandeln würde und daß es gut wäre, wenn sie, die bei ihrer Ankunft in Bangkok noch ungeformter Ton war, hier ihre Form finden könnte (sie dachte dabei weniger an die Form des Körpers – den ändern zu wollen sie keinen Anlaß sah – als an die Formen des Geistes). Und obgleich sie sich nicht konkret vorstellte, worin diese Vollendung bestehen sollte, wünschte sie sich doch, ihr Leben möge eines Tages etwas so Kostbares und Wohlgelungenes werden, wie es die raffinierte Frisur dieser bronzefarbenen Haare war, etwas so Triumphierendes wie diese perlmuttgrau schimmernden Augen, etwas das Urteil der Menge so Geringschätzendes wie dieses Kostüm, dessen Schnitt eine einzige Herausforderung der Linien des Körpers war und das am Hals nur um den Preis einer schwierigen Armbewegung geschlossen bleiben zu können schien, ein Kunstwerk, dessen einzige reizvolle Aufgabe darin gesehen werden mußte, die Niederlage der Elemente und das Scheitern der Konventionen an der selbstherrlichen Phantasie der weiblichen Launen durch eine fröstelnde Bewegung in diesem sengend heißen Klima zu bezeugen.

Bevor Marie-Annes Mutter Zeit gefunden hatte, die Neuangekommene vorzustellen, erhob sich Marie-Anne und zog Emmanuelle in eine Ecke des Salons, wo man sie nicht hören konnte.

«Ich habe einen Mann für dich», sagte sie und schien befriedigt, als habe sie eine Mission erfüllt.

Emmanuelle lachte hell auf. «Das nenne ich aber eine Neuigkeit! Und du hast eine Art, sie zu verkünden! Was soll ich mir darunter vorstellen – ‹ein Mann für mich›?»

«Er ist Italiener und sehr schön. Ich kenne ihn seit langem, aber ich war mir bisher nicht sicher, ob er das ist, was du brauchst. Ich habe nachgedacht. Er ist genau das Richtige für dich. Du mußt ihn so bald wie möglich kennenlernen.»

Die Dringlichkeit, mit der Marie-Anne das vorbrachte, belustigte Emmanuelle von neuem. Sie war sich keineswegs sicher, ob der Kandidat, wer immer er war, wirklich das war, was sie ‹brauchte›, aber sie wollte ihren kleinen Vormund nicht enttäuschen. Wenn sie schon keine Dankbarkeit für diesen Vorschlag empfand, so wollte sie doch wenigstens ihr Interesse bekunden: «Wie ist er denn, dein schöner Mann?» fragte sie.

«Ein florentinischer Marquis vom Scheitel bis zur Sohle. Bestimmt hast du noch nie einen so gut aussehenden Mann getroffen. Schmal, groß, Adlernase, schwarze, durchdringende und tiefgründige Augen, dunkler Teint, ein markantes Gesicht . . .»

«Na, na!»

«Du brauchst mir ja nicht zu glauben, aber warte nur, bis du ihn gesehen hast, dann wirst du nicht mehr so dumm lachen. Er ist auch im Zeichen des Löwen geboren.»

«Wer denn sonst noch?»

«Ariane und ich.»

«Ah! Und . . .»

«Aber er hat schwarzes, glänzendes Haar wie du. Mit leicht silbergrauen Schläfen, sehr schick.»

«Graues Haar! Aber dann ist er ja zu alt für mich!»

«Keineswegs. Er hat genau das richtige Alter für dich: er ist doppelt so alt wie du, achtunddreißig. Deshalb sage ich dir ja, du mußt dich beeilen: nächstes Jahr bist du zu alt. Außerdem ist er nächstes Jahr nicht mehr hier.»

«Was macht er denn in Bangkok?»

«Nichts. Er ist sehr intelligent. Er reist viel, er kennt das ganze Land. Er macht Ausgrabungen in den Ruinen, interessiert sich für das Alter der Buddhastatuen. Im Museum hat er sogar Sachen gefunden, die der gute Mann, der es leitet, noch nie gesehen hatte. Ich glaube, er schreibt ein Buch darüber. Aber, wie ich dir schon sagte, eigentlich tut er nichts.»

Unvermittelt unterbrach Emmanuelle Marie-Anne: «Sag mal, wer ist eigentlich diese tolle Person da?»

«Tolle Person?»

«Die, die gerade gekommen ist.»

«Gekommen, wo?»

«*Hierher*, Marie-Anne! Bist du von allen guten Geistern verlassen? Da, sieh doch, direkt vor dir . . .»

«Ach, du meinst Bi.»

«Wie heißt sie?»

«Bi! Was findest du daran so ungewöhnlich?»

«Sie heißt wirklich Bi? Komischer Name!»

«Oh, das ist gar kein Name. Auf englisch bedeutet es Biene. Es schreibt sich mit einem b und zwei e. Ich schreibe es lieber mit einem b und einem i, das ist klarer.»

«Aber sie, wie schreibt sie es denn?»

«Ganz wie ich es verlange.»

«Hör mal, alles was recht ist, Marie-Anne!»

«Du kannst dir doch selbst denken, daß das nicht ihr richtiger Name ist. Ich habe ihn ihr gegeben, und wie sie richtig heißt, haben jetzt alle vergessen.»

«Aber ich würde es gern wissen.»

«Was hast du schon davon? Du würdest ihn ja doch nicht aussprechen können. Es ist einer dieser verrückten, skurrilen englischen Namen.»

«Aber ich kann sie doch nicht mit Bi anreden!»

«Du brauchst sie ja gar nicht anzureden.»

Emmanuelle sah Marie-Anne erstaunt an. Sie zögerte einen Augenblick und begnügte sich dann mit der Frage: «Ist sie Engländerin?»

«Nein, Amerikanerin. Aber sei ganz beruhigt, sie spricht Französisch wie du und ich. Sie hat nicht einmal einen Akzent, gar nichts Exotisches.»

«Du scheinst sie ja nicht besonders zu mögen.»

«Bi? Sie ist meine beste Freundin!»

«Sieh einer an! Warum hast du mir dann nie von ihr erzählt?»

«Ich kann dir doch nicht von allen Mädchen erzählen, die ich kenne.»

«Aber wenn du sie so sehr liebst, wundert es mich, daß du sie nie erwähnt hast.»

«Wie kommst du darauf, daß ich sie liebe? Sie ist meine Freundin, das ist alles. Damit ist nicht gesagt, daß ich sie liebe.»

«Marie-Anne! . . . Ich verstehe überhaupt nichts mehr. Du erzählst mir nie etwas von dir. Und du willst auch nicht, daß ich deine Freundinnen kennenlerne. Bist du etwa eifersüchtig? Hast du Angst, ich könnte sie dir ausspannen?»

«Warum willst du unbedingt deine Zeit an eine Mädchenclique verschwenden?»

«Jetzt muß ich aber lachen! So kostbar ist meine Zeit ja nun wirklich nicht. Wenn man dich so hört, möchte man meinen, meine Tage seien gezählt!»

«Na ja.»

Marie-Anne machte ein so ernstes Gesicht dabei, daß Emmanuelle wirklich etwas aus der Fassung geriet. Protestierend sagte sie: «Ich fühle mich allerdings noch nicht gerade dem Greisenalter nahe.»

«Ach, weißt du, das kommt schnell.»

«Und diese Bi, diese Bee – ich finde übrigens die englische Schreibweise hübscher, das bedeutet wenigstens was –, steht sie nach den Maßstäben, die du anlegst, auch schon mit einem Fuß im Grab?»

«Sie ist zweiundzwanzig Jahre und acht Monate alt.»

«Ist sie verheiratet?»

«Nicht einmal das.»

«Dann ist sie ja wirklich eine alte Jungfer. Was wird sie sich da wohl alles von dir anhören müssen!»

Marie-Anne schwieg.

«Wenn ich recht verstehe, bist du nicht geneigt, sie mir vorzustellen?» begann Emmanuelle wieder.

«Statt so blöd daherzureden, brauchtest du ja nur mit mir zu kommen!»

Marie-Anne machte ein Zeichen, und Bee kam auf sie zu.

«Das ist Emmanuelle», sagte Marie-Anne, so als stelle sie eine Missetäterin vor.

Aus der Nähe vermittelten die großen perlgrauen Augen den Eindruck von Intelligenz und Souveränität. Augenscheinlich wollte Bee weder andere beherrschen, noch duldete sie es, daß andere sie beherrschten. Emmanuelle war sicher, daß sie Marie-Anne allerlei zu schaffen machte. Sie fühlte sich gerächt.

Sie wechselten ein paar belanglose Worte. Bees Stimme paßte zu ihren Augen. Sie drückte sich besonnen aus und zögerte nie. Eine innere Heiterkeit verlieh ihr Wärme. Emmanuelle fand, daß dem Gesicht und der Stimme nach diese junge Frau eine glückliche Natur besitzen mußte.

Sie hätte gern gewußt, womit Bee ihre Tage verbrachte. Anscheinend tat sie nichts weiter, als in der Stadt herumzubummeln. Ob sie allein in Bangkok lebe? Nein, sie sei vor einem Jahr hierher gekommen, um ihren Bruder zu besuchen; er sei Marineattaché bei der amerikanischen Botschaft. Anfangs habe sie nur einen Monat bleiben wollen, aber nun sei sie immer noch da. Es eile ihr gar nicht, wieder abzureisen.

«Wenn ich von diesen verlängerten Ferien genug habe», sagte sie, «dann werde ich heiraten und in die Vereinigten Staaten zurückkehren. Zum Arbeiten habe ich keine Lust; ich finde es einfach herrlich, nichts zu tun.»

«Sind Sie verlobt?» fragte Emmanuelle.

Bei dieser Frage sah sie Bee zum erstenmal lachen. Es war ein sehr offenes und sehr hübsches Lachen.

«Wissen Sie, in meinem Land verlobt man sich erst am Tag vor der Hochzeit; und zwei Tage vorher weiß man noch nicht, mit wem. Und da ich weder morgen noch übermorgen die Absicht habe, mich zurückzuziehen, wäre ich in großer Verlegenheit, wenn ich Ihnen sagen sollte, wie meine Wahl ausfallen wird.»

«Aber sich verheiraten heißt doch nicht unbedingt, sich zurückzuziehen», protestierte Emmanuelle.

Bee lächelte nachsichtig. Sie sagte nur: «Oh!» Es klang nach leichtem Zweifel. Dann fügte sie hinzu: «Es ist ja nichts Schlimmes, wenn man sich zurückzieht.»

Emmanuelle war versucht zu fragen: wovon? Aber sie wollte nicht indiskret sein. Und jetzt erkundigte sich Bee: «Sind Sie glücklich, daß Sie so jung geheiratet haben?»

«Oh!» sagte Emmanuelle. «Ich bin überzeugt, es war das Beste, was ich bisher in meinem Leben getan habe.»

Wieder lächelte Bee. Emmanuelle war erstaunt über die Güte, die sie ausstrahlte. Die emailleglatte Schönheit des Gesichts (das völlig ungeschminkt wirkte – aber Emmanuelle wußte, welche Sorgfalt, welche Geduld und wie viele Stunden sachkundiger Handhabung von Pinseln und Cremes es bedurft hatte, um mit solcher Vollkommenheit Natur vorzutäuschen) und alles, was durch ein Übermaß an Perfektion an ihr fast störend wirkte, war vergessen, sobald bei ihr die Heiterkeit durchbrach wie Sonne durch ein Buntglasfenster. Dann fühlte man sich nicht mehr versucht, zu sagen: Wie schön ist diese Frau!, sondern: Wie sympathisch sieht sie aus! Emmanuelle sagte sich jedoch lieber: Wie glücklich scheint sie zu sein! Da sie selber glücklich war, schien dieser Gedanke sie ihr näherzubringen. Das Unglück anderer jagte ihr immer solche Angst ein, daß sie unfähig war, jemanden ernsthaft zu lieben, der litt, siech, arm oder unterdrückt war. Manchmal schämte sie sich dieser Eigenschaft, obwohl sie nicht Ausdruck von Herzenskälte, sondern von einer scheuen, fast quälenden Liebe zur Schönheit war.

Während Marie-Anne mit den Damen plauderte, wich Emmanuelle keinen Schritt von Bees Seite. Sie sprachen zwar nichts Wichtiges, aber sie hatten beide offensichtliches Vergnügen aneinander. Emmanuelle hatte gar nichts dagegen, daß ihre kleine Freundin sie vernachlässigte. Als Jean sie abholte, bedauerte sie es, schon aufbrechen zu müssen. Beim Abschied flüsterte ihr Marie-Anne zu: «Ich rufe dich an!» Emmanuelle dachte zu spät daran, daß sie vergessen hatte, sich Bees Telefonnummer geben zu lassen. Sie war so betroffen darüber, daß sie unfähig war, auf die Fragen ihres Mannes zu antworten.

Unerklärlicherweise fürchtete sich Emmanuelle davor, Ariane wiederzusehen. Lieber verzichtete sie auf ihr morgendliches Schwimmen, als daß sie es riskieren wollte, mit ihr zusammenzutreffen. Sie hatte ihren Mann nach seiner Meinung über die junge Gräfin gefragt, und er hatte geantwortet, daß sie seiner Ansicht nach eine sehr schöne Frau sei, daß er ihre ungestüme Leidenschaftlichkeit und ihre bezwingende Natürlichkeit schätze. Ob er mit ihr geschlafen habe, wollte Emmanuelle wissen. Nein, wenn sich jedoch eine Gelegenheit dazu ergeben hätte, so hätte er nichts lieber getan. Emmanuelle, die sonst eigentlich eher stolz darauf war, wenn ihr Mann bei anderen Frauen Erfolg hatte, empfand diesmal – aller Logik zuwider – eine bohrende Eifersucht; zwar bemühte sie sich, Jean nichts davon merken zu lassen, aber sie war den ganzen Tag über verstimmt.

Kurz nach diesem Gespräch ruft Ariane bei ihr an und sagt, der Regen in den letzten beiden Tagen habe sie schon ganz stumpfsinnig gemacht, aber eben sei ihr eine ‹geniale Idee› gekommen. Sie wolle Emmanuelle das Squash-Spiel beibringen. Was das sei? Nun, eine Art Tennis, die man eben gerade dann spielen könne, wenn es regne, weil sie nicht im Freien gespielt werde. Emmanuelle wäre bestimmt begeistert davon. Schläger und Bälle bringe sie selbst mit; Emmanuelle brauche nichts weiter zu tun, als sich Shorts und ein Paar Leinenschuhe anzuziehen und sich in einer halben Stunde mit ihr im Club zu treffen.

Die Gräfin hatte wieder eingehängt, ohne daß Emmanuelle Zeit gehabt hätte, sich eine Entschuldigung auszudenken. Dann aber sagte sie sich, daß dieser Sport, von dem sie noch nie etwas gehört hatte, vielleicht doch ganz amüsant sei, und sie machte sich bereitwillig fertig.

Als sie sich im Club trafen, stellten die beiden Frauen fest, daß sie gleich angezogen waren: gelbe Baumwollpullover über schwarzen Shorts. Sie mußten beide lachen.

«Tragen Sie einen Büstenhalter?» erkundigte sich Ariane.

«Nie», erklärte Emmanuelle. «Ich besitze gar keinen.»

«Bravo», rief die andere begeistert aus, packte die verdutzte Emmanuelle mit beiden Händen um die Taille und hob sie ein paar Zentimeter hoch: daß Ariane so kräftig war, hätte sie nicht gedacht.

Diese verkündete: «Glauben Sie kein Wort von diesem ganzen Geschwätz, daß man von Tennis und Reiten Hängebrüste bekäme, wenn man sich nicht in diese Zaubertüten schnürt. Ganz im Gegenteil, der Sport kräftigt die Brüste, und je mehr man ihnen zumutet, um so fester werden sie. Sehen Sie mich an.»

Mitten auf der erhöhten Terrasse, wo andere Spieler an ihnen vorbeikamen, hob sie ihren Pullover hoch, so daß nicht nur Emmanuelle diese Diana-Brüste bewundern konnte.

Auf den ersten Blick kam ihr der Squash-Platz höchst simpel vor: ein Fußboden, vier Holzwände und ein Dach. Von der Galerie aus, von der sie ihn zuerst sah, glich er einer Grube. Über eine Leiter, die drehbar an der obersten Sprosse befestigt war und automatisch, durch Federn bewegt, an das Dach hochklappte, sobald sie nicht mehr belastet war, kletterten sie hinunter. Wollte man aus der Grube wieder hinaufsteigen, wurde sie mit einem Strick herabgezogen. Ariane erklärte ihr, bei diesem Spiel käme es darauf an, mit einem langstieligen Schläger geringen Durchmessers abwechselnd einen Ball aus Hartgummi gegen die Wand zu schlagen.

Unter Arianes Schmetterschlägen sauste der kleine schwarze Ball so schnell dahin, daß Emmanuelle von einer Wand zur andern gehetzt wurde und schallend lachte, während ihr das aufgelöste Haar übers Gesicht wehte. Nach einer halben Stunde schlug sie die Bälle schon sehr gekonnt zurück, aber die Beine versagten ihr den Dienst, und sie bekam keine Luft mehr. Der Schweiß rann ihr am ganzen Körper herab. Ariane gab das Zeichen zur Pause und holte die Leiter wieder herunter. Einer Tasche, die sie an die Sprossen gebunden hatte, entnahm sie zwei Handtücher. Sie zog sich ihr Trikot aus und rieb sich kräftig ab, dann trat sie auf Emmanuelle zu und frottierte ihrer Freundin, die es keuchend geschehen ließ,

Brust und Rücken. Emmanuelle hatte dabei den durchnäßten Pullover bis unter die Achseln hochgerollt; die Arme zu heben, um ihn auszuziehen, hatte sie jedoch keine Kraft mehr. Ariane stellte sie gegen die schräg stehende Leiter, an der Emmanuelle in ihrer Ausgelassenheit mit ausgebreiteten Armen und gespreizten Beinen lehnte, als ließe sie sich kreuzigen.

Ihre Partnerin rieb ihr behutsam die Brüste, und sie rieb auch dann noch, als sie längst trocken waren. Zu der Atemlosigkeit, der allgemeinen Erschöpfung und dem Durst, der in Emmanuelles Kehle brannte, kam jetzt ein Blutandrang, der eher ein Wohlgefühl vermittelte. Plötzlich ließ Ariane das Frottiertuch fallen, schob ihre Arme unter die ihrer Schülerin und schmiegte sich mit der ganzen Länge ihres Körpers an sie. Emmanuelle spürte Brustspitzen, die nach den ihren suchten (und als sie sie gefunden hatten, überließ sie sich der unwiderstehlichen Lust), und fühlte, wie sich ein drängender Schamhügel durch den Stoff der Shorts an sie preßte. Sie stand leicht nach hinten gelehnt da, und so wurden die wenigen Zentimeter, die sie kleiner war als Ariane, ausgeglichen, und ihre Münder fanden sich auf gleicher Höhe. Ariane küßte sie, wie sie noch nie geküßt worden war: abwechselnd wurden ihre Lippen, ihre Zunge, alle Höhlungen ihres Mundes, ihr Gaumen, ihre Zähne, jede kleinste Stelle erkundet. Der Kuß dauerte so lange, daß sie nie erfuhr, ob es Minuten oder Stunden gewesen waren. Sie empfand den Durst nicht mehr, der eben noch ihre Kehle ausgetrocknet hatte. Sie machte leise Bewegungen, damit ihre Klitoris schwellen, hart werden und in der Festigkeit des anderen Schoßes Zuflucht suchen konnte. Als ihre Erregung so stark war, daß Emmanuelle nur noch eine einzige riesige Knospe kurz vor dem Bersten war, preßte sie, ohne daß es ihr bewußt wurde, einen von Arianes Schenkeln zwischen ihre Beine und begann mit einem geschmeidigen Kreisen ihres ganzen Beckens ihr Geschlecht daran zu reiben. Ariane ließ sie einige Zeit gewähren, da sie wußte, daß Emmanuelle bei der übermäßigen

Anspannung ihrer Sinne dieses Ventils bedurfte. Dann ließen ihre Lippen von der Jüngeren ab, und sie betrachtete sie mit jenem Lachen, das so oft von ihr zu hören war und das die Freude über einen gelungenen Streich zu verraten schien. Zwar machte dieser Blick Emmanuelle verlegen, aber er beruhigte sie auch, denn er verriet, wie unsentimental Arianes Umarmungen waren. Emmanuelle wollte gern noch einmal geküßt werden und sehnte sich noch immer nach Arianes Brüsten. Ariane aber packte sie plötzlich oberhalb der Taille wie schon vorher einmal und hob sie mit einem Schwung ihrer Lenden die Leiter hinauf. Emmanuelle klammerte sich mit den Fersen an einer Sprosse fest. Sie glaubte, Ariane wolle ihre Brüste küssen, aber sie kam mit ihrem Kopf nicht näher, und ihre spöttischen Augen blieben unverwandt auf die ihres Opfers gerichtet. Bevor Emmanuelle noch ahnte, was ihr geschehen sollte, war Arianes Hand schon durch ein Bein ihrer Shorts geschlüpft und hatte sich ihres feuchten Geschlechts bemächtigt.

Arianes Finger bewegten sich ebenso geschickt und geübt wie ihre Zunge. Sie strichen erst leicht über die Klitoris, dann drangen zwei von ihnen eng aneinandergepreßt kraftvoll in die Tiefe des Schoßes ein, dehnten die Wände ihrer Scheide, massierten den festen Wulst der Gebärmutter und entfalteten eine bewundernswert kundige Aktivität. Emmanuelle ließ sich widerstandslos in den Orgasmus reißen, suchte mit aller Kraft ihre Lust so hoch wie möglich zu treiben, öffnete sich und drängte sich der Hand, die in ihrem Innern wühlte, entgegen. Sie hatte das Gefühl, als quelle ein Lavastrom aus ihr hervor und fließe heiß und schwer an Ariane herab. Als sie schließlich bewußtlos die Leiter hinunterglitt, fing ihre Freundin sie in ihren Armen auf und drückte sie an sich. Hätte Emmanuelle in diesem Augenblick Arianes Augen sehen können, es hätte sie vielleicht überrascht, daß darin keine Spur von Spott mehr zu entdecken war.

Doch als Emmanuelle wieder zu sich kam, hatte ihre Partnerin schon wieder zu ihrem heiteren Gleichmut zurückgefunden. Sie hielt sie mit ausgestreckten Armen an den Schultern und fragte übermütig: «Stehst du noch fest genug auf den Beinen, um hinaufklettern zu können?»

Emmanuelle ergriff eine heftige Verwirrung, und sie senkte den Kopf wie ein schmollendes Kind. Die andere legte ihr die Hand unter das Kinn und hob es hoch. Sie stand wieder ganz dicht vor ihr.

«Du», murmelte sie mit ernster, fast erstickter Stimme, so wie Emmanuelle es noch nie bei ihr erlebt hatte, «haben das andere Frauen auch schon mit dir getan?»

Äußerlich bewahrte Emmanuelle ihren Gleichmut, aber in Wirklichkeit hatte sich ihrer eine Bestürzung bemächtigt, die ihr unerklärlich war. Sie beschloß, sich taub zu stellen. Ariane insistierte gebieterisch und schmeichlerisch zugleich: «Antworte! Hast du es noch nie mit Frauen getan?»

Emmanuelle, ganz Würde und Ablehnung, hüllte sich in beharrliches Schweigen. Ariane kam näher, und ihre Lippen bewegten sich dicht an Emmanuelles Mund.

«Komm zu mir», hauchte sie. «Möchtest du?»

Aber Emmanuelle schüttelte verneinend den Kopf.

Noch immer hielt Ariane das widerspenstige Kinn in ihrer Hand, sagte aber nichts mehr. Als sie schließlich zurücktrat, ließen ihr heiterer Blick und ihr lausbübisches Lächeln nicht erkennen, ob sie enttäuscht und Emmanuelle deshalb gram war.

«Klettere hinauf», sagte sie, nachdem sie sie ein bißchen an der Nasenspitze gekitzelt hatte.

Emmanuelle wandte sich ab und kletterte die Sprossen hinauf. Ariane folgte ihr. Emmanuelle zog ihr immer noch durchnäßtes Trikot wieder bis zur Taille herunter.

«O Ariane, du hast deinen Pullover unten gelassen!» bemerkte sie, und sogleich bot sie an: «Soll ich ihn dir holen?»

(Erst nachträglich merkte sie, daß sie Ariane zum erstenmal geduzt hatte.)

Ariane aber winkte ab: «Laß nur! Ist nicht der Mühe wert, er ist sowieso hin.»

Sie warf ein Handtuch über ihre Schultern, ohne darauf zu achten, daß es auch ihre Brust bedeckte. Während sie beide zur Garage gingen, schwang sie mit der einen Hand den bunten Leinensack mit den Schlägern hin und her, mit der andern hielt sie Emmanuelle bei der Hand. Vorbeigehende winkten ihnen zu, Ariane grüßte fröhlich zurück, wobei sich die Nacktheit ihrer Brüste noch deutlicher zeigte. Emmanuelle hatte plötzlich den Eindruck, als starre alle Welt sie beide an; Scham und Bestürzung überkamen sie. Rasch wollte sie sich von Ariane trennen, wieder einmal entschlossen, sie nie wiederzusehen.

Auf dem Parkplatz ließ Ariane die Hand ihrer Begleiterin los und wandte sich ihr zu, während sie zugleich die Enden ihres Handtuchs vorn zusammenknotete. Der fragende und abwartende Ausdruck, mit dem sie Emmanuelle ansah, war so vielsagend, daß es keiner Worte bedurfte. Wieder senkte Emmanuelle den Kopf; ihre Verlegenheit, die Verwirrung ihrer Gedanken war nicht geheuchelt. Ariane beugte sich nur vor und küßte ihre Freundin leicht auf die Wange.

«Bis bald, mein Lämmchen», sagte sie ungezwungen.

Sie sprang ins Auto und winkte Emmanuelle, als sie losfuhr, noch einmal zu.

Emmanuelle bedauerte, daß sie nichts unternommen hatte, sie zurückzuhalten. Sie hätte ihre Brüste gern noch einmal gesehen. Vor allem hätte sie gern wieder gespürt, wie sie sich an sie preßten. Plötzlich sehnte sie sich danach, nackt zu sein, und Ariane sollte nackt sein und auf ihr liegen, beide ganz nackt, nackter, als sie je gewesen waren. Sie sehnte sich danach, Arianes Brüste an ihren Brüsten, ihr Geschlecht an ihrem Geschlecht zu fühlen. Und sie sehnte sich danach, von Frauenhänden liebkost zu werden, von Frauenbeinen, Frauenlippen, einem Frauenleib ... Wenn Ariane jetzt zurückgekehrt wäre, wie hätte sich Emmanuelle ihr hingegeben!

Am gleichen Tag kam Christopher an. Er sah viel besser aus als auf den Fotos und hatte den Gang und das offene Lächeln eines angelsächsischen Rugby-Spielers; seine straff nach hinten gekämmten blonden Haare schienen mit einem ständigen Sturm zu kämpfen. Emmanuelle hatte sofort Vertrauen zu ihm wie zu jemandem, den sie schon lange kannte. Während sie ihrem Gast den Garten zeigte, hakte sie sich bei ihrem Mann und bei Christopher ein. Gleich zu Anfang stritt sie mit Jean darum, wem von ihnen der Neuankömmling Gesellschaft leisten solle.

«Du wirst Christopher doch nicht etwa die ganze Zeit für dich mit Beschlag belegen! Ich will ihn auf die *khlongs* mitnehmen, ihm den Markt der Diebe zeigen . . .»

«Hören Sie, ich bin hier aber nicht nur auf Urlaub», wehrte Christopher lächelnd ab.

Es bereitete ihm Vergnügen, Jean wiederzusehen und festzustellen, daß er so glücklich verheiratet war. Unverhohlen zeigte er die Bewunderung, die er für Emmanuelle empfand: «Jean, dieser Gauner, hat wirklich mehr als Glück!» rief er, während er einen hingerissenen Blick auf seine Gastgeberin warf. «Welche Tugend hat ihm das verschafft?»

«Keine, Gott sei Dank», scherzte sie. «Ein tugendhafter Ehemann, wie entsetzlich!»

Sie blieben bis spät in die Nacht hinein auf, fröhlich und lärmend, und gingen erst zu Bett, als Emmanuelle der Schlaf übermannte, ihr die Augen schloß in dem Sessel, in den sie sich gekuschelt hatte, unter der Bougainvillea, die sich über die Terrasse des Erdgeschosses spannte. Es regnete nicht. Die Frösche waren verstummt. Die Sterne glänzten hell wie in der trockenen Jahreszeit. Mitte August gibt es in Thailand häufig solche trügerischen Atempausen.

Emmanuelle pflegt nackt zu schlafen. Aber wenn sie mit Jean auf dem breiten Balkon ihres Schlafzimmers frühstückt, zieht sie sich eines der kurzen Nachthemdchen über, von denen sie sich vor ihrer Abreise aus Paris eine große Anzahl gekauft hatte (besonders weil sie gern anprobieren ging). Heute morgen trägt sie ein durchsichtiges und plissiertes von der Farbe ihrer Haut. Der Saum reicht nicht weiter hinunter als bis zu den Leisten. An der Taille wird es durch drei Knöpfe geschlossen. Der leiseste Windhauch lüftet es sanft. Plötzlich fängt Emmanuelle an zu lachen.

«Ach, ich habe ja ganz vergessen, daß wir einen Gast haben. Ich glaube, es ist besser, ich ziehe mir etwas über.»

Sie steht schon auf, aber Jean protestiert: «Kommt nicht in Frage», entscheidet er. «So siehst du viel besser aus.»

Im Grunde hat sie gar nichts dagegen, sich in diesem Aufzug zu zeigen; sie ist seit langem daran gewöhnt, daß alle möglichen Leute sie nackt sehen. Es ist ihr von ihrer Kindheit her vertraut. Die Vorstellung, sich der Eltern wegen einen Morgenrock überziehen zu müssen, wäre diesen ebenso albern vorgekommen wie ihr selbst. Daß sie sich nach ihrer Hochzeit eine Anzahl Nachthemden gekauft hatte, war aus Koketterie und nicht aus Schamhaftigkeit geschehen.

Christopher ist dabei allerdings nicht so wohl zumute wie seinen Gastgebern. Er sitzt Emmanuelle gegenüber und kann seinen Blick nicht von ihren Brüsten lösen, die die Sonne durch den plissierten Stoff hindurch belebt: blutvoll drängen sich die Spitzen nach vorn – zwei blaßrosa Tupfen unter dem Gewebe. Als sie aufsteht, um ihm Zwieback, Früchte, Honig zu reichen, schlägt die morgendliche Brise den leichten Stoff bis zum Nabel auseinander, und das Astrachandreieck nähert sich ihm, kommt seinem Gesicht so nahe, daß er seinen Maiglöckchenduft atmet.

Er wagt kaum, die Tasse an die Lippen zu heben, da er fürchtet, daß seine Hände zittern könnten. Panik überkommt ihn: Was soll ich tun, wenn ich aufstehen muß?

Zu seiner Erleichterung geht Emmanuelle wieder in ihr Schlafzimmer zurück, bevor die Männer ihr Frühstück beendet haben. So bleibt Christopher Zeit, sich wieder in die Gewalt zu bekommen.

Erst zum Abendessen wollten Jean und Christopher wieder zurück sein. Emmanuelle hatte keine Lust, den ganzen Tag allein zu Hause zu verbringen. Sie nahm den Wagen und fuhr in die Stadt. Eine Stunde lang fuhr sie ziellos herum, verirrte sich, hielt zuweilen an, um ein Geschäft zu betreten, oder starrte abwesend und von Grauen geschüttelt einen Leprakranken an, der auf dem Bürgersteig saß und sich rückwärts bewegte, wobei er sich auf seine zerfressenen Handgelenke stützte und die Stümpfe seiner Schenkel über den schmutzigen Boden schleifte. Emmanuelle war von diesem Anblick so erschüttert, daß es ihr nicht gelingen wollte, den Motor wieder anzulassen. Sie saß wie gelähmt da, hatte vergessen, wohin sie fahren wollte, vergessen, welche Bewegungen sie mit ihren unversehrten Füßen, ihren gesunden und zarten Händen ausführen mußte ... In diesem Augenblick tauchte ganz in ihrer Nähe, aus einem chinesischen Laden heraustretend, eine Silhouette auf.

Sie stieß einen spitzen Schrei aus, der wie ein Hilferuf klang: «Bee!»

Die junge Frau wandte sich um und trat mit einer Geste freudiger Überraschung an den Wagen heran.

«Ich habe Sie gesucht», sagte Emmanuelle.

Im gleichen Augenblick erkannte sie, daß sie die Wahrheit gesagt hatte.

«Nun, dann haben Sie ja Glück gehabt, daß Sie mich gefunden haben», scherzte Bee. «Denn in diese Gegend komme ich nicht sehr häufig.»

Natürlich, sie glaubt mir nicht, dachte Emmanuelle betrübt.

«Möchten Sie mit mir zusammen zu Mittag essen?» schlug sie so inständig bittend vor, daß Bee einen Augenblick lang nicht wußte, was sie antworten sollte.

Doch Emmanuelle fuhr fort: «Ich habe eine Idee! Kommen Sie mit zu mir. Es ist reichlich zu essen da. Und Sie kennen mein Haus noch nicht.»

«Möchten Sie nicht lieber mal hiesige Spezialitäten kennenlernen?» fragte Bee. «Ganz in der Nähe ist ein sehr pittoreskes kleines siamesisches Restaurant. Ich lade Sie ein.»

«Nein, nein», antwortete Emmanuelle beharrlich. «Ein anderes Mal gern. Aber jetzt, da ich Sie gefunden habe, möchte ich Sie mit zu mir nach Hause nehmen.»

«Wenn Sie meinen!»

Bee öffnete die Wagentür und setzte sich neben sie.

Emmanuelle blühte auf. Sie hatte plötzlich das Gefühl, als habe sie wieder zu sich selbst gefunden; sie wußte nun, was sie wollte, war stolz, daß sie liebte, und konnte sich weder verstellen noch warten. Es fehlte wenig, und sie hätte ihre Freude laut hinausgeschrien, während sie alle Vorsicht außer acht lassend ihren Wagen durch das Ameisengetümmel der Stadt lenkte. Ohne jeden Grund lachte sie hin und wieder. Sie strahlte geradezu. Worte formten sich in ihrem Kopf zu einer hoffnungsfrohen Melodie. O meine terra firma! O meine Schöne mit dem geflügelten Namen! O du meine Schöne, meine sanfte Schöne! O du Land mit dem geflügelten Namen! O meine Schöne, meine sanfte Schöne! O mir verheißene Bucht mit dem geflügelten Namen, meine Schöne, o meine sanfte Schöne! Du Schöne, meine terra firma, meine Bucht, meine Flügel!

Mit der Geste einer Schiffbrüchigen streckte sie zärtlich die Arme aus, schüttelte ihre schweren Haare, küßte schluchzend vor Glück das schöne, liebreiche Gestade. Endlich, endlich! Oh, so lieblich war das Gestade, an das die Welle sie trug, sie, im feuchtschimmernden Haar, so gastlich ihrem dürstenden Leib, ihren nackten Beinen, ihrem hingegebenen Körper. In der Verzauberung der Augustnacht war alles vergessen, was sie gelernt und wieder verlernt hatte, seit sie von der einen in die andere Welt verschlagen worden war. Ihre Lippen leuchteten in immerwährender Morgenröte.

Bee betrachtete sie voller Bewunderung, aber auch ein wenig befremdet.

Das elegante und modern eingerichtete Haus gefiel der Besucherin. Sie lobte die Blumenarrangements; Emmanuelle hatte die Kunst des Ikebana in Paris gelernt; die Keramik; die Schalen aus durchsichtigem Stein, die mit Korallen und Seemuscheln verziert waren; das große, schmiedeeiserne Mobile, das sich mitten im Zimmer sperrig und herausfordernd erhob und mit seinem ganzen seltsamen metallenen Laub klirrte.

Sie aßen rasch zu Mittag. Emmanuelle hatte die Sprache verloren. Ihr jubilierender Blick ließ nicht ab von Bee.

Dann besichtigten sie trotz der sengenden Sonne den Garten. Emmanuelle hatte die Hand ihrer Freundin ergriffen, und sie gingen zwischen den Beeten mit den gepflanzten Ablegern und Setzlingen entlang. Sie wies darauf hin, wie schön der Garten erst sein würde, wenn das alles zu Sträuchern erblüht war.

Emmanuelle brach eine langstielige Rose und reichte sie Bee, die die rote Blütenkrone mit ihren Fingern umfaßte und an ihre Wange hielt. Emmanuelle kam mit ihren Lippen näher und drückte einen Kuß auf die Rose.

Der Gang durch den Garten hatte sie erhitzt. Sie kehrten ins Haus zurück.

«Wollen wir uns nicht rasch duschen?» schlug Emmanuelle vor.

Bee fand das eine gute Idee.

Oben im Schlafzimmer riß sich Emmanuelle die Kleider so hastig vom Leibe, als stünden sie in Flammen. Erst als Emmanuelle ihr letztes Kleidungsstück abgelegt hatte, begann auch Bee, sich zu entkleiden.

Sie hatte nur gesagt: «Was haben Sie für einen schönen Körper!» Und dann hatte sie langsam ihren Kragen geöffnet. Als sie ihre Hemdbluse, die sie genau wie Emmanuelle auf dem bloßen Körper trug, halb aufgeknöpft hatte, konnte Emmanuelle einen Ausruf des Staunens nicht unterdrücken: Bees Brust glich der eines Knaben.

«Sie sehen ja, wie flach ich bin», sagte das Mädchen.

Sie schien sich dessen aber überhaupt nicht zu schämen, vielmehr genoß sie Emmanuelles Überraschung, die sich die rosigen Spitzen, die so klein und blaß waren, daß es aussah, als seien sie noch nicht voll entwickelt, genau betrachtete.

«Finden Sie sie häßlich?» erkundigte sich Bee, ohne diese Frage ernst zu meinen.

«O nein! Ganz im Gegenteil, sie sind wunderschön!» rief Emmanuelle in so inbrünstigem Ton, daß die andere gerührt schien.

«Dabei hätten Sie alles Recht, kritisch zu sein, bei den herrlich schönen Brüsten, die Sie haben», bemerkte Bee. «Ein starker Gegensatz zwischen uns beiden, nicht wahr?»

Emmanuelle erwiderte mit dem Fanatismus einer Konvertierten: «Was ist schon Besonderes an großen Brüsten? Die Illustrierten sind voll davon. Aber bei Ihnen ist es so ganz anders als bei den anderen Frauen, und das ist hübsch!» Ihre Stimme verdunkelte sich ein wenig: «Sie müssen wissen, noch nie habe ich etwas gesehen, das mich so erregt hat. Und das sage ich in vollem Ernst.»

«Ich gebe zu, auch ich habe Freude an ihnen», sagte Bee, die ihren Rock auf den Boden gleiten ließ. «Sicher wäre es mir nicht recht, wenn ich eine zu kleine Brust hätte, aber überhaupt keine Brust, das hat Esprit, finden Sie nicht auch?» (Plötzlich schien sie gesprächiger zu werden. So lange hatte Emmanuelle sie noch nicht reden hören.) «Ich habe sogar lange gefürchtet, meine Brüste könnten zu wachsen anfangen. Dann wäre ich mir vorgekommen, als verlöre ich meine Persönlichkeit. Und ich habe damals jeden Abend gebetet: ‹Mein Gott, mach, daß ich niemals richtige Brüste bekomme!› Ich bin offenbar so brav gewesen, daß der liebe Gott mich erhört hat!»

«Welch ein Glück!» rief Emmanuelle. «Wie schrecklich, wenn Ihre Brüste größer geworden wären. Ich mag Sie so, wie Sie jetzt sind!»

Auch Bees Beine fand sie herrlich; sie waren so lang und ihre Linien so vollendet, daß sie fast unwirklich schienen, so als entstammten sie den Modellzeichnungen eines Modeschöpfers. Zu diesem Eindruck von Eleganz und Rasse trugen auch die schmalen Hüften bei und die biegsame Schlankheit der Taille. Was aber Emmanuelle am meisten auffiel, als Bee ihr Höschen ausgezogen hatte, war der ungewöhnlich stark vorgewölbte, glatt rasierte Venusberg. Noch nie hatte sie gesehen, daß er sich derartig von der flachen Ebene des Bauches abhob und vor Geschlechtlichkeit förmlich zu bersten schien. Sie meinte, nie etwas Schöneres gesehen zu haben, nichts der Liebe Würdigeres. Durch das Fehlen der Haare lag der hoch hinauf reichende Einschnitt des Geschlechts, das sich tief und scharf umrissen furchte, bloß und war dem Blick ganz offen preisgegeben. Der Gegensatz zu der ephebengleichen Büste und die gleichmäßige Bräunung von Bees Körper (es drängte sich der Gedanke auf, daß er der Sonne ganz ausgesetzt gewesen war und andere sich an dieser hermaphroditischen Nacktheit hatten erfreuen können) wirkten wie eine Herausforderung. Und die glatte und gespaltene Schwellung von Bees Schoß war ihrer unnahbaren Anmut zum Trotz von solcher Sinnlichkeit, warf sich mit einer derart einladenden Bewegung nach vorn, daß es Emmanuelle war, als wühle eine Hand in ihrem eigenen Schoß. Sie wußte plötzlich, daß Bee ihr auf der Stelle gehören, daß sich ihr diese Furche, diese Spalte der Wollust öffnen müsse . . . diese Spalte, bei deren Anblick sie erbebte. Sie öffnete den Mund, um Bee zu sagen, wonach sie verlangte, aber im gleichen Augenblick drehte sich die junge Frau nach dem Badezimmer um: «Und wie steht's mit dem Duschen?» fragte sie.

Jetzt schien Emmanuelle jede List überflüssig. Um Bee daran zu hindern, weiterzugehen, befahl sie: «Kommen Sie aufs Bett.»

Die Besucherin, die mit zögernder Miene an der Tür stehengeblieben war, entschied sich zu lachen.

«Ich möchte mich aber frisch machen und nicht schlafen», sagte sie.

Emmanuelle fragte sich, ob Bee wirklich glaubte, daß sie sie zur Siesta hatte auffordern wollen, oder ob sie nur so unschuldig tat. Ihr Blick traf sich mit dem ihrer nackten Freundin, und sie war verzweifelt, in ihnen nicht die Andeutung eines Versprechens entdecken zu können.

Sie ging auf Bee zu und öffnete die Tür. «Dann tun wir es eben unter der Dusche», sagte sie entschlossen.

VIERTES KAPITEL

# *Kavatine oder Bees Liebe*

Verweile doch, du bist schön!

Goethe: ‹*Faust*›

Ich werde das Bett so lassen,
wie sie es gelassen hat, ungemacht und zerwühlt,
die Laken durcheinandergeworfen,
damit der Abdruck ihres Körpers
neben meinem sichtbar bleibt.
Bis morgen werde ich kein Bad nehmen,
mich nicht ankleiden und meine Haare
nicht kämmen, aus Furcht,
ihre Liebkosungen auszulöschen.
Heute morgen werde ich nicht essen
und auch nicht heute abend,
und ich werde meine Lippen nicht schminken
und nicht pudern,
damit ihr Kuß verweilt.
Ich werde die Fensterläden geschlossen halten,
und die Türen werde ich nicht öffnen,
aus Furcht, daß der Wind die Erinnerung,
die mir geblieben ist, davonträgt.

Pierre Louÿs: ‹*Les Chansons de Bilitis*›

Das große weiße Badezimmer ist mit mehreren Duschen verschiedener Art ausgerüstet; eine ist an der Decke, eine andere an der Wand angebracht, eine dritte kleinere am Ende eines langen Metallschlauchs, den man mit der Hand halten und beliebig bewegen kann. Die beiden Frauen, die nahe beieinander unter den sich überkreuzenden Wasserstrahlen stehen, stoßen kleine, fröstelnde Schreie aus. Emmanuelle erscheint durch ihre Haare, die sie, um sie trocken zu halten, in der Mitte des Kopfes hochgesteckt hat, ebenso groß wie ihre Gefährtin.

Sie sagt zu Bee, sie wolle ihr zeigen, wozu man die bewegliche Handdusche benutzen könne: mit ihrer rechten Hand nimmt sie den Schlauch, umfängt mit ihrem linken Arm die Hüften ihrer Freundin und fordert sie auf, die Beine ein wenig zu spreizen.

Bee gehorcht lächelnd. Emmanuelle lenkt den lauwarmen Wasserstrahl schräg von unten auf den Schoß ihres Gastes, bewegt ihn hin und her und bringt ihn spiralförmig kreisend immer näher. Sie scheint genau über die bei diesem Spiel zu beachtenden Regeln Bescheid zu wissen. Kaskadenförmig sprudelt das Wasser zwischen Bees Beinen herab.

Emmanuelle blickt zu ihr auf: «Tut das gut?» fragt sie.

Bee scheint die Frage höchst unpassend zu finden: sie zögert einen Moment, sieht aus, als wolle sie etwas sagen, besinnt sich dann aber anders und begnügt sich schließlich mit einem bejahenden Kopfnicken. Aber gleich darauf schon gesteht sie: «Ja, sehr gut.»

Während sie die Dusche weiter mit sicherer Hand lenkt, beugt sich Emmanuelle vor und nimmt eine der kleinen Brustwarzen in den Mund. Sie spürt, wie Bee ihr eine Hand auf den Kopf legt; will sie sie zurückdrängen oder fester an sich ziehen? Emmanuelle drückt die kleine Puppenwarze mit ihren Lippen zusammen, lockt sie hervor mit ihrer Zunge und saugt daran. Sie wird sofort hart und schwillt auf die doppelte Größe an. Triumphierend richtet sich Emmanuelle wieder auf: «Sehen Sie . . .»

Aber Bees Gesichtszüge lassen sie verstummen: die Maske der heiteren Gelassenheit ist geschwunden. Die schönen perlgrauen Augen sind noch größer, die Lippen voller und glänzender geworden. Das fast kindliche, reine Gesicht, eine ihr bis dahin unbekannte Bee, erschütternd in ihrer Heftigkeit und Schönheit, gibt sich der Lust hin, ohne daß ein Schrei, ein Erbeben, eine Veränderung im Rhythmus ihres Körpers verriete, wie groß ihre Erregung ist.

Die Ekstase währt so lange, daß Emmanuelle sich fragt, ob sich ihre Freundin überhaupt noch bewußt ist, daß sie bei ihr ist. Allmählich weicht jedoch der verzückte Ausdruck aus ihrem Gesicht, und Emmanuelle ist traurig, daß diese Wollust nicht ewig dauern kann. Sie ist von der Verklärung, deren Augenzeuge sie gewesen ist, so betroffen, daß sie nicht zu sprechen wagt. Bee lächelt sie an.

Emmanuelle schlingt die Arme um den Hals ihrer Freundin und küßt sie auf die Lippen. Als Bees Körper sich an den ihren preßt, stöhnt sie auf vor Lust: allein die feuchte Frische der Haut ist eine Liebkosung. Sie preßt sie eng an sich und reibt ihren Schamhügel langsam an dem ihrer Freundin.

Bee errät, welche Befriedigung Emmanuelle sucht; sie legt die Hand auf ihre Lenden, drückt leicht auf ihre Hinterbakken und schraubt sich in den Schoß der anderen. In ihren sich öffnenden Mund dringt ein seltsam würziger Geschmack, saftig und süß wie eine exotische Frucht. Sie spürt, wie der Orgasmus in dem schönen Körper, den sie umfangen hält, aufsteigt. Sie tut alles, um ihn zu steigern. Sie hört, wie Worte der Liebe an ihre Lippen hingestammelt werden.

«Emmanuelle ist intelligent, auf alles neugierig und immer gutgelaunt. Das ist aber nicht der Grund, weshalb ich sie geheiratet habe», sagt Jean zu Christopher in dem Jeep, der auf dem Weg zwei rote Spuren hinterläßt.

Ihre Haut klebt vor Schweiß, und die schwüle Luft trocknet ihnen die Kehle aus. Sie fahren über eine kleine Brücke: im Wasser spielen ein paar nackte Jungen und Mädchen und bespritzen sich unter schrillem Lachen.

«Sieh mal, ist das nicht der Orient, wie er im Kino gezeigt wird?»

Jean stellt den Motor ab. Sie gehen zum Wasser hinunter und erfrischen sich das Gesicht. Vor Begeisterung springen die Kinder umher, zeigen mit dem Finger auf sie und kreischen im Chor: *«Farang! Farang!»*

«Was sagen sie?» fragt Christopher beunruhigt.

«Nichts weiter als: Europäer! Europäer! So wie bei uns die Kinder: ein Chinese! ein Chinese! rufen.»

Ein kleines Mädchen, dessen nasses Haar wie lange schwarze Zungen ihre Schultern umfließt, kam auf sie zu. Sie hatte einen grellblauen, mit ihrer bernsteinfarbenen Haut kontrastierenden Sarong vom Boden aufgehoben und knotete sich ihn, während sie näher kam, um die Hüften.

*«Than yâk sü som-ô maï tja?»* fragte sie, indem sie den Ausländern ein bezauberndes Lächeln schenkte.

«Ich weiß nicht, was sie von uns will», gestand Jean.

Das kleine Mädchen wies mit einer Handbewegung auf einen Korb voll riesiger Pampelmusen, der unter einem Brotbaum im Schatten stand.

«Ah, jetzt weiß ich. Sie bietet uns Grapefruits an. Das ist kein schlechter Gedanke.»

Jean nickte mit dem Kopf und sagte: *«Ao ko da ï!»*

Die Kleine lief zu dem Korb und kam mit einer Frucht

zurück, größer als ihr Kopf. Sie hob die fünf gespreizten Finger einer Hand: *«Hâ baht.»*

«Gut, meine Süße», sagte Jean.

Er reichte ihr einen Fünf-Tikal-Schein, den sie genau musterte. «Alles in Ordnung?»

*«Kha!»*

Diese zweisprachige Unterhaltung ließ offenbar keinerlei Verlegenheit in ihr aufkommen.

Christopher fragte verwundert: «Versteht sie denn Französisch?»

«Nicht im Traum. Aber das hindert doch nicht, ein wenig miteinander zu plaudern.»

Fragend hob die Kleine die Frucht hoch: *«Pok haï maï tja?»*

Jean breitete die Arme aus zum Zeichen, daß er nicht verstehe. Die freie Hand des Kindes beschrieb imaginäre Kreise um die körnige Schale und machte Schälbewegungen.

«Ah! Aber ja doch, warum nicht?» sagte Jean zustimmend. «Das wäre sehr nett von dir.»

Sie ging zum Korb zurück, entnahm ihm ein kleines Messer mit einer gebogenen, spitzen Bronzeklinge, setzte sich und legte die Pampelmuse in den von ihren gekreuzten Beinen gespannten Rock.

Die beiden Männer ließen sich ihr gegenüber auf dem Gras nieder.

«Da du, wie du sagst, Emmanuelle nicht wegen ihrer geistigen Fähigkeiten geheiratet hast, dann hast du es wohl, so nehme ich an, ihrer Schönheit wegen getan?» sagte Christopher, ihr früheres Thema wiederaufnehmend. «Das kann ich gut verstehen.»

«Mag sein, aber das allein hätte nicht genügt, mich an sie zu fesseln.»

«Womit hat sie dich denn dann erobert? Etwa mit ihren hausfraulichen Talenten?»

«Nein, mit ihrem sinnlichen Genie. Ich kenne niemanden auf der Welt, der die körperliche Liebe so liebt wie sie – und der sich so gut darauf versteht.»

Christopher war schockiert. Derartige Geständnisse schienen ihm geschmacklos. Dennoch brannte er darauf, mehr darüber zu hören.

«Du bist ein Glückspilz», sagte er gequält. «Aber liegt darin nicht auch ein Risiko für dich? Diese ... wie sagtest du noch? ... diese Gabe, die sie besitzt – könnten nicht auch andere sie erraten ... in Versuchung kommen ... sie für sich auszubeuten ... sie dir wegzunehmen suchen.»

«Man kann mir nicht nehmen, was mir nicht gehört», erklärte Jean, als sage er das Selbstverständlichste von der Welt. «Sie ist ja nicht mein Besitz, sie ist nicht meine Schönheit.»

Christopher war anzusehen, daß er nicht verstand.

Jean fügte noch hinzu: «Ich habe sie nicht geheiratet, um ihr Beschränkungen aufzuzwingen.»

Das kleine Mädchen reichte ihnen auf ihren auseinandergebreiteten Handflächen ein paar Pampelmusenschnitze. Mit leichtem Kopfnicken nahm Jean eine davon und kostete sie mit sichtlichem Vergnügen.

«Willst du keine?» fragte er Christopher.

Der nahm gedankenlos von der angebotenen Frucht. Abwesend starrte er vor sich hin.

Jean sprach weiter: «Emmanuelle und ich, wir sind an der Welt interessiert. Und wir sind begierig darauf, mehr darüber zu erfahren.» Er lachte und bemerkte vergnügt: «Da haben wir allerhand zu tun.»

Er nahm sich aus den Händen des Kindes ein weiteres Stück.

«Sogar zu zweit», schloß er. «Und das reicht, um ein Teamwork zu rechtfertigen.»

Christopher fragte sich, ob Jeans Worte überhaupt etwas mit seiner Frage zu tun hatten. Die Kinder hatten sich im Kreis um sie herum hingekauert und musterten sie schweigend, stießen sich ab und zu mit den Ellbogen an und brachen dann in ein unbändiges Gelächter aus, das ihnen die Tränen in die Augen trieb.

«Die machen sich offenbar über uns lustig», bemerkte Christopher.

Zwar hatte das zuckersüße Fruchtfleisch seinen Gaumen erfrischt, aber merkwürdigerweise blieb seine Kehle wie zugeschnürt. Er suchte sich gegen die Bilder zu wehren, die voller Süße an seinem Geist vorüberzogen und ihn doch mit Grauen erfüllten.

So also denke ich an die Frau eines Freundes! dachte er bei sich.

Das blieb aber auf die Bilder seiner Phantasie ohne Wirkung. Mit brüchiger Stimme schlug er vor, noch eine Pampelmuse zu kaufen. Aber während die kleine Siamesin sie ihnen zubereitete und er sich bemühte, von Schleusen und Kilowattstunden zu sprechen, kreiste seine Phantasie unermüdlich um Emmanuelles runde Brüste, ihre vibrierenden Hinterbakken, ihren verführerisch nackten Schoß ... Jean stand auf und verkündete, es sei Zeit für sie, sich wieder auf den Weg zu machen. Da erst wurde er Christophers Erregung gewahr. Er spitzte überrascht die Lippen und brach in Lachen aus:

«Nun», sagte er aufgeräumt, «ich wußte gar nicht, daß du dafür anfällig bist. Künftig werde ich dich von den kleinen Mädchen fernhalten. Du mußt warten, bis sie ein bißchen reifer geworden sind. Die hier ist ja nicht mal acht Jahre alt!»

Emmanuelle will den Körper ihrer Freundin einseifen. Sie versteht sich darauf so gut, daß Bee, als Emmanuelles Hand zwischen ihre Beine gleitet, sich ihrer erwehren muß: «Nein, nein, nicht ununterbrochen, Emmanuelle! Das ist zu anstrengend. Lassen Sie mich erst wieder zu Kräften kommen!»

Emmanuelle läßt ihr Zeit, sich abzuspülen und abzutrocknen. Dann sagt sie in einschmeichelndem Ton zu ihr: «Kommen Sie in mein Bett!»

Bee schweigt, und sofort gerät Emmanuelle außer sich. Aber da küßt die schöne junge Frau sie auf die Augenlider. «Gehen wir in Ihr Schlafzimmer», sagt sie.

Emmanuelle wirft Bee quer über das Bett, legt sich auf sie, bedeckt ihre Stirn, ihre Wangen, ihren Hals mit Küssen, beißt sacht in ihr Ohrläppchen, in ihre Brust. Sie läßt sich auf den Teppich gleiten, kniet sich hin, vergräbt ihr Gesicht in dem nackten Schoß.

«Oh, wie weich!» stöhnt sie.

Sie reibt beide Wangen, die Nase, die Lippen an der schmiegsamen Wölbung des Schamhügels.

«Liebes! O Liebes!»

Bee rührt sich nicht, sagt kein Wort.

Emmanuelle wird unruhig: «Fühlen Sie sich wohl so?»

«Ja.»

«Sie wollen doch, nicht wahr, Sie wollen doch meine Geliebte werden?»

«Aber Emmanuelle . . .»

Sie unterbricht sich, streichelt die aufgelösten Haare, wartet.

Emmanuelle schiebt mit ihren Händen die langen Beine auseinander, berührt leicht die Öffnung zwischen ihnen und dringt sachte in sie ein. Bee seufzt, läßt ihre Arme herabsinken, schließt die Augen. Emmanuelle kommt mit ihrer Zungenspitze ganz nahe an die Spalte, die eng und straff ist wie das Geschlecht einer Jungfrau. Sie befeuchtet die Schamlippen in ihrer ganzen Länge, sucht dann die Klitoris, saugt sie in ihren Mund, stachelt sie durch zitternde Liebkosungen an, besänftigt sie mit Speichel, läßt sie wie einen winzigen Phallus zwischen ihren Lippen hin und her gleiten. Sie selbst steckt jetzt ihren gekrümmten Mittelfinger in ihre Scheide. Mit ihrer freien Hand stimuliert sie das Geschlecht ihrer Freundin. Ihre Finger sind ganz feucht. Sie läßt sie zwischen die Hinterbacken gleiten, die sich heben, damit Emmanuelle leichter in das engere Loch eindringen kann. Der Finger taucht bis ans Ende hinein. Da erst schreit Bee. Sie schreit so lange, wie Emmanuelle sie leckt, wie sie saugt und ihre Hand zwischen ihren Körperöffnungen hin und her wandern läßt. Emmanuelle muß als erste ihrer Erschöpfung nachgeben. Sie legt sich wieder auf ihre Geliebte. Keine von beiden scheint noch Kraft zum Sprechen zu haben.

Später, als sich Bee trotz Emmanuelles Bitten wieder angezogen hat, schlingt Emmanuelle die Arme um ihren Hals und nötigt sie, sich noch einmal aufs Bett zu setzen.

«Ich möchte, daß Sie mir etwas sagen. Aber Sie müssen mir schwören, daß Sie die Wahrheit sagen!»

Bee begnügt sich mit einem zustimmenden Lächeln.

Emmanuelle sagt: «Ich liebe dich.»

Bee versucht, in der Tiefe der goldschimmernden Augen zu lesen, was für eine Art Wahrheit von ihr jetzt erwartet wird. Aber schon ist auf Emmanuelles Gesicht der tiefernste, fast pathetische Ausdruck einem schmeichelnden Schmollmund gewichen. Sie lehnt ihre Wange an die Schulter ihrer Freundin.

«Gefalle ich dir auch ganz bestimmt? Ich meine, nein, warte, hör mir erst zu, gefalle ich dir genausogut wie deine anderen Freundinnen, oder besser? Macht es dir mit mir genausoviel Spaß?»

Diesmal lacht Bee frei heraus.

Emmanuelle ist böse. «Warum machen Sie sich über mich lustig?» beklagt sie sich.

«Hören Sie, meine kleine Emmanuelle», murmelt Bee, und sie kommt dabei ganz nahe an die Lippen ihrer Gefährtin. «Ich will Ihnen ein großes Geheimnis verraten. Was wir heute getan haben, habe ich vorher noch niemals getan.»

«Sie meinen die Dusche, das . . .»

«Alles! Ich habe es noch nie mit einer Frau getan, wie Sie sich ausdrücken.»

«Oh!» protestierte Emmanuelle. (Sie runzelte die Stirn.) «Ich glaube Ihnen nicht!»

«Sie müssen mir aber glauben, denn es ist die Wahrheit. Und ich will Ihnen noch etwas anderes gestehen: Bis heute nachmittag, bis ich Sie kennenlernte, fand ich so etwas sogar ein bißchen lächerlich.»

«Aber ...» stotterte Emmanuelle sprachlos, «wollen Sie damit sagen, daß Sie es nicht gern getan haben?»

«Weder gern noch ungern, da ich es ja noch nie versucht hatte.»

«Das ist doch nicht möglich!» ruft Emmanuelle in so überraschtem Ton, daß Bee einfach lachen muß.

«Warum nicht? Bin ich dir so erfahren vorgekommen?» fragt sie leise in einem Ton fast spöttischer Komplicenschaft, der aus ihrem Mund ganz neu ist und Emmanuelle aus der Fassung bringt. Auch ist ihr nicht entgangen, daß Bee sie geduzt hat.

«Sie ... Du hast aber überhaupt kein erstauntes Gesicht gemacht.»

«Ich war auch nicht erstaunt. Weil Sie es waren.»

«Ah?» sagt Emmanuelle.

Sie überlegt. Dann stellt sie Fragen, so als komme sie aus einem Traum und habe die ganze vorausgegangene Unterhaltung vergessen.

«Lieben Sie mich nicht, Bee?»

Bee sieht sie an, ohne zu lächeln.

«Ich habe Sie gern.»

Emmanuelle erwartet etwas anderes. Sie fragt noch einmal, weniger, weil es ihr wichtig wäre, als um das Schweigen zu brechen: «Und ... hat Ihnen diese erste Erfahrung gefallen? Sind Sie froh darüber?»

Bee scheint plötzlich einen Entschluß gefaßt zu haben.

«Dieses Mal will ich dich liebkosen», sagt sie.

Emmanuelle bleibt keine Zeit zu einer Antwort. Bee hat sie fest um die Taille gefaßt und gezwungen, sich hinzulegen. Sie küßt ihr Geschlecht, wie sie ihren Mund geküßt hätte. Sie neigt ihren Kopf zur Seite, damit ihre Lippen parallel zu den anderen Lippen verlaufen. Sie schiebt ihre Zunge vor, läßt sie so tief in die fügsame Spalte gleiten, wie es geht. In einem einzigen Aufbrausen fühlt sich Emmanuelle von Liebe und Wollust zugleich überflutet. Bee kann gar keine anderen Liebkosungen mehr versuchen: Von der Plötzlichkeit dieses

Orgasmus überrascht, weicht sie im ersten Augenblick etwas zurück. Als sie aber sieht, wie Emmanuelles Körper weiter von Schauern geschüttelt wird, kehrt ihr Mund wieder zu dem Schoß vor ihr zurück und leckt den Saft, der aus ihrer Geliebten quillt, bis auf den letzten Tropfen. Als sie sich wieder aufrichtet, bemerkt sie lachend: «Ich hätte nie geglaubt, daß es eines Tages für mich eine Lust sein könnte, von dieser Quelle zu trinken! Du siehst, jetzt finde ich es schön.»

Das Läuten des Telefons bricht den Zauber. Es ist Marie-Anne, die ihren Besuch ankündigt. Unter gewöhnlichen Umständen wäre Emmanuelle entzückt gewesen; jetzt aber ist sie bestürzt. Bee muß ihre ganze gute Laune aufbieten, um sie wieder aufzuheitern. Weder der einen noch der andern ist daran gelegen, Marie-Anne gemeinsam unter die Augen zu kommen. Sie verabreden sich für den nächsten Tag. Bee würde Emmanuelle schon morgens wiedersehen. Der Chauffeur bringt sie nach Hause.

Emmanuelle erwartete ihre Besucherin. Sie machte sich nicht erst die Mühe, sich etwas anzuziehen. Erstaunlich war nur, daß sie im Augenblick nicht im geringsten daran dachte, ihre kleine Freundin zu verführen.

Da sie aber ihre aufgewühlten Gefühle nicht zu verbergen vermochte, war Marie-Annes Scharfsinn sofort geweckt.

«Was ist mit dir los?» fragte sie. «Du siehst aus wie ein Mädchen, das gerade einen Heiratsantrag bekommen hat.»

Emmanuelle versuchte, um ein Geständnis herumzukommen, hielt aber nicht lange stand.

«Ich habe eine große Neuigkeit, die auch dir nicht gleichgültig sein wird», verkündete sie schließlich. «Du wirst vor Staunen nicht mehr zu dir kommen.»

«Bist du etwa schwanger?»

«Sei nicht albern. Versuch lieber, es zu erraten.»

«Nein. Erzähl es mir. Was hast du ausgeheckt?»

«Überhaupt nichts. Ich habe dir nur mitzuteilen, daß ich mit Bee geschlafen habe.»

Emmanuelle hatte das Geständnis gemacht, ohne der Wirkung ganz sicher zu sein, die es haben würde. Daß Marie-Annes Reaktion jedoch so entmutigend ausfallen würde, darauf war sie nicht gefaßt gewesen.

«Weiter hast du mir nichts zu sagen?» fragte das junge Mädchen blasiert. «Dazu hätte es dieser ganzen Einleitung aber wirklich nicht bedurft. Was ist schon Besonderes daran?»

«Na hör mal ...» sagte Emmanuelle fassungslos. «Sie ist faszinierend, diese Bee! Eigentlich müßte sie dir doch auch gefallen.»

Marie-Anne zuckte mit den Schultern.

«Wie naiv du sein kannst, meine arme Emmanuelle. Ich begreife wirklich nicht, was daran glorreich sein soll, wenn man mit einem Mädchen schläft, und du verkündest es wie einen großen Sieg. Wirklich, da kann ich nur lachen!»

Emmanuelle war beleidigt. Es hätte nicht viel gefehlt, und sie hätte sich sogar noch schuldig gefühlt. Schuldig weswegen? Sie versuchte, ihre Gedanken zu ordnen.

«Ich frage mich, was in dich gefahren ist. Was hast du denn dagegen, daß Bee und ich uns lieben?»

Marie-Annes Urteil hatte etwas Endgültiges: «Man schläft nicht mit einer Frau», sagte sie.

«So?» sagte Emmanuelle.

«Man schläft nur mit Männern.» Und mit blasierter Autorität fügte sie hinzu: «Solltest du es noch nicht wissen, so habe ich dir ja bereits gesagt, daß ich jemanden kenne, der dir das beibringen kann. Da Worte bei dir offenbar nichts fruchten, wird es das Beste sein, wenn ich dich Mario unverzüglich zuführe.»

Sie sah so aus, als konsultiere sie in Gedanken einen Terminkalender.

«Heute haben wir den sechzehnten. Ich nehme an, du bist

am achtzehnten auch in der Botschaft eingeladen? Gut. Ich werde diesen Empfang dazu benutzen, dich ihm vorzustellen. Wenn ihr es nicht einrichten könnt, noch am gleichen Abend miteinander zu schlafen, dann wenigstens am nächsten Tag.»

Sie hielt das Warten nicht mehr aus. In einem Sessel kniend hatte sie sich, das Kinn in die Hände geschmiegt, auf das Geländer ihres Schlafzimmerbalkons gelehnt und spähte auf das Stück Straße, das zwischen dem Blätterwerk des Gartens hindurch zu sehen war. Ihre Lippen zitterten vor banger Erwartung. Würde sie kommen? Und wenn, warum dann erst so spät? Vielleicht dachte sie sich eine Entschuldigung aus, weshalb sie Emmanuelle, die sich deshalb vor dem Läuten des Telefons fürchtete, nicht wiedersehen könne.

Nach ein paar Stunden, als das Warten zu schmerzhaft wurde, beschloß sie, selbst bei ihr anzurufen. Es war schon fast Mittag. Eine Männerstimme antwortete. Sicher ein Diener. Erst in diesem Augenblick wurde Emmanuelle klar, daß sie gar nicht wußte, wie sie eine Auskunft bekommen wollte, da sie weder die Sprache beherrschte noch den richtigen Namen ihrer Freundin kannte. Sie konnte doch einem Hausangestellten gegenüber nicht von ‹Bee› sprechen. Sie wagte es dennoch, wußte jedoch nicht, ob sie verstanden worden war, und gab auf.

Konnte die Tatsache, daß Bee nicht selbst an den Apparat gekommen war, bedeuten, daß sie schon unterwegs zu ihr war? Dann würde sie jeden Augenblick eintreffen. Emmanuelle ging wieder auf Beobachtungsposten. Hatte sie vielleicht einen Unfall gehabt? Da fiel Emmanuelle etwas anderes ein: Vielleicht konnte Bee das Haus nicht wiederfinden und irrte schon seit Stunden durch das labyrinthische Wohnviertel? Hier sah eine Straße wie die andere aus, alle hatten sie unaussprechliche Namen, die zudem in siamesischen Buchstaben geschrieben waren: es war kein Wunder, wenn Bee sich verlaufen hatte.

Andererseits sagte sie sich, daß Bee schon seit einem Jahr in Bangkok wohnte und inzwischen eigentlich alle Stadtgegenden kennen mußte. Sie selbst war erst zwei Wochen da und fand sich doch schon ganz gut zurecht. Konnte man da annehmen, daß Bee sich wirklich verirrt hatte? Selbst wenn sie sich etwas verspätet hatte – seit mehr als zwei Stunden hätte sie da sein müssen. Und wenn sie vergessen haben sollte, wo Emmanuelle wohnte, brauchte sie ja nur anzurufen und sie zu bitten, sie abzuholen.

Warum fuhr sie eigentlich nicht selbst zu Bee? Erst jetzt wurde ihr bewußt, daß sie vergessen hatte, sie nach ihrer Adresse zu fragen. Sie sei die Schwester des amerikanischen Marineattachés, hatte Marie-Anne gesagt. Das war ein bißchen vage. Auf jeden Fall würde Emmanuelle sich bei der amerikanischen Botschaft telefonisch nicht danach erkundigen. Und warum eigentlich nicht? Doch auch hier ergab sich wieder das Problem mit dem Namen. Es konnte ja mehrere Marineattachés geben. Und in welcher Sprache sollte sie sich erkundigen?

Der Chauffeur, der Bee gestern nach Hause gebracht hatte! ... Emmanuelle ließ ihn zitternd vor Ungeduld rufen. Er war nirgends zu finden. Sicher saß er irgendwo beim Essen oder beim Würfelspiel.

Wie dumm sie doch war! Warum hatte sie nur vorher nicht daran gedacht? Sie brauchte ja nur Marie-Anne anzurufen. Aber kaum ist ihr dieser Gedanke gekommen, als sie auch schon davor zurückschreckt: Soll sie denn dem kleinen Mädchen mit den grünen Augen gegenüber zugeben, daß sie auf Bee wartet, und sich neuen sarkastischen Bemerkungen aussetzen? Vor allem ihr verletzter Stolz rät ihr davon ab, Marie-Anne herausfinden zu lassen, daß Bee nicht pünktlich zum Rendezvous kommt, daß Emmanuelles Leidenschaft nicht erwidert wird und daß die zärtliche Geliebte von gestern heute schon untreu ist.

Emmanuelle ist jetzt sicher, daß Bee nicht mehr kommen wird. Auch später, am Nachmittag, wird sie nicht kommen und auch morgen nicht. Gestern hat sie sich von einem Zauber gefangennehmen lassen, der stärker war als sie, aber nachdem sie Emmanuelle verlassen hat, ist sie wieder zu sich gekommen, sie liebt sie nicht, sie liebt die Frauen nicht, dieses Spiel scheint ihr töricht und langweilt sie, nachträglich ist sie sich, um ihre eigenen Worte zu gebrauchen, ‹lächerlich› vorgekommen. Oder aber sie schämt sich, daß sie sich hat hinreißen lassen. Emmanuelle sagt sich, daß Bee sicherlich religiöse Überzeugungen besitzt, eine Auffassung von Moral, die sie die wollüstigen Spiele bereuen läßt, denen sie sich hingegeben hat. Eigentlich weiß Emmanuelle ja gar nichts von ihr: Sie lebt allein, wahrscheinlich ohne Liebhaber, da sie bei ihrem Bruder wohnt; und auch ohne Geliebte, das ist nur zu gewiß.

Es sei denn ... Jetzt kreist eine andere Hypothese in Emmanuelles Gedanken: Hat Bee etwa doch eine Geliebte? Hat sie gestern vielleicht gelogen? Aber nein, das kann Emmanuelle nicht glauben ... Ein Liebhaber also, dem sie ihren Fehltritt gestanden hat und der eifersüchtig ist, ihr eine Szene gemacht und von ihr verlangt hat, Emmanuelle nie wiederzusehen? So ist es, Emmanuelle ist jetzt davon überzeugt. Aber so leicht wird sie sie nicht aufgeben! Sie wird kämpfen, um sie zurückzugewinnen, sie hat die Kraft der Liebe ...

Und im nächsten Augenblick bleiben ihr von der Liebe nur noch die Schwäche und das Leiden. Nach und nach wird in ihr alles, was ihr an Vertrauen geblieben war, alles, was sich dagegen wehrte, sich zu ergeben, von einer unbekannten Bitternis überschwemmt. Bee wird nie wiederkommen, will sie nicht wiedersehen. Gleichviel, welche Gründe sie haben mag! Allein die Verlassenheit und die Einsamkeit zählen jetzt für Emmanuelle. Ach, wie sehr sie Bee liebte! Ihr war, als sei sie hierher ans Ende der Welt nur gekommen, um sie zu finden. Vom ersten Augenblick an hatte sie erkannt, daß sie es war, auf die sie immer schon gewartet hatte. Sie wäre ihr überallhin gefolgt. Sie hätte um ihretwillen alles verlassen. Bee aber wird nichts verlangen. Und Emmanuelle wird ihr nie mehr, niemals mehr anbieten, was sie ihr zu geben bereit gewesen war. Ja, sie wird sie aus ihrer Erinnerung auslöschen! Sie wird sie vergessen, sie wird die gedämpfte Stimme vergessen, die zu ihr sagte: «Ich habe Sie gern.»

Zum erstenmal seit ihrer Kindheit rinnen Emmanuelle echte Tränen übers Gesicht, benetzen ihre Lippen, bringen einen salzigen Geschmack auf ihre Zunge, fallen auf das Geländer des Balkons, den zu verlassen sie sich nicht entschließen kann. Den Kopf auf die Hände gestützt, weint Emmanuelle, vergebens durch die Lücke im Laubwerk spähend, wo jetzt, heute abend, vielleicht morgen, irgendwann, wann es ihr gefällt, Bee auftauchen und ihr zuwinken wird ...

Am Abend führten Jean und Christopher sie ins Theater. Sie nahm gar nicht wahr, was auf der Bühne gespielt wurde. Ihr Gesicht drückte Kummer aus. Und auch Christopher, der nichts ahnte, blickte melancholisch vor sich hin. Jean hatte ihr im Laufe des Abends keine Fragen gestellt. Später, als sie in seinen Armen lag, weinte sie sich aus. Danach fühlte sie sich ein wenig erleichtert und erzählte ihm von ihrer unglücklichen Liebe zu Bee.

Jean meinte, Emmanuelle nehme dieses Abenteuer zu tragisch. Es sei doch durchaus möglich, daß Bees Ausbleiben auf unvorhergesehene Umstände zurückzuführen sei und daß sie am nächsten Tag mit einer durchaus glaubwürdigen Entschuldigung wiederauftauchen werde. Sollte es sich jedoch erweisen, daß sie Emmanuelle wirklich nicht wiedersehen wolle, dann sei sie auch des Kummers nicht wert, den Emmanuelle sich um sie mache. In diesem Fall sei eine sofortige Beendigung des Verhältnisses das beste, damit Emmanuelle weitere Enttäuschungen erspart blieben. Emmanuelle müsse sich als diejenige betrachten, die man umwerbe, und nicht als diejenige, die anderen nachlaufe. Wie schön diese Bee auch sein möge, die er, Jean, übrigens noch nie gesehen und von der er bisher auch noch niemals gehört habe, so besäße sie doch zweifellos kaum so viel Anmut und so viele Vorzüge wie Emmanuelle. Er lasse es daher nicht zu, daß sie sich vor ihr demütige. Und sofern diese Treulose glaube, sie könne Emmanuelle vernachlässigen, dann sei die einzige Antwort, die sie verdiene, daß Emmanuelle Vergeltung in den Armen anderer suche. Sie, Emmanuelle, werde leicht Partner finden, die ihrer würdig seien. Sie sei es sich selbst schuldig, dies Bee unverzüglich zu beweisen.

Aufmerksam hörte sie ihm zu. Er hat recht, dachte sie, aber das linderte nicht ihren Schmerz. Doch allein daß sie hier jemandem Gehör schenkte, der von Trost und Vergeltung sprach, lenkte sie etwas ab von ihrem Kummer, und Bees Bild wurde vor ihren Augen immer verschwommener. Vielleicht löste sie sich von ihm auch im Schlaf. Am nächsten Morgen wußte sie schon nicht mehr, ob ihr letzter Gedanke vor dem Einschlafen der entschwundenen Geliebten gegolten hatte oder jenen noch gesichtslosen Gestalten, die eines Tages an ihre Stelle treten würden.

Keines der Kleider, die Emmanuelle sich in Frankreich hatte anfertigen lassen, war Jean tief genug ausgeschnitten.

«Aber in ganz Paris zeigt keine Frau mehr von ihren Brüsten als ich!» hatte sie lachend protestiert.

«Was man in Paris einen tiefen Ausschnitt nennt, gilt in Bangkok noch als zugeknöpft», hatte ihr Mann erklärt. «Warum sollen die Leute nicht wissen, daß du die schönste Brust auf der Welt hast: und das beste Mittel, sie zu überzeugen, ist immer noch, es ihnen vor Augen zu führen.»

Genau das tat das Kleid, das Emmanuelle für den Empfang auf der Botschaft gewählt hatte, auf das vollkommenste. Der runde Ausschnitt, der von den sanft abfallenden Schultern gehalten wurde und dessen weit geschwungener Bogen die Schönheit von Emmanuelles Hals hervorhob, bedeckte eben noch die Brustspitzen: neigte sie sich nur ein wenig nach vorn oder setzte sie sich hin, war ihre ganze Brust zu sehen. Der golddurchwirkte Stoff war so dünn und schmiegte sich so eng an die Haut, daß jede Art von Unterkleid hindurchgeschimmert oder sich deutlich abgezeichnet hätte. Emmanuelle trug nichts unter dem Kleid, nicht einmal einen jener durchsichtigen Slips. Schon in Paris hatte sie nach ihrer Heirat nur noch ganz selten einen Slip angezogen, wenn sie sich für den Abend zurechtmachte: sie genoß das Gefühl solcher Nacktheit wie eine Liebkosung, besonders wenn sie tanzte oder eines ihrer duftigen Kleider trug.

Heute abend trug sie ein Kleid, das von der Taille abwärts handschuheng anlag, sich dann aber unterhalb der Hüften überraschend weit bauschte. Emmanuelle ließ sich in einen Sessel fallen, und dabei entblößte der Rock ihre goldbraunen Schenkel. Sie bot einen ebenso anmutigen wie schamlosen Anblick, so daß Jean sich jäh über sie beugte und unter ihren Achselhöhlen den unsichtbaren Nylon-Reißverschluß suchte, den er mit kundiger Hand bis unterhalb der Hüften öffnete. Mit der anderen Hand suchte er den nackten Körper seiner Frau aus dem seidenen Schrein zu befreien.

«Jean, bist du verrückt? Was tust du denn?» protestierte Emmanuelle. «Wir kommen zu spät. Wir müssen losfahren.»

Ohne ihr das Kleid ganz abzustreifen, hob er sie hoch und legte sie auf den blaßgrünen Tisch im Eßzimmer.

«Nein! Nein! Du zerknitterst mir ja das Kleid. Du tust mir weh! Wenn Christopher herunterkommt ... und die Hausangestellten!»

Er legte sie so auf den Rücken, daß ihre Hinterbacken noch gerade auf der Tischkante auflagen: sie selbst zog ihr Kleid herauf, um ihren Körper so weit wie möglich zu entblößen. Die halb abgewinkelten Beine hingen herab. Jean drang mit einem einzigen Stoß tief in sie ein. Beide lachten über dieses improvisierte Spiel. Jeans Hast ließ in Emmanuelle eine neue, ihr unbekannte Lust aufsteigen, sie spürte in ihrer Kehle ein

Brennen wie nach einem langen Lauf. Mit den Händen knetete sie ihre Brüste, als wolle sie ihnen Nektar entlocken. Die Liebkosungen des eigenen Körpers versetzten sie ebenso in ein Delirium wie die heftigen Stöße ihres Mannes. Auf ihre ersten Schreie eilte der Boy herbei; er glaubte, man habe ihn gerufen. In der Tür blieb er mit höflich auf der Brust gekreuzten Händen zögernd stehen. Noch in den Nachbarhäusern mußte man Emmanuelle hören.

Als Jean sie vom Tisch heruntergehoben hatte, befahl er dem Boy, die Flecken auf dem Tisch zu entfernen und Ea, Emmanuelles kleine Dienerin, zu rufen, damit sie ihrer Herrin dabei half, das Kleid wieder in Ordnung zu bringen. Sie trafen mit nur geringer Verspätung in der Botschaft ein.

Dennoch waren schon zahlreiche Leute anwesend. Der Botschafter gab heute seinen Abschiedsempfang.

«Bezaubernd!» sagte er anerkennend, bevor er Emmanuelle die Hand küßte. «Mein Kompliment, mein Lieber!» fügte er, an Jean gewandt, hinzu. «Hoffe doch, daß Ihnen Ihre Arbeit ein paar Mußestunden läßt?»

Eine weißhaarige Dame, der sie, wie sie sich jetzt erinnerte, einen Besuch abgestattet hatte, musterte sie mißbilligend.

Ariane de Saynes Erscheinen verschlimmerte die Situation noch. «Sieh einer an», rief sie, indem sie Emmanuelle beide Hände entgegenstreckte, «wenn mich nicht alles täuscht, haben wir da ja unser kleines öffentliches Ärgernis leibhaftig vor uns! Kommen Sie, ich muß Sie sofort all unseren wackeren Toreros zeigen!»

Einem eleganten Mann, der sich mit einem Bischof unterhielt, rief sie zu: «Gilbert, schau her! Wie findest du sie?»

Emmanuelle unterzog sich pflichtschuldig dem Urteil sowohl des Botschaftsrats wie auch des Prälaten. Beim ersten schnitt sie sichtlich günstiger ab als beim zweiten. Sie hatte sich Arianes Mann immer als einen monokeltragenden, prätentiösen Trottel vorgestellt, aber schon die ersten Worte des Grafen brachten sie zum Lachen, und auch sein Äußeres gefiel ihr.

Bald schon war sie von Männern verschiedenen Alters umringt, die ihr galante Komplimente zuflüsterten und begehrliche Blicke über ihren Körper gleiten ließen. Aber sie war zerstreut und suchte mit den Blicken in der unbekannten Menge, halb sehnsüchtig, halb angstvoll, nach dem Gesicht von Bee. Das ganze diplomatische Corps war doch sicher heute abend hier versammelt. War es denkbar, daß man nur ihren Bruder eingeladen hatte? Emmanuelle wußte nicht, wie sie sich verhalten sollte, wenn sie sich plötzlich der jungen Amerikanerin gegenübersah. Sie versuchte sich einzureden, sie wolle ihr um keinen Preis begegnen. Und doch vermutete sie in jedem der herumstehenden Grüppchen die Gefahr. Warum war sie überhaupt hierhergekommen? Wann konnte sie sich wieder davonstehlen oder wenigstens die schützende Nähe ihres Mannes suchen?

Jean jedoch war in der Menge verschwunden. Ariane ergriff erneut von Emmanuelle Besitz und zog sie mit sich in den Strudel unbekannter Gesichter. Wo sie auch vorgestellt wurde, bewunderte man sie. Sie war zwar gewohnt, daß ihr der Hof gemacht wurde, aber heute abend gab es ihr ihre Sicherheit wieder. Sie spielte die Gelangweilte, aber all die Blicke, die sie entkleideten, erhitzten sie nicht weniger als die Cocktails, die die Gräfin ihr aufnötigte. Ariane beobachtete sie lange und schweigend, wie sie mit einer Gruppe von Fliegern plauderte und dabei leicht ihre Schultern vorneigte, so daß ihre Brüste sichtbar wurden. Unvermittelt zog sie sie beiseite.

«Du bist großartig!» rief sie. (Ihre Augen glitzerten. Zart nahm sie die Spitze einer der sich hervordrängenden Brüste zwischen zwei Finger.) «Komm mit», drängte sie, «da hinten im Salon ist niemand!»

«Nein, nein!» wehrte Emmanuelle ab.

Bevor Ariane sie zurückhalten konnte, war sie ihr schon entkommen und hatte sich wieder unter die Gäste gemischt. Emmanuelle fühlte sich erst wieder in Sicherheit, als ein grauhaariger Aristokrat unter dem Vorwand, ihr die aus bunt bemalten Schweinsblasen gefertigten chinesischen Lampions zeigen zu wollen, sie auf die Terrasse führte. Hier wurde sie von Marie-Anne entdeckt.

Unbekümmert, wie es Marie-Annes Art war, sagte sie: «Entschuldigen Sie, Monsieur le Commandeur, aber ich muß mit meiner Freundin sprechen.»

Und ohne sich um den Protest des Graukopfs zu kümmern, ergriff sie Emmanuelles Arm.

«Was tust du denn bei diesem alten Trottel?» fragte sie entrüstet, als sie sich ein paar Schritte entfernt hatten. «Ich habe dich überall gesucht, Mario wartet schon seit einer guten halben Stunde auf dich.»

Emmanuelle hatte die Verabredung ganz vergessen, und sie hatte auch keine große Lust dazu. Beim Gespräch mit dem alten Herrn hatte sie wenigstens an andere Dinge denken können. Sie versuchte, ihre Freiheit zu verteidigen.

«Muß das denn sein?»

«Ich bitte dich, Emmanuelle!» (Die Stimme des jungen Mädchens verriet Ärger.) «Sei doch nicht immer gleich so abwehrend. Ich sage dir, du wirst überrascht sein.»

Das klang auf eine so komische Weise verheißungsvoll, daß Emmanuelle ihre gute Laune wiederfand. Ehe sie noch über das Vertrauen, das ihre kleine Freundin auf die Vorzüge ihres Heros setzte, spötteln konnte, stand dieser schon vor ihr.

«Was für ein schönes Lächeln!» sagt er, sich verbeugend. «Wie sehr wünschte ich, die Maler meines Landes könnten es festhalten. Finden Sie nicht auch, daß das verhaltene Lächeln, wie es die Florentiner Maler dargestellt haben, auf die Dauer grimassenhaft wirkt? Es verschließt sich der Kunst. Ich mißbillige solche Verhaltenheit. Nur in dem Gesicht, das sich öffnet, lebt die wahre Kunst, die seit Jahrhunderten mit der Gunst ihrer Statuen so sparsam umgeht.»

Diese ersten Worte schon haben Emmanuelle etwas aus der Fassung gebracht.

«Marie-Anne möchte, daß ich mich malen lasse.» (Dabei

fällt ihr auf, daß das junge Mädchen es unterlassen hat, sie einander vorzustellen.) «Sind Sie der Künstler, den sie dieser Aufgabe für würdig hält?»

Mario lächelt. Emmanuelle gesteht sich, daß dieses Lächeln von seltener Anmut ist.

«Besäße ich auch nur einen Schimmer des Talents, das ich mir anderen streitig zu machen erlaube, stünde es Ihnen, Madame, zur Verfügung: alles übrige würde der Genius des Modells tun. Leider aber bin ich arm an solchen Talenten. Reich bin ich nur durch die Kunst der anderen.»

Marie-Anne unterbricht: «Er ist Sammler, wie du sehen wirst! Und besitzt nicht nur Skulpturen von hier, sondern auch Antiken aus Mexiko, Afrika, Griechenland. Bilder . . .»

«Die nur den einen Wert haben, daß sie der wahren Kunst als reglose Mementos dienen, deren Wagnis und Bewegung die toten Gestalten herausfordern. Marie-Anne, *cara mia*, all das sind vom Baum des Lebens abgeblätterte Rinden. Ich bewahre sie nur als Erinnerung an jene, die gelitten und sich selbst zerstört haben, indem sie sich von seinem Stamm oder seinem Astwerk losrissen – zerbrechliche Zweige in schwindelnder Höhe oder wilde Triebe –, als Erinnerung an jene, die sich ihres Atems und ihrer Vernunft, ihrer Ehre und ihres Blutes begeben haben: oft der Maler, meist aber, was er malte. Kunst ist Aufgabe des Seins. Nicht das ‹Ovale Porträt› zählt, sondern die Frau des Malers.»

«Wenn sie tot ist?» fragt Emmanuelle.

«Nein, während sie stirbt.»

«Aber das Bild ist lebendig geworden?»

«Sie irren! Es ist eine billige Sehenswürdigkeit, bestenfalls eine Maschine oder ein Spiel des Geistes. Nur in dem, was verlorenging, war Kunst: in der Frau, die zu Staub zerfiel. Die Kunst, das war der Verfall ihres Körpers. Es kann keine Schönheit geben in dem, was aufbewahrt wird oder was Bestand hat. Jedes ersonnene Kunstobjekt wird tot geboren.»

«Mich hat man das Gegenteil gelehrt», sagt Emmanuelle, «nämlich daß ‹nur die kraftvolle Kunst Ewigkeit hat . . .›»

«Aber ich bitte Sie, was kümmert uns die Ewigkeit?» unterbricht sie Mario heftig. «Die Ewigkeit hat nichts mit Kunst zu tun, sie ist häßlich: ihr Antlitz ist das der den Toten errichteten Denkmäler. Die Büste ist der Leichnam der Polis.» Er tupft sich mit einem feinen Taschentuch über die Schläfen und fährt dann sanfter fort: «Sie kennen Goethes Aufschrei: *Verweile doch, du bist so schön!* Aber wenn der Augenblick erstarrt, stirbt seine Schönheit! Und wenn man Schönheit zu verewigen sucht, stirbt die Schönheit. Schön ist nicht, was nackt ist, sondern was sich entblößt. Nicht der Klang des Lachens, sondern die Kehle, die es lacht. Nicht der Strich auf dem Papier, sondern der Augenblick, in dem des Künstlers Herz zerriß.»

«Sagten Sie nicht gerade, daß der Künstler weniger bedeute als das Modell?»

«Wenn ich Künstler sage, so meine ich nicht unbedingt den Bildhauer oder Maler. Auch er kann es zuweilen sein: dann nämlich, wenn er sich seinen Gegenstand aneignet und ihn *zerstört.* Meist jedoch erfüllt das Modell selbst diese Bestimmung, und der Maler ist nur Zeuge.»

«Und wo bleibt das Meisterwerk?» fragt Emmanuelle ängstlich.

«Das Meisterwerk ist das, was geschieht. Aber nein ... besser gesagt: das Meisterwerk ist das, was geschehen ist.» Er ergreift eine Hand Emmanuelles. «Erlauben Sie mir, daß ich auf Ihr Zitat von vorhin mit einem anderen antworte. Es stammt von Miguel de Unamuno: *Das größte Kunstwerk ist nicht das kleinste Menschenleben wert.* Die einzige Kunst, die nicht belanglos ist, das ist die Geschichte Ihres Fleisches.»

«Sie meinen, das einzige, worauf es ankommt, ist, wie einem das eigene Leben gelingt? Daß man sich selbst als ein Kunstwerk begreifen muß, wenn man sich überleben will?»

«Nein», sagt Mario, «ich glaube nichts dergleichen. Was man auch zu gestalten versucht, sich oder etwas anderes, es ist vergeblich. So lange jedenfalls, als man etwas errichten will, das Dauer haben soll ...» Er lächelt ernüchtert: «Aber, um die Wahrheit zu sagen, auch dann, wenn man versucht, mit dem zerbrechlichen Stoff der Träume zu bauen.» Er faßt sich wieder: «Wenn ich mir herausnehmen darf, Ihnen einen Rat zu geben», sagt er mit leicht herablassender Höflichkeit, «so würde ich Ihnen nicht raten, sich zu überleben, sondern zu leben.»

Mario wandte sich ab. Er schien das Gespräch für beendet zu halten. Emmanuelle hatte nicht den Eindruck, als sei ihre Anwesenheit noch länger erwünscht. Es war ein peinlicher Moment. Mit einem Anflug von schlechter Laune wandte sie sich an Marie-Anne:

«Hast du zufällig Jean gesehen? Ich habe ihn, seit wir hierhergekommen sind, nicht mehr zu Gesicht bekommen.»

Andere Frauen umringten den Italiener; Emmanuelle nutzte die Gelegenheit, um sich zu entfernen. Aber Marie-Anne kam ihr nach.

«Du scheinst Bee ja ganz mit Beschlag zu belegen?» sagte sie, als messe sie dieser Frage kaum Bedeutung bei. «Jedesmal, wenn ich mit ihr telefonieren will, heißt es, sie sei bei dir.» Nach einem kleinen, nicht unfreundlichen Lachen fuhr sie fort: «Und da ich euch bei euren Spielchen nicht stören will ...»

Emmanuelle fiel aus allen Wolken. Machte sich Marie-Anne etwa über sie lustig? Aber nein, sie schien zu glauben, was sie sagte. Welche Ironie! Emmanuelle war nahe daran, Marie-Anne klagend einzugestehen, daß sie selbst die Spur der Freundin, die nur einen Tag lang ihre Geliebte gewesen war, verloren hatte. Aber wieder einmal hielt sie ihre Scheu zurück. Es war besser, sie hielt die Illusion aufrecht, die sich das kleine Mädchen mit den Zöpfen über ihre Beziehungen machte. Schwieg sie aber, beraubte sie sich damit der Möglichkeit, Bee wiederzufinden. Sie beschloß, sich mit ihren Fragen an Ariane zu wenden. Aber sie konnte den Kopf mit den kurzgeschnittenen Haaren nirgends entdecken, und auch ihr schallendes Gelächter war nirgends zu hören. Hatte sie ein anderes Opfer gefunden, dem sie den kleinen Salon zeigte?

Marie-Anne kam noch einmal auf die unerreichbare Amerikanerin zu sprechen: «Ich wollte ihr wenigstens auf Wiedersehen sagen. Aber sie hat selbst schuld: du kannst ihr ja meine Grüße ausrichten.»

«Was! Sie geht fort?»

«Nein. Ich.»

«Du? Davon hast du mir ja noch gar nichts gesagt. Wohin gehst du denn?»

«Oh, keine Aufregung, nicht weit. Ich gehe für einen Monat ans Meer. Mutter hat in Pattaya einen Bungalow gemietet. Du mußt uns besuchen. Es ist ein Katzensprung: selbst bei dichtem Verkehr brauchst du für die hundertfünfzig Kilometer nicht lange. Du mußt den Strand dort sehen, er ist einfach herrlich.»

«Ich weiß schon, einer dieser gesegneten Orte, wo einem die Haifische aus der Hand fressen. Ich fürchte, dann wird es ein Abschied für immer sein.»

«Wer hat dir denn diese Schauermärchen erzählt?»

«Wirst du dich nicht furchtbar langweilen da unten, so ganz allein?»

Zu ihrer eigenen Überraschung fühlte Emmanuelle, wie ihr das Herz schwer wurde. Wie unmöglich Marie-Anne auch oft war, sie würde ihr fehlen. Aber sie wollte ihre Traurigkeit nicht zeigen und zwang sich, zu lachen.

«Ich langweile mich nie», sagte ihre Freundin kurz angebunden. «Ich werde stundenlang in der Sonne liegen und Wasserski laufen. Außerdem nehme ich einen Koffer voll Bücher mit: ich muß mich auf das neue Schuljahr vorbereiten.»

«Stimmt ja», neckte sie Emmanuelle, «ich vergaß ja ganz, daß du noch immer zur Schule gehst.»

«Nicht jeder hat wie du die Weisheit mit Löffeln gefressen.»

«Geht eine deiner Freundinnen mit nach Pattaya?»

«Nein, danke, ich möchte meine Ruhe haben.»

«Wie charmant du bist! Hoffentlich paßt deine Mutter gut

auf dich auf und läßt dich nicht mit den Fischerjungen losziehen.»

Statt einer Antwort blitzten die grünen Augen nur rätselhaft auf. «Und du», sagte dann das junge Mädchen, «was wirst du ohne mich anfangen? Bestimmt verfällst du wieder in deinen gewohnten langweiligen Trott.»

«Wie könnte ich?» scherzte Emmanuelle. «Du weißt doch, daß ich mich Mario hingeben werde.»

Marie-Anne schien plötzlich nicht mehr zu Scherzen aufgelegt.

«Dem kannst du dich jetzt nicht mehr entziehen», sagte sie. «Vergiß nicht, du hast es versprochen! Du bist nicht mehr frei.»

«Da irrst du dich aber gehörig. Ich tue, was ich will.»

«Einverstanden, vorausgesetzt, daß du Mario willst. Du hast doch hoffentlich nicht die Absicht, jetzt zu kneifen?»

Marie-Anne sagte das so verächtlich, daß sich Emmanuelle fast schämte. Aber sie wollte sich nicht unterkriegen lassen.

«So unwiderstehlich, wie du immer behauptest, finde ich ihn gar nicht. Mir kommt er ein bißchen wichtigtuerisch vor. Er hört sich selbst gern sprechen und braucht keine Zuhörer.»

«Statt dich lange zu zieren, solltest du dich glücklich schätzen, daß ein Mann wie er Interesse für dich zeigt. Ich kann dir versichern, daß er sehr wählerisch ist!»

«Ach was? Und er interessiert sich für mich? Welche Ehre!»

«Ganz richtig. Ich war froh, als ich merkte, daß du keinen schlechten Eindruck auf ihn gemacht hast. Ich muß gestehen, daß ich dessen gar nicht so sicher war.»

«Soll ich mich dafür bei dir bedanken? Und woran, wenn ich bitten darf, willst du erkannt haben, daß ich Eindruck auf ihn gemacht habe? Ich jedenfalls habe eher den Eindruck gewonnen, als beschäftige er sich ausschließlich mit sich selbst.»

«Ich kenne ihn schon ein wenig besser als du, das wirst du doch wenigstens einräumen, nehme ich an?»

«Gewiß! Übrigens gehe ich wohl nicht fehl in der Annahme, daß du ihm längst die letzte Gunst gewährt hast? Da könntest du mir ja deine Eindrücke anvertrauen, damit ich mich in der Stunde des Opfers nicht blamiere.»

«Wenn du nicht willst, daß er dich fallenläßt, dann würde ich dir raten, jedenfalls nicht die Naive zu spielen. Dummheit ist ihm zuwider.» Dann fügte sie versöhnlicher hinzu: «Aber ich weiß ja, du tust nur so. Sonst hätte ich dich ihm gar nicht vorgestellt.» Dann, herzlicher werdend und drängend: «Ich bin sicher, ihr werdet euch gut verstehen. Du wirst glücklich sein. Und wenn wir uns wiedersehen, wirst du noch schöner sein. Ich möchte, daß du immer schöner und schöner wirst.»

Der Jade-Blick strömte jetzt eine solche Süße aus, daß er Emmanuelle verwirrte.

«Marie-Anne», murmelte sie, «wie schade, daß du weggehst.»

«Bald sind wir ja wieder zusammen. Ich werde dich nicht vergessen.»

Sie tauschten einen fast scheuen Blick aus. Dann ging Marie-Anne wieder zum Angriff über, als suche sie ein Terrain, wo sie vor Gefühlen sicherer war.

«Versprich mir noch einmal, daß du dich Mario gegenüber so verhältst, wie ich es dir gesagt habe.»

«Na gut, wenn dir soviel daran liegt.»

Zum erstenmal, seit sie sich kannten, näherte Marie-Anne ihr Gesicht dem Emmanuelles und drückte einen flüchtigen Kuß auf die Wange der Freundin. Emmanuelle machte eine Bewegung, als wolle sie den Kopf mit dem seidigen Haar an sich drücken, aber die andere hatte sich schon abgewandt.

«Auf bald, mein Eulenkätzchen! Ehe ich morgen fahre, rufe ich dich an. Und du besuchst mich am Meer.»

«Ja», sagte Emmanuelle kaum hörbar.

«Und jetzt gehen wir wieder zu den anderen.»

Sie hatten etwas abseits gestanden und mischten sich jetzt wieder unter die Gäste. Emmanuelle wanderte umher. Sie suchte Ariane, wurde aber schließlich von dieser entdeckt.

«Da sind Sie ja wieder, unbefleckte Virginia!» rief sie. «Ich glaubte schon, daß Sie in irgendeinem Winkel Buße täten und sich kasteiten.»

Emmanuelle fiel auf, daß die Gräfin sie in der Öffentlichkeit nicht duzte.

«Ganz im Gegenteil», antwortete sie ebenso leichthin. «Ein Fürst der Finsternis verglich gerade mein Lächeln mit der Kunst des Striptease.»

«Wer war denn dieser Kenner?»

«Man hat mir nur seinen Vornamen genannt: Mario. Sie werden vermutlich wissen, wer er ist ...»

Ariane belustigte das: «Ach der! Den verpflichten Galanterien zu überhaupt nichts! Wären Sie ein hübscher Knabe, wäre Ihre Tugend eher gefährdet.»

«Sie meinen, er ist ...»

«Wenn er selbst ein Geheimnis daraus machen würde, dann würde ich hier nicht so lästern. Hat er Ihnen denn seine Lieblingstheorien noch nicht entwickelt? Ich sehe, daß er Sie seines Vertrauens nicht würdigt: mir gegenüber hat er weniger Geheimnisse. Im übrigen ist er bezaubernd, und ich vergöttere ihn.»

«Vielleicht verhehlt er mir seine Neigungen, weil ich ihm andere einflöße?» erwiderte Emmanuelle irritiert.

Sie nahm es Marie-Anne übel, daß sie ihr diese Seite ihres Helden verheimlicht hatte. Oder sollte sie davon nichts wissen – sie, die doch alles wußte?

*«Lasciate ogni speranza, voi ch'entrate!»* deklamierte Ariane. «Ihr Ästhet ist ein Mann von Grundsätzen: er wird sich nicht verführen lassen, von seinen Tugenden und seiner Bahn abzuweichen.»

«Oh, das ist mir schon bei ganz anderen gelungen!» prahlte Emmanuelle.

Jetzt war sie fast zornig. Ariane, die ihre Aggressivität entzückte, machte sich ein Vergnügen daraus, sie noch weiter zu schüren: «Ich fürchte, es wird sich zeigen, daß er nicht zu verführen ist.»

«Wir werden ja sehen.»

«Bravo. Diejenige, die Mario bekehrt, verdient einen goldenen Priapus.» Mit gedämpfter Stimme fuhr sie fort: «Ich an deiner Stelle verlöre meine Zeit aber nicht mit einem so hoffnungslosen Fall; es gibt so viele angenehmere Möglichkeiten, sich zu amüsieren. Ich sage dir noch einmal, daß ich hundert Männer kenne, die ebenso verführerisch sind und nur zu glücklich wären, sich dir hinzugeben. Soll ich ein paar von ihnen in Marsch setzen?»

«Nein», sagte Emmanuelle, «ich liebe schwierige Siege.»

«Nun gut. Viel Glück dann!» sagte Ariane spöttisch. Sie sah Emmanuelle auf die gleiche Weise an, wie sie es im Club getan hatte. Flüsternd fragte sie: «Hat man dich in den letzten Tagen auch nicht vernachlässigt?»

«Ganz im Gegenteil», sagte Emmanuelle.

Ariane musterte sie einen Augenblick schweigend.

«Mit wem warst du zusammen?»

«Das sag ich nicht.»

«Also, du bist mit jemand zusammen gewesen.»

«Ja.»

Ariane lächelte ihr freundlich zu. «Ich habe heute abend etwas für dich arrangiert, wenn du willst.»

«Was?» fragte Emmanuelle, die ganz gegen ihren Willen neugierig wurde.

«Das sag ich nicht.» Aber da Emmanuelle schmollte, ließ sich Ariane erweichen: «Zwei Männer aus Paris, die nur für einen Tag hier sind. Ich überlasse sie dir ganz allein.»

«Und du?»

«Oh! Ich werde schon noch auf meine Kosten kommen!»

Emmanuelle, deren gute Laune zurückkehrte, lachte.

Ariane fragte: «Bist du nackt unter deinem Kleid?»

«Ja.»

«Laß sehen.»

Diesmal war Emmanuelle zu erregt, um widerstehen zu können. Sie hatten sich von den Gästen immer weiter entfernt, von denen sie jetzt überdies durch einen Paravent getrennt waren. Sie hob mit den Fingern den Saum ihres Kleides.

«Gut», sagte Ariane. Ihr Blick blieb auf dem schwarzen Vlies haften.

Emmanuelle fühlte, wie diese Augen über ihr Geschlecht strichen, als wären sie Finger oder eine Zunge. Sie bog ihren Leib, damit dieser Blick sie lecken konnte.

«Zeig dich noch mehr!» befahl Ariane.

Emmanuelle wollte gehorchen, aber das Kleid saß zu fest.

«Zieh es aus», sagte Ariane.

Emmanuelle nickte. Sie sehnte sich danach, nackt zu sein. Die Spitzen ihrer Brüste verlangten nicht weniger nach Hingabe als ihr Schoß. Sie ließ das Kleid über die Schultern herabgleiten und zog am Reißverschluß unter der Achselhöhle.

«Ach!» rief Ariane. «Wir werden gestört!»

Der Zauber verflüchtigte sich: Emmanuelle erwachte wie aus einem Traum. Sie schloß ihr Kleid wieder und schüttelte ihr Haar. Ariane zog sie am Arm mit sich fort. Ein Boy kam mit einem Tablett vorüber: beide tranken in einem Zug ein Glas Champagner.

Ariane rief den Boy noch einmal, und sie tauschten ihre leeren Gläser gegen volle. Emmanuelle war schrecklich durstig. Sie wußten nicht mehr so recht, was sie einander sagen sollten, und sahen blicklos zu den Menschen hinüber, die lärmend durcheinander redeten und sich ständig nach allen Seiten verneigten. Es schien wärmer geworden zu sein. Vielleicht zog ein Gewitter auf.

«Meinst du nicht, daß es ein Gewitter geben wird?»

«Bestimmt.»

«Was für eine Hitze!»

In diesem Kleid ist mir viel zu warm! dachte Emmanuelle.

Jemand winkte Ariane zu, die sich ohnedies eben abzuwenden schien. Da erinnerte sich Emmanuelle, was sie sie fragen wollte.

«Du», sagte sie und hielt sie am Kleid zurück, «du kennst doch sicherlich diese rothaarige Amerikanerin – ein dunkles, fast kupferfarbenes Rot? Ihr Bruder ist Marineattaché, sie ...»

«Bee?» unterbrach Ariane.

Emmanuelle fühlte, wie ihr das Herz im Hals schlug. Sie hätte sich nicht gewundert, wenn niemand die Ausländerin gekannt hätte, und obgleich sie sich ja nach ihr erkundigen wollte, war es ihr doch auch nicht recht, Bees Namen aus Arianes Mund zu hören – ein merkwürdiger Widerspruch, der ihr die Wirrnis ihrer Gedanken deutlich werden ließ.

«Ja», sagte sie. «Ist sie heute abend hier?»

«Sie müßte da sein, aber ich habe sie noch nicht gesehen.»

«Wenn sie eingeladen war, wird sie auch gekommen sein.»

«Ich weiß nicht!»

Ariane schien auszuweichen und das Thema wechseln zu wollen, was sonst gar nicht ihre Art war. Aber Emmanuelle insistierte: «Was hältst du von ihr?»

«Woher kennst du sie denn?»

«Ich habe sie auf einem Tee bei Marie-Anne kennengelernt.»

«Ach ja? Das wundert mich nicht, sie ist eine Freundin von ihr.»

«Und du, siehst du sie oft?»

«Ja, häufiger.»

«Was macht sie in Bangkok?»

«Das gleiche wie wir: sie erweckt Begierden!»

«Und ihr Bruder finanziert das?»

«Ich glaube nicht, daß ihr Bruder sie finanziert. Sie hat selbst viel Geld. Sie ist unabhängig.»

Das letzte Wort stach in Emmanuelles Herz. Unabhängig! Sie zweifelte nicht daran.

Sie wußte nicht, wonach sie noch fragen sollte. Sie wagte nicht, sich nach Bees Adresse zu erkundigen, als wäre das ungehörig.

«Wie steht's?» fragte Ariane.

Emmanuelle wußte, woran die andere dachte, aber sie tat, als begriffe sie nicht.

Ariane wurde deutlicher: «Kommst du mit heute abend?»
«Das geht nicht: mein Mann ist hier.»
«Er wird dich mir schon anvertrauen!»
Aber die Versuchung war vorübergegangen, und Ariane spürte das.
«Gut, dann behalte ich sie für mich allein», sagte sie gutgelaunt, aber ihre Heiterkeit war nur gespielt: auch sie schien das Interesse an Ausschweifungen verloren zu haben. Emmanuelle war ziemlich sicher, daß ihre Freundin nach dem Empfang schlafen gehen würde. Ariane rief: «Da ist ja dein Mario! Er scheint jemanden zu suchen. Bestimmt dich. Laß ihn nicht warten.»
Aber der Italiener hatte sie schon entdeckt und kam auf sie zu. Die Gräfin sagte, sie wolle ihnen etwas zu trinken holen, erschien dann aber nicht wieder.
«Marie-Anne hat mir viel von Ihnen erzählt», sagte er.
«Was hat sie Ihnen schon erzählen können?»
«Genug, daß ich Sie näher kennenlernen möchte. Hätten Sie Lust, an einem der nächsten Tage bei mir zu Abend zu essen, damit wir ungezwungen plaudern können? In diesem Gewühl hier ist das ja nicht möglich.»
«Sehr liebenswürdig», sagte Emmanuelle. «Aber wir haben einen Gast im Hause. Da kann ich schlecht . . .»
«Warum denn nicht? Lassen Sie ihn für einen Abend in der Obhut Ihres Mannes. Sie dürfen doch hoffentlich allein ausgehen?»
«Selbstverständlich», sagte Emmanuelle.
Sie fragte sich, was Jean dazu sagen würde. Etwas maliziös fügte sie hinzu: «Hätten Sie es denn lieber, wenn ich meinen Mann mitbrächte?»
«Nein», sagte Mario ohne eine Spur von Verlegenheit. «Die Einladung gilt ausschließlich Ihnen.»
Soviel Emmanuelle sonst für Offenheit übrig hatte, diesmal war sie doch ein wenig verblüfft. Der Stil dieser Einladung paßte wenig zu dem Bild, das Ariane von Mario entworfen hatte. Das machte sie neugierig.

«Ist es eigentlich schicklich für eine verheiratete Frau, allein mit einem Mann zu Abend zu essen?» sagte sie scherzhaft. «Was meinen Sie?»

«Schicklich?» Mario sprach das Wort aus, als höre er es zum erstenmal und als habe er Schwierigkeiten damit, es auszusprechen. «Muß es denn schicklich sein? Gehört das zu Ihren Prinzipien?»

«Nein, nein!» wehrte Emmanuelle beunruhigt ab. Sie machte jedoch noch einen Vorstoß. «Aber es ist viel reizvoller für eine Frau, im voraus auf die Risiken aufmerksam gemacht zu werden, die sie eingeht.»

«Es kommt nur darauf an, was Sie unter Risiken verstehen. Sehen Sie in unserem Fall eine Gefahr?»

Schon wieder fühlte sich Emmanuelle angeklagt. Ganz gleich, ob sie über die ehelichen Pflichten, den Brauch der Welt oder die guten Sitten sprach, Marios Antwort war leicht vorauszusehen. Andererseits besaß sie nicht den Mut, oder war es nicht gewohnt, in Worten auszudrücken, was sie beunruhigte. Schließlich sagte sie kläglich: «Ängstlich bin ich nicht.»

«Mehr verlange ich auch nicht von Ihnen. Wollen Sie morgen abend zu mir kommen?»

«Aber ich weiß ja gar nicht, wo Sie wohnen.»

«Geben Sie mir Ihre Adresse: ich lasse Sie mit dem Taxi abholen.» Er lächelte charmant. «Ich habe keinen Wagen.»

«Ich könnte ja auch meinen nehmen.»

«Nein, Sie würden sich verfahren. Das Taxi ist um acht Uhr bei Ihnen. Einverstanden?»

«Einverstanden.» Sie gab Stadtviertel, Straße und Hausnummer an.

Mario sah sie mit undurchdringlichem Gesicht forschend an. Schließlich sagte er ohne jedes Pathos: «Sie sind schön.»

«Das ist doch eine Selbstverständlichkeit», antwortete Emmanuelle höflich.

FÜNFTES KAPITEL

# *Das Gesetz*

Kommt, Freunde, noch ist's nicht zu spät,
Uns eine neu're Welt zu finden.

TENNYSON: ‹*Ulysses*›

Du hast die Nacht geschaffen, ich die Lampe,
Du hast den Ton geschaffen, ich den Becher,
Du hast die Wüsten geschaffen, die Berge und Wälder,
Ich schuf die Felder, die Gärten und Haine,
Ich bin es, der den Stein zum Spiegel schleift,
Und ich bin's auch, der Gift in Gegengift verwandelt.

MUHAMMAD IQBAL

Mario bat die Besucherin, auf dem roten, weichen Ledersofa zwischen den japanischen Lampen Platz zu nehmen. Ein Boy, der nur grellblaue, eng anliegende und seitlich geschlitzte Shorts trug, brachte ein Tablett mit Gläsern und kniete nieder, um es auf den langen, schmalen, lederbezogenen Tisch zu stellen.

Marios Haus war aus Rundhölzern gebaut und hing zu einem Teil über einem schwarzen, von Lichtreflexen belebten Kanal. Von außen glich der eingeschossige Bau einer Waldhütte.

Trat man aber ins Innere, so überraschte der Luxus der Möbel und Stoffe. Das Fenster, das die ganze Breite des Salons einnahm, ging auf den *khlong*. Emmanuelle konnte von der Stelle, wo sie gerade stand, sehen, wie Baumrindenboote, auf denen man süße Getränke, Durianen, Kokosnüsse und mit gekochtem Reis gefüllten Bambus feilbot, auf der nächtlichen Strömung zwischen schwimmenden Lianen- und Blätterinseln dahinglitten. Im Vorbeifahren warfen der Mann oder die Frau, die achtern in den Booten standen und sich, über das einzige Ruder gebeugt und mit einem Fuß hin- und herbalancierend, keuchend abmühten, einen freundlichen Blick in das Innere des Zimmers. Im Giebel eines benachbarten Tempels bimmelten kupferne Glöckchen, die der Wind gegen ihre wie das Blatt eines Bodhi-Feigenbaumes geformten Klöppel schwenkte und die zwei Töne, einen dünnen und hellen und einen tiefen, gleichsam wunden, ertönen ließen. In der Ferne gemahnte ein Gong die Bonzen daran, daß es

Schlafenszeit war. Irgendwo sang eine Frau am Bett ihres Kindes ein schrilles Wiegenlied.

«Es kommt noch ein Freund», sagt Mario.

Seine gedämpfte Sprechweise paßt zu den Schatten der Buddha-Figuren, die der stille Lichtschein der Lampen an die Wand wirft. Emmanuelle fühlt eine Art Beklemmung, so daß sie das Glas mit dem sehr starken Cocktail, das der Boy ihr gereicht hat, zur Hälfte leert. Aber die Wirkung des Alkohols ist nicht stark genug, um ihre Verkrampfung zu lösen. Was hat sie nur? Sie findet diese unbestimmte Angst absurd und versucht, den Bann zu brechen. «Kenne ich ihn?» fragt sie.

Erst nach diesen Worten wird ihr ihre Enttäuschung bewußt: Mario geht es also gar nicht darum, mit ihr allein zu sein! Sie hatte geglaubt, er wolle sie sich unterwerfen und habe sie deshalb ohne ihren Mann eingeladen, und nun stellt sich heraus, daß er einen Fremden dazugebeten hat, einen Dritten. Mario antwortet: «Nein, denn ich habe ihn selbst erst vorgestern auf einer Abendgesellschaft kennengelernt. Er ist Engländer, ein Mensch, der einen sogleich für sich einnimmt. Er hat eine wunderbare Haut! Die Sonne in diesen Breiten hat ihm einen Teint verliehen ... Wie soll ich es Ihnen beschreiben? Eine Bräune ... Eine Farbe, deren Schönheit man förmlich riecht. Ich bin sicher, er wird Ihnen bestimmt gefallen.»

Gefühle der Eifersucht und der Demütigung bedrängen Emmanuelle. Hingerissen erzählt ihr Mario von diesem Mann, bei jedem Wort innehaltend, als schmecke er es ab oder als könne er sich erst nach langen Gewissensprüfungen für das eine oder andere Wort entscheiden. Unwillkürlich stellt sich Emmanuelle ihn vor, wie er sich, einen Teller in der Hand, in einer Konditorei wählerisch über die Auslage beugt. An seinen Neigungen konnte sie jetzt wohl kaum noch zweifeln. Mit gutem Grund hatte Ariane sie gewarnt. Zugleich aber kann sie sich des verwirrenden Eindrucks nicht erwehren, als wolle sich der Erzähler an den Vorzügen des erwarteten Gastes nicht nur selbst berauschen, sondern als streiche er sie vor allem um Emmanuelles willen besonders heraus.

Sie weiß nicht mehr, was sie von all dem halten soll. Wenn Mario sie besitzen will, so ist ihr das recht: sie ist darauf vorbereitet, denn dazu ist sie ja hierhergekommen, entschlossen, Marie-Anne zuliebe diesen Verstoß gegen die guten Sitten zu begehen – oder einfach deshalb, weil die Versuchung doch stärker ist, als sie es sich eingestehen möchte, und weil sich an der Gewißheit, daß sie ihr nachgeben wird, ihre physische Lust ebenso entzündet wie an dem Gedanken, daß sie bald ihren Rock selbst aufhaken, die Beine öffnen und spüren wird, wie ein Körper, dessen Wärme und Berührung sie bisher nicht kennt, in sie eindringt, vielleicht mit einem einzigen Stoß, o köstliche Notzucht, oder im Gegenteil, langsam und zögernd, um sich gleich wieder zurückzuziehen – sie erwartungsvoll offen, hörig, bettelnd, feucht zurücklassend, o süßer Zweifel! – und wiederzukommen, wieder und wieder, o Wunder! so hart, so dick, so spitz, ihr Geschlecht innen so herrisch liebkosend, sich bis zum letzten Tropfen wollüstig in ihr verströmend, um sie erst zu verlassen, nachdem sie angefüllt ist mit seinem Samen – durchdrungener, durchwühlter, bewässerter, in Besitz genommener Lehm ... Sie beißt sich auf die Lippen. Sie ist bereit, sie sehnt sich danach, daß ihr Fleisch besessen wird. Aber sie will keine gar zu komplizierten Spiele: allein bei dem Gedanken daran wird sie schon lustlos. Sie hätte dem italienischen Genius nicht trauen sollen!

Sie will Mario schon sagen: Sie haben recht, jede sich bietende Gelegenheit zu nutzen, aber Sie sollten zufrieden sein mit der, die ich Ihnen biete. Lieben Sie mich und schicken Sie mich dann nach Hause, damit ich neben meinem Mann schlafen kann. Wenn ich gegangen bin, können Sie sich mit Ihrem Engländer vergnügen. Aber sie stellt sich ihre Verwirrung vor, in die sie Marios Ausdruck zurückhaltender Höflichkeit – und Geringschätzung –, den sie schon an ihm kannte, stürzen würde, wenn er antwortete: Meine Liebe, Sie sind im

Irrtum. Gewiß, Sie sind mir sehr sympathisch, sehr sogar! Aber ...

Im gleichen Tonfall, in dem sie ihn soeben in Gedanken sprechen hörte, unterbricht Mario ihre Träumerei: «Ich lege Wert darauf, daß Sie Ihre Beine so weit wie möglich zeigen. Quentin wird auf diesem Puff sitzen. Wollen Sie sich bitte nach dieser Seite drehen, so daß Ihre Knie in seine Richtung zeigen und er seinen Blick in den Schatten Ihres Rockes tauchen kann?»

Emmanuelle schwindelt es. Marios Hand liegt auf der nackten Haut ihrer Schulter, so daß die Spitzen seiner langen Finger den Ansatz ihrer Brust berühren. Sanft veranlaßt er sie, sich nach rechts zu drehen, während er mit seiner anderen Hand den Saum ihres schwarzen Rocks ergreift und ihn schräg hochzieht, wodurch eines ihrer Beine mehr entblößt wird als das andere: das linke bis zur Hälfte des Oberschenkels, das rechte fast bis zur Leistengegend.

«Nein, schlagen Sie sie nicht übereinander», sagt er. «So ist es wunderbar. Und bewegen Sie sich jetzt unter keinen Umständen mehr. Da ist er.»

Mario zog seine Hand zurück. Wie eine Welle, die ins Meer zurückkehrt, glitt sie von ihr ab.

Mario wies dem Ankömmling einen Platz und warf dabei Emmanuelle wie der mitfühlende Lehrer einer von Prüfungsangst befallenen Kandidatin ein ermutigendes Lächeln zu. Am meisten eingeschüchtert schien aber der Engländer zu sein.

Er wirft ja nicht einmal einen Blick auf meine Beine, stellte Emmanuelle fest und empfand dabei weniger Verdruß als Schadenfreude über das Fehlschlagen von Marios ausgeklügelten Plänen. Plötzlich sah sie in Quentin eher einen Verbündeten als einen Feind. Sein Äußeres war wirklich sehr ansprechend. Er war, wie sie sich eingestand, außerordentlich attraktiv und hatte auch nicht das geringste von einem Päderasten an sich!

Unglücklicherweise schien der Neuankömmling nicht eines

einzigen französischen Wortes mächtig. Ich muß auch immer das Pech haben, sagte sich Emmanuelle, dem Typ des Weitgereisten in die Arme zu laufen, der für fremde Zungen gänzlich unbegabt ist. Die Zweideutigkeit, mit der sich dieser Gedanke zu Worten formte, rief wollüstige Vorstellungen in ihr wach: Sie versuchte, sich die Empfindungen vorzustellen, die Quentins Zunge bei ihr hervorrufen würde, wenn sie erst die ihre suchte und schließlich hinunterglitte zu ihrem Schoß. Und dann malte sie sich aus, wie diese Zunge in sie eindrang ... faßte sich aber wieder und bemühte sich, die wenigen englischen Sätze anzubringen, die sie während ihres kurzen Aufenthalts in Bangkok gelernt hatte. Das führte zwar nicht sehr weit, trotzdem schien ihr Gesprächspartner entzückt.

Mario schien offenbar nicht geneigt, den Dolmetscher zu spielen. Er mischte die Getränke, gab seinem Diener Anweisungen in einer klangreichen Sprache, in der Emmanuelle weder den Tonfall noch die Laute des Siamesischen wiedererkannte, an die sich ihr Ohr allmählich gewöhnt hatte. Endlich setzte sich Mario auf den Teppich vor dem Sofa, auf dem Emmanuelle saß. Er drehte ihr fast ganz den Rücken zu und hatte sich seinem Gast zugewandt. Sie sprachen Englisch miteinander. Ab und zu blickte der Gast zu Emmanuelle hinüber und versuchte, sie ins Gespräch zu ziehen. Nach einer Weile fand sie, daß das Spiel lange genug gedauert habe.

«Ich verstehe kein Wort», verkündete sie.

Mario zog überrascht eine Augenbraue hoch und erklärte: «Das macht nichts.»

Und dann, bevor sie auf diese Ungehörigkeit etwas erwidern konnte, sprang er auf, setzte sich neben sie, umschlang ihre Hüften, drückte ihren Oberkörper ein wenig nach hinten und rief, an seinen Besucher gewandt, mit einer Begeisterung und einem Feuer, die Emmanuelle vor Überraschung erstarren ließen: *«Non è bella, caro?»*

Er hielt sie in dieser Lage fest. Um das Gleichgewicht nicht zu verlieren, mußte sie ihre Beine anheben und sie (wie sie wohl wußte und diesmal mit einer Spur von Vergnügen registrierte) dabei noch mehr entblößen. Er reizte ihre Lippen mit seinen Fingern und streifte dann mit ernster Miene ihren weit ausgeschnittenen Pullover herunter. Zuerst entblößte er die eine ihrer Schultern und einen Oberarm, dann die Spitze einer Brust, die er mit gerundeten Lippen betrachtete.

«Sie ist wirklich schön, findest du nicht auch?» wiederholte er.

Der Engländer nickte zustimmend mit dem Kopf.

Mario verhüllte ihre Brust wieder. «Gefallen dir ihre Beine?» fragte er.

Er hatte die Frage auf französisch gestellt, und der Gast kniff diesmal nur seine Augen zusammen. Mario insistierte: «Sie sind *sehr* schön! Und vor allem sind sie von den Zehen bis zur Hüfte Organe reiner Sinnlichkeit.»

Sacht zog er mit den Fingerspitzen die Linie ihres goldschimmernden Schienbeins nach.

«Es kann gar kein Zweifel daran bestehen, daß sie nicht zum Gehen gemacht sind.» Er beugte sich über Emmanuelle. «Ich möchte, daß Sie Quentin Ihre Beine geben. Einverstanden?»

Sie verstand nicht recht, was Mario meinte, und ihr wurde etwas schwindlig. Aber sie wollte nicht den Eindruck erwekken, als sei sie ängstlich, was immer von ihr auch verlangt werden mochte. Sie beschloß, gelassen zu bleiben. Mario schien befriedigt.

Wieder hob seine Hand den Rock, diesmal jedoch noch viel höher. Um ihre Beine und ihren Unterleib ganz freizulegen, mußte er wegen der Enge des Kleidungsstückes mit seinem freien Arm Emmanuelles Körper etwas anheben. Trotz der Hitze hatte Emmanuelle heute abend zum erstenmal seit ihrer Ankunft in Bangkok Strümpfe angezogen. In der vom Strumpfhaltergürtel und den Leistenfalten gebildeten Raute preßte der schwarze, durchsichtige Tüll des Höschens die seidigen Haarkräusel glatt.

«Komm», sagte Mario, «nimm.»

Sie nahm die Bewegung wahr, die der andere machte, um sich ihr zu nähern. Eine Hand liebkoste ihre Fußknöchel, dann waren es zwei. Dann wieder nur eine, während eine andere Hand erst an der einen Wade hinaufglitt, dann an der anderen, jetzt an der Höhlung des Knies, dann am Ansatz des Oberschenkels verharrte, sich schließlich höher schob und dort liegenblieb, als beeindrucke sie der weite Raum, der sich ihr jenseits dieses letzten Refugiums des Anstands darbot.

Da kam ihr die andere Hand zu Hilfe, gesellte sich zu ihr, um die Schenkel zu umfassen, die bei den Knien schmal genug waren, um beide fast ganz in den aus den Fingern beider Hände geformten Ring zu passen, der sie aneinanderpreßte.

Darauf rückten die beiden Hände gemeinsam vor, erst an der Außenseite der Schenkel, dann an der Oberseite, dann an der Unterseite, bis sie fast die Hinterbacken berührten. Dort zwangen sie die Beine mit festem Griff auseinander, um in aller Ruhe über ihre Innenseite hinstreichen zu können, die so empfindlich war, daß Emmanuelle ihre Lippen anschwellen fühlte.

Mario betrachtete sie, sie aber sah ihn nicht. Als sie schließlich die Augen öffnete und in den seinen zu lesen suchte, was er von ihr erwartete, lächelte er nur, ohne daß sie dieses Lächeln hätte entziffern können. Da hob sie, aus Trotz, und weil es sie nach Befriedigung verlangte, ihren Rock, der sich schon ganz zusammengerollt hatte, noch höher hinauf, faßte nach ihrem Höschen und suchte es abzustreifen. Die Hände des Engländers wurden sofort kühner und halfen dienstbereit beim Herunterziehen des Tülls, ließen ihn die Beine herab zu Boden gleiten.

Fast im gleichen Augenblick ließ Marios Stimme, die jetzt noch tiefer und dumpfer klang als vorher, Emmanuelle erbeben. Er sagte etwas auf englisch. Nach ein paar Sätzen zu Quentin übersetzte er für sie:

«Sie dürfen nicht alles ein und demselben gewähren», sagte er in einem Tonfall, als verkünde er eine schwer zu erlernende Wahrheit. «Quentin hat Ihre Beine besessen: Mag er sich damit fürs erste begnügen. Heben Sie den Rest Ihres Körpers für andere und eine andere Gelegenheit auf. Jedem ein Teil von Ihnen: Machen Sie ein Spiel daraus, sich zunächst nur im Detail hinzugeben.»

Emmanuelle wagte nicht herauszuschreien: Aber Sie, Sie, was wollen Sie denn? Nach welchem Detail von mir gelüstet es Sie? In einem Anflug von Spott fragte sie sich, ob Mario sich wohl mit der einen Brust begnüge, die er eben gestreichelt hatte. Sie haßte ihn einen kurzen Augenblick. Er aber richtete sich frisch und elastisch wieder auf, klatschte in die Hände und rief: «Wie wär's, wenn wir jetzt zu Abend äßen? *Cara*, kommen Sie! Ich möchte, daß Sie Speisen kosten, die die Sinne toll machen.»

Er hob sie vom Sofa hoch, wobei er einen Arm unter ihre Schulter und den andern unter ihre immer noch nackten Beine schob, die, da sie so herabhingen, vom wechselnden Lichterspiel der Papierlampions in Schatten und Profile gemeißelt, noch länger erschienen. Als er Emmanuelle auf die Füße stellte, fiel der schwarze Rock wieder herab. Mit einer überaus anmutigen Bewegung beugte sich Emmanuelle herunter, um ihn glattzustreichen. Sie sah auf dem Teppich den winzigen, dunklen Tüllflecken und wußte nicht, was sie tun sollte. Behende griff Mario ihn mit den Fingerspitzen und drückte ihn an seine Lippen.

«Mit den wirklichen Dingen brechen ist nichts, aber mit den Erinnerungen!» deklamierte er. «Das Herz bricht, wenn es sich von den Träumen trennt, so wenig gibt es Wirklichkeit im Menschen.»

Dann ließ er den duftenden Tüll in die Brusttasche seiner rohseidenen Jacke gleiten, nahm die sprachlose Emmanuelle bei der Hand und zog sie mit sich zu dem kleinen, runden Tisch, um den drei Renaissance-Stühle mit hoher Rückenlehne standen.

Emmanuelle wagte nicht, Quentin in die Augen zu sehen. Ganz gegen ihren Willen fand sie allmählich an der seltsamen Erfahrung Gefallen und vergaß darüber ihre Vorbehalte, die sie gegen Mario hatte. Sie sagte sich, daß er im Grunde sicher recht gehabt hatte, als er sie daran hinderte, sich diesem gut aussehenden, aber ihr unbekannten jungen Mann hinzugeben, für den sie ja nichts empfand. Sie hatte ohnedies nicht vor, mit jedem, der daherkam, ins Bett zu gehen, jedem, der seine Hand auf ihre Knie legte, ihren Leib zu öffnen! Im Flugzeug war sie schon weit genug gegangen. Sonst hatte sie doch stets mit soviel Anmut verstanden, den jungen Männern jede Hoffnung zu nehmen, sich ihr anders als mit den Händen nähern zu können! Bei Mario war das natürlich etwas anderes ... Es war, wie sie sich eingestand, nichts Besonderes, daß eine verheiratete Frau einen Liebhaber besaß. Und nachdem Marie-Anne ihr diese Idee in den Kopf gesetzt hatte, wollte sie auch wirklich einen Geliebten haben. Aber nur einen! Und das sollte Mario sein ... vielleicht hatte Mario Quentins Spiel mit ihr nur deshalb unterbrochen, weil er sie selbst besitzen wollte. Diese Vermutung gab ihr ihre gute Laune wieder.

Sie wollte es dem Italiener aber nicht gar zu leicht machen: Und so begann sie, die Dogmen und Riten seiner Philosophie ins Lächerliche zu ziehen, nicht etwa weil sie ihnen Bedeutung beimaß, sondern weil sie ihm auf verspielte Weise zeigen wollte, daß sie nicht gerade naiv war.

«Ich verstehe nicht ganz, wie sich Ihre Liebe auf Raten mit der Ästhetik vereinbaren läßt, zu der Sie sich gestern abend bekannt haben. Wenn es doch darauf ankommt, sich zu verschwenden, sich zu zerstören, warum raten Sie mir dann heute, mit mir zu geizen und mich tropfenweise hinzugeben?»

«Gut, geben Sie sich auf einmal hin! Und wenn es vorbei ist, was dann?» fragte Mario.

«Vorbei?»

«Nachdem die Frau, die für das ‹Ovale Porträt› Modell saß, ihre allerletzte Farbe hergegeben, ihrer Brust den letzten

Hauch entrungen hatte, welche Kunst war dann noch möglich? *Finita la commedia!* Sobald der letzte Schrei der Lust über Ihre Lippen gekommen sein wird, ist das Werk getilgt. Es wird verschwinden wie ein Traum, als habe es nie existiert. Die oberste aller Pflichten in dieser Welt der Sterblichkeit, die einzige Pflicht überhaupt, besteht sie nicht darin, *Dauer zu schenken*? Sich zu zerstören? Gewiß! Aber so, daß es kein Ende nimmt!»

«Also auch Sie wollen mir mein nahes Ende vor Augen führen? Aber Sie sollten sich mit Ihrer Schülerin Marie-Anne einigen: während sie mir zuredet, mich ganz zu verausgaben, möchten Sie, daß ich sparsam mit mir umgehe. Und beide berufen Sie sich dabei auf die Kürze des Lebens!»

«Wie ich sehe, haben Sie mich völlig mißverstanden, meine Liebe! Es wird daran liegen, daß ich mich unklar ausgedrückt habe. Marie-Anne hat besser formuliert, was sie und ich meinen. Die jungen Mädchen haben Ausdrucksfähigkeiten, die sich im Alter verlieren.»

«Aber Ihre Lektionen sind doch ein einziger Widerspruch. Sie selbst lehren die Enthaltsamkeit . . .»

«Ein höchst ungerechter Vorwurf, den Sie mir da machen», unterbrach sie Mario gutgelaunt. «Aber könnte es nicht sein, daß Ihre Entrüstung uns zur Abstinenz verurteilt?»

«Wieso?»

«Später, Ihre Pastete wird kalt . . .»

Emmanuelle lachte beschämt. Mario machte es sich leicht, wenn er lästigen Fragen so auswich.

Eine Zeitlang wurde nur über Essen und Trinken gesprochen.

Obgleich Mario ständig zwischen den beiden Sprachen hin und her wechselte, beteiligte sich Quentin nur wenig an der Unterhaltung. Emmanuelle lobte aufrichtig die sorgfältig ausgewählten Speisen. Gewöhnlich sei es ihr ziemlich gleichgültig, sagte sie, was sie esse, aber heute abend habe sie das Empfinden, daß sie die Qualität eines guten Bratens zu schätzen wisse.

«Was erscheint Ihnen denn wichtiger im Leben als gutes Essen?» fragte Mario.

Emmanuelle entnahm dieser Äußerung, daß sich die Unterhaltung jetzt zu jenen Höhen aufschwingen durfte, die sie bei den Vorspeisen nicht erreicht hatte. Sie überlegte, was sie antworten konnte, ohne einerseits gegen den in diesem Hause üblichen Ton zu verstoßen und ohne andererseits den Marotten des Hausherrn allzusehr entgegenzukommen. Schließlich stand für sie das Ziel des Abends fest: Sie war hierhergekommen, um sich der Lust hinzugeben, nicht um zu philosophieren. So sagte sie mit ungekünstelter Stimme:

«Der Genuß der Sinne.»

Mario schien nicht ganz einverstanden. «Gewiß, gewiß», sagte er ungeduldig. «Aber auf jede beliebige Weise genießen? Kommt es allein auf den Genuß an, oder nicht vielmehr darauf, wie man genießt?»

«Zweifellos auf den Genuß!»

Das war zwar nicht ihre Überzeugung, aber sie wollte Mario provozieren. Mario war offenbar nur konsterniert.

«Du großer Gott!» seufzte er.

«Haben Sie es plötzlich mit der Religion?» fragte Emmanuelle erstaunt.

«Ich wende mich an einen ästhetischen Gott», korrigierte er sie. «An einen Gott, dessen Gesetze zu kennen für Sie von Vorteil wäre. Ich spreche von Eros.»

«Glauben Sie etwa, ich wüßte ihm nicht zu dienen?» fragte sie aufgebracht. «Er ist der Gott der Liebe.»

«Nein, er ist der Gott der Erotik.»

«Oh! Das haben die Menschen erst aus ihm gemacht!»

«Trifft das nicht auf alle Götter zu? Sie scheinen keine sehr hohe Meinung von der Erotik zu haben!»

«Da irren Sie: sie bedeutet mir viel.»

«So, wirklich? Und was genau stellen Sie sich darunter vor?»

«Nun! Erotik, das ist ... Wie soll ich sagen? Der aller Moral ledige Kult der Sinnenfreude.»

«Weit gefehlt», sagte Mario triumphierend. «Sie ist das genaue Gegenteil.»

«Das wäre also der Kult der Keuschheit?»

«Sie ist überhaupt kein Kult, sondern der Sieg der Vernunft über den Mythos, keine Regung der Sinne, sondern eine Übung des Geistes, nicht ein Übermaß an Lust, sondern die Lust am Übermaß, keine Zügellosigkeit, sondern eine Ordnung. Und eine Moral.»

«Sehr schön gesagt!» applaudierte Emmanuelle.

«Ich meine es ernst», sagte Mario. «Verwechseln Sie die Erotik nicht mit einem Leitfaden, wie man sich in Gesellschaft amüsieren kann. Sie ist eine Auffassung von der Bestimmung des Menschen, ein Maß, ein Kanon, ein Gesetzbuch, ein Zeremoniell, eine Kunst, eine Schule. Und sie ist auch eine Wissenschaft – oder besser die auserwählte und letzte Frucht der Wissenschaft. Ihre Gesetze gründen in der Vernunft und nicht in der Leichtgläubigkeit, im Vertrauen und nicht in der Angst, in der Lust und nicht in der Todesmystik.» Mit einer Handbewegung ließ Mario Emmanuelles Erwiderung auf ihren Lippen ersterben und fuhr fort: «Die Erotik ist keine Hervorbringung der Dekadenz, sondern ein Fortschritt. Sie ist ein Werkzeug der geistigen und gesellschaftlichen Hygiene: sie nimmt dem Geschlechtlichen alles Sakrale. Und ich behaupte, sie ist ein Grundbestandteil der geistigen Fortentwicklung, denn sie setzt voraus eine Erziehung des Charakters, den Verzicht auf die Leidenschaften der Illusion zugunsten der Leidenschaften des klaren Verstandes.»

«Faszinierende Perspektiven!» spottete Emmanuelle. «Finden Sie diese Definition etwa verführerisch? Ist es nicht angenehmer, sich Illusionen zu machen?»

«Zu den Leidenschaften der Illusion, von denen ich spreche, gehören das wahnhafte Verlangen, jemanden allein besitzen oder einem einzigen gehören zu wollen; der Wille zur Macht oder zur Knechtschaft; die Wollust am Leiden und Sterben anderer; die Faszination, die Sehnsucht und die Liebe, die das Leiden und der Tod einflößen, und der Wunsch nach Ewigkeit. Kann Sie das reizen?»

«Kaum», räumte Emmanuelle ein. «Aber sagen Sie mir, was mich statt dessen reizen sollte.»

«Ich sähe es nicht ungern, wenn die höchste Tugend die leidenschaftliche Liebe zur Schönheit wäre. Darin ist alles enthalten. Was schön ist, ist wahr, was schön ist, ist gerechtfertigt, was schön ist, hält den Tod in Schach. Die Schönheit ist Bürgerin einer anderen Welt, einer Welt, von der unser furchtsamer Geist und unser sterbliches Herz ohne das wagemutige Wissen und den Ewigkeitshauch der Schönheit nie etwas erfahren hätte. Uns, die wir sonst den Tieren glichen, verwandelt allein die Liebe zur Schönheit. Das Denken, zu dem uns die Säfte der Erde angeregt haben, die ersten Schrecken dieses Denkens haben unser Antlitz wieder zu eben jener Erde niedergebeugt, wo wir nun mit unseren allzu schwachen Gliedern in denselben niederen Bereichen umherkriechen, in denen uns einst unsere Götter eingesperrt hielten. Das aus unserem rebellischen Wissensdurst und unserem Stolz erblühte Wunder der Schönheit hat uns die Möglichkeit geboten, uns daraus zu erheben. Denn die Schönheit ist der Flügel der Welt: wäre sie nicht, der Geist bliebe an die Erde gefesselt.»

Mario schwieg einen Augenblick, aber der Ausdruck auf Emmanuelles Gesicht ermutigte ihn fortzufahren:

«Welch herrlicher menschlicher Genius – wachsamer als ein Engel – schützt uns mit diesem Flügel! Vor dem Unheil der Magie bewahrt uns die Schönheit der Wissenschaft, und die Schönheit der Vernunft flößt uns Abscheu ein vor dem falschen Glanz der Mythen. Aus Liebe zur Schönheit werden die Menschen sich schließlich weigern, sich im Theater der Illusionen niederzulassen, wo die Masken der politischen Überzeugungen und der Offenbarungen mit majestätischer Langsamkeit ihre Schattenspiele spielen. Das sich fortbewegende Universum wird ihres starren Dünkels spotten. Und der Mensch wird sich aus eigener Kraft von der Seele befreien und in der ständigen Weiterentwicklung der Intelligenz das Allheilmittel gegen seine Albträume und Wahnbilder finden.»

Der Gastgeber wandte sich Quentin zu, als wolle er ihn zum Zeugen anrufen, und um zu zeigen, wie offenkundig das, was er sagte, war, breitete er die Hände aus: «Denn unser Leben ist merkwürdig simpel: es gibt auf der Welt keine andere Pflicht als die Intelligenz, keine andere Bestimmung als die Liebe und keine andere Chiffre für das Gute als die Schönheit.»

Von neuem Emmanuelle zugewandt, wies er gebieterisch mit dem Finger auf sie: «Aber, vergessen Sie nicht, die Schönheit erwartet Sie nicht im vollendeten Werk. Sie ist nichts Vollendetes. Sie ist weder das dem rechtschaffenen Arbeiter verheißene Paradies noch die beschauliche Ruhe in der Abenddämmerung nach vollbrachtem Tagewerk. Sie ist die nie verhohlene schöpferische Blasphemie, die Frage, die sich mit keiner Antwort begnügt, der nie ermüdende Marsch nach vorn. Sie ist Herausforderung, und sie ist Anstrengung. Sie besitzt das Drängende der Herausforderung und das Endlose der Anstrengung. Sie ist es, die in uns den düsteren, selbstmörderischen Gaben der Materie, aus der der Zufall uns geformt hat, Trotz bietet. Sie erklärt sich eins mit dem Heroismus unseres Schicksals.»

Emmanuelle lächelte ihm zu, und er schien zu wissen, was sie rührte. Auch er betrachtete sie voll Zuneigung. Dennoch sprach er weiter, so als sei er ängstlich darauf bedacht, seinem Gast nicht den leisesten Zweifel hinsichtlich des letzten Zieles seiner Worte zu lassen:

«Die Schönheit ist dem Menschen nicht von einem Gott geschenkt worden: er hat sie erfunden. Er hat sie *gemacht*: Sie hat den gleichen aufrührerischen Namen wie die Poesie. Die Schönheit ist nicht die Ordnung der Natur, sie ist ihr Gegenteil. Sie ist die bange Hoffnung, die die Menschen gegen diese Ordnung stellen, die aus ihrer Entfremdung und ihrer Einsamkeit geborene Tugend, sie ist in einer Welt, aus der sie die Engel und die Teufel vertrieben haben, der verheißene Sieg über die Gräser und über den Regen. Sie ist der erdichtete Mondschein, der Gesang der Sirenen über der Scheußlichkeit des Meeres. So sage ich denn auch, die Erotik, dieser Triumph des Traums über die Natur, ist das hohe Refugium des Geistes der Poesie, weil sie das Unmögliche leugnet. Sie ist der MENSCH, der *alles* vermag.»

«Ich kann mir diese Macht nicht so recht vorstellen», wandte Emmanuelle ein.

«Die fleischliche Vereinigung zwischen Frauen ist biologisch ein Unding, sie ist unmöglich. Die *Erotik* jedoch macht aus diesem Wunschtraum eine Wirklichkeit. Liebe unter Männern ist eine Herausforderung der Natur: *sie* läßt Männer einander lieben. Der Liebesakt zu fünft ist nicht *natürlich*: *sie* ersinnt ihn, arrangiert ihn und vollzieht ihn. Und jeder dieser Siege ist *schön*. Gewiß, um zu erblühen, ist die Erotik nicht unbedingt auf diese Ausnahmeformen angewiesen: sie fordert nichts weiter als Jugend und Freiheit des Geistes, Liebe zur Wahrhaftigkeit, eine Reinheit, die nichts zu schaffen hat mit den Sitten und den Konventionen. Die Erotik ist eine Leidenschaft des Mutes.»

«Wenn man Sie so hört, könnte man meinen, daß Erotik und Askese gewissermaßen dasselbe sind! Ist das alles denn überhaupt der Mühe wert?»

«Tausendfach! Und wäre es auch nur wegen der Lust, unsere Gespenster zu verhöhnen. Vor allem die allerabscheulichsten: die Dummheit und die Feigheit, jede eine verhätschelte Hydra der Menschen! Der Menschen, die nie ein aufrichtigeres Selbstbekenntnis abgelegt haben als jenen Aufschrei von Hobbes – seit drei Jahrhunderten mit jedem Morgen wahrer: ‹Die einzige Leidenschaft meines Lebens war die Angst!› Angst, anders zu sein als die anderen. Angst, zu denken. Angst, glücklich zu sein. Alle diese Ängste, die die Anti-Poesie sind und die zu den Werten geworden sind, nach denen sich die Welt richtet: der Konformismus, die Achtung vor den Tabus und den Riten, der Haß auf die Phantasie, die Ablehnung des Neuen, der Masochismus, die Böswilligkeit, der

Neid, der Geiz, die Heuchelei, die Lüge, die Grausamkeit, die Schande. Mit einem Wort, das Böse! Der wahre Feind der Erotik ist der Geist des Bösen.»

«Herrlich!» rief Emmanuelle begeistert. «Und ich Närrin habe immer geglaubt, daß die einen Erotik nennen, was die anderen einfach Laster nennen.»

«Laster, sagen Sie? Was verstehen Sie unter diesem Wort? Laster bedeutet Unvollkommenheit. Die Erotik ist wie alle übrigen Hervorbringungen des Menschen nicht frei von Fehlern, Irrtümern, Rückfällen. Und deshalb kann man sagen, das Laster ist das Lösegeld der Erotik, ihr Schatten, ihre Schlacke. Was es aber nicht geben kann, das ist eine Erotik, die sich ihrer selbst schämt. Die Eigenschaften, die Voraussetzung des erotischen Aktes sind: Logik und Entschlossenheit des Geistes vor allen anderen, aber auch Phantasie, Witz, Kühnheit, nicht zu reden von Überzeugungskraft, der Begabung, zu planen und zu ordnen, dem Geschmack, der ästhetischen Intuition und dem Sinn für Größe, ohne die dieser Akt fehlschlagen muß – diese Eigenschaften machen aus ihm etwas Stolzes, Hochherziges und Triumphierendes.»

«Stellen Sie die Erotik deshalb als eine Moral dar?»

«Nein, dafür gibt es noch weit mehr Gründe. Die Erotik verlangt vor allem systematisches Denken. Sie ist nur Menschen möglich, die Grundsätze haben, Theorien entwickeln können: nicht den fröhlichen Zechern oder Kraftprotzen, die, wenn sie ein paar Glas getrunken haben, lauthals verkünden, wie oft sie es den kleinen Dienstmädchen nach dem Tanzen besorgt haben.»

«Wäre danach die Erotik also das Gegenteil der sinnlichen Liebe?»

«Soweit möchte ich nicht gehen: Aber es stimmt schon, die sinnliche Liebe ist nicht notwendigerweise ein Akt der Erotik. Wo impulsive, gewohnheitsmäßige oder pflichtschuldige sexuelle Lust ist, gibt es keine Erotik; und auch dort nicht, wo es sich nur um eine Antwort auf einen biologischen Instinkt handelt, um körperliche und nicht ästhetische Absicht, um

Suche nach der Lust der Sinne und nicht nach der Lust des Geistes, um Liebe zu sich selbst oder zu einem andern und nicht um Liebe zur Schönheit. Mit anderen Worten, wo *Natur* ist, da ist keine Erotik. Wie alle Moral ist die Erotik eine Anstrengung, die der Mensch macht, um sich der Natur zu widersetzen, sie zu überwinden, über sie hinaus zu gelangen. Wie Sie ja selbst wissen, ist der Mensch nur insoweit Mensch, als er aus sich ein *denaturiertes* Tier macht, und er ist um so mehr Mensch, je weiter er sich von der Natur entfernt. Die Erotik ist als das menschlichste Talent des Menschen nicht das Gegenteil der Liebe, sondern vielmehr das Gegenteil der Natur.»

«Wie die Kunst?»

«Bravo! Moral und Kunst, das ist eins. Ich stimme Ihnen bei, wenn Sie die Kunst als die Anti-Natur bezeichnen. Habe ich Ihnen nicht schon gesagt, daß Schönheit nur entsteht, wo die Natur Niederlagen erleidet? Von Generation zu Generation versuchen diejenigen, die mit den Schatten auf der Wand unseres Lebens spielen, die Menschheit – meist mit Stiefeltritten – davon zu überzeugen, daß nur eine ‹Rückkehr zur Natur› sie von der Sklaverei der Maschinen und der Architekturen heilen könne. Ekelhafte Panik, abscheuliche Verkommenheit der Intelligenz! Die Rückkehr zum Gewürm des Mutterbodens, ist das etwa die Zukunft, die der Mensch, der Erfinder der Mathematik und des eng anliegenden Ballerinentrikots, verdient hat? Wenn es diese Leute drängt, Schluß zu machen, gut, dann aber in Schönheit, in einer sprühenden Garbe von Atomen. Besser ein leerer Raum zwischen den Himmelskörpern und die Erinnerung an einen letzten stolzen Gesang als eine von einer Affenrasse bevölkerte Erde. Ich hasse die Natur!»

Emmanuelle mußte über seine ungestüme Leidenschaftlichkeit lachen, aber schon fuhr er schwungvoll fort:

«Aber warum rede ich Ihnen von Zerstörung, da der Geist uns doch zur Schöpfung auffordert?»

Unvermittelt legte er eine Hand auf die ihre und drückte

sie so fest, daß sie fast aufgeschrien hätte. Seine Stimme wurde seltsam schön.

«Auf dem Fluge zu dem Land, mit dem wir heute die Nacht teilen, kam ich auch über den Golf von Korinth. Zu meiner Rechten die schneebedeckten Gipfel des Peloponnes, zu meiner Linken erwärmten die goldenen Strände Attikas das Meer. Eine Zeitung, die man mir gebracht hatte, lenkte mich zwar einen Augenblick von diesem Schauspiel ab, ließ mich ihm aber nicht untreu werden: denn mit der vollen Größe ihrer Schlagzeilen verkündete sie das schönste jemals von Menschenhand geschriebene Gedicht – ein Gedicht, dessen antike Wurzeln sich in eben diese Erde senkten, die mir jetzt ihre anbetungswürdigen Lippen hinhielt, Lippen, die sich, sonnenzerfressen, ein wenig über dem Perlmutt der Wellen öffneten, in dieser Morgenröte nicht anders als am Morgen der Odyssee, Lippen, nach so vielen wunderträchtigen Jahren noch immer geschwollen von der Sehnsucht der Sirenen, verwegen und versessen auf Wissen, argwöhnisch und weise . . . Hier ist dieses Gedicht:

*Am 3. Januar um 3 Uhr 57 wird im Zentrum eines von den Sternen Alpha aus dem Bootes, Alpha aus der Waage und Alpha aus der Jungfrau gebildeten Dreiecks ein weißer Stern erscheinen.*

Und der Stern ist erschienen, ein winziger Kiesel aus Stahl, den der Mensch dem Universum ins Antlitz geschleudert hat. Und das neue Zeitalter, das angebrochen ist, ist für immer das unserige. Von nun an kann die Erde untergehen und das Fleisch unserer Rasse verderben: Ein neues Gestirn, ein Gestirn, das das Werk unserer Hände ist, das unsere Chiffre eingraviert trägt und Worte unserer Sprache spricht, wird kreisen und mit seinem Lied über die kalte Majestät der unendlichen Räume triumphieren. O ihr Alpha-Sterne, die ihr mit eurer Wache unsere reuelose Eroberung abgesteckt habt, unsere Lust am Leben streckt ihre nackten Beine auf euren Feuerstränden aus!»

Mario schloß die Augen und sprach erst nach einer Weile

weiter. Seine Stimme hatte wieder ihren überlegenen Ton angenommen: «Kunst haben Sie gesagt? Die vollkommenste künstlerische Schöpfung ist diejenige, die sich am weitesten vom Bilde Gottes entfernt. Ach, was gelten Gottes Schöpfungen neben dem Werk der Menschen! Wie schön er ist, unser Planet, seitdem wir ausgefüllt haben, was hohl war, seitdem wir ihn mit unseren gläsernen Schlössern spicken und seinen Äther in der Frequenz unserer Kantaten vibrieren lassen! Wie schön ist er jetzt, da ihn die Lichter der Menschen aus der Nacht Gottes gerissen haben! Wie schön ist er jetzt, da ihn die wachsenden Städte der Menschen vom Dorngestrüpp und den Schlangen Gottes befreit haben! Wie schön ist er jetzt, da er von seinen Leidenschaften gesäubert und mit den Eisengeschöpfen eines Calder, mit den Quadraten aus Gold, Blut, Himmel und den Strahlen aus der Finsternis eines Mondrian geschmückt ist – o ihr Musiker, Maler, Bildhauer, Architekten, ihr alle, die ihr die Erde und die Himmel zum Königreich des Menschen gemacht habt, zu schön, als daß noch jemand etwas gäbe um das Reich Gottes!»

Mario sah Emmanuelle an, als entdecke er auf ihrem Gesicht jene Formen und jene Feuer der Erde, die er liebte. Er lächelte ihr zu: «Denn Kunst ist doch das, nicht wahr, wodurch sich der Hominide des Quaternär losgetrennt hat vom reißenden Tier und zum Menschen geworden ist. Seither ist er allein im Universum und das einzige Wesen, das dort mehr zurücklassen sollte, als es vorgefunden hat. Aber schon vermag die Kunst der Farben, Bögen und Klänge seine schöpferische Leidenschaft nicht mehr ganz zu stillen. Nun will er sein Fleisch und sein Denken nach dem Bilde seines Genius formen, gleich den Apsaras und Korai, die er einst seinem Traum abgerungen hat. Die Kunst unseres Zeitalters kann keine Kunst mehr sein aus kaltem Stein, Bronze oder Farben, sondern nur noch eine Kunst lebendiger Körper. Sie kann nur ‹von Leben leben›. Die einzige dem Weltraummenschen angemessene Kunst, die einzige, die ihn über die Sterne hinausführen kann, so wie ihm die Gestalten aus Ockerfarbe und Rauch die Wände seiner Höhlen zur Zukunft hin geöffnet haben – die einzige Kunst ist die Erotik.»

Marios Sprache war so kraftvoll, daß es Emmanuelle war, als fielen seine Sentenzen wie Schläge auf sie herab.

«Gibt es, ich frage Sie, gibt es eine ergreifendere Kunst als die, welche sich den Leib des Menschen, dieses Werk der Natur, aneignet und ihn in ihr eigenes, denaturiertes Werk verwandelt? Für den geschickten Handwerker ist es ein leichtes, aus dem Marmor oder dem Gleichgewicht der Linien ein Objekt zu gewinnen, dessen Vaterschaft ihm von niemandem auf der Welt abgesprochen wird. Aber der Mensch! Ihn mit seinen Händen packen, nicht wie Töpferton, nicht um seine Textur, seine Konturen zu ertasten, nicht um ihn gutzuheißen oder ihn zu lieben, nicht um sich seiner zu erfreuen, sondern vielmehr, um seine Form und seinen Inhalt in Frage zu stellen, ihn dem stupiden Herumtasten der Zelle zu entreißen, den Stoff selbst, aus dem er gemacht ist, zu verändern, das verwerfliche Naturhafte von ihm abzureißen, so wie das Versuchstier im Laboratorium von der Vererbung befreit wird, die es zur Nacktschnecke oder zum Nagetier hat werden lassen: den Menschen neu erschaffen! Ihn vom Stofflichen erlösen, damit er frei wird, sich seine eigenen Gesetze zu geben: Gesetze, die es verhindern, daß er mit dem Meteor und dem Molekül verwechselt wird, die ihn vor dem Verfall der Energie und dem Untergang der Körper erretten. Das ist in Wahrheit mehr als die Kunst, das ist der Seinsgrund des Geistes selbst.»

Er erhob sich und schritt zu dem Fenster, das auf den *khlong* hinausging.

«Sehen Sie!» sagte er. «Der Graben öffnet sich nicht zwischen dem Leblosen und dem Lebendigen: er liegt vielmehr zwischen dem, was ein Bewußtsein hat, und dem Rest der Welt. Diese Echse, dieser Hund, sie sind nicht anders als der Baum und die Alge, die wiederum nicht anders sind als das Wasser und der Stein. Aber die da, sehen Sie doch nur, wie sie rudern und wie sie träumen, im Schmuck ihrer Lumpen, mit ihrer Hartnäckigkeit, ihren zusammengepreßten Fingern, ihren kurzgeschorenen Haaren ... Das ist der Mensch! Ach, man muß die Menschen lieben wie ein Rasender, um zu lernen, die Natur richtig zu hassen! Mensch, o Mensch, wie liebe ich dich! Dir sind keine Grenzen gesetzt!»

Fast furchtsam fragte Emmanuelle: «Die einzige für Sie mögliche Liebe ist also die widernatürliche Liebe?»

Sie stellte ihre Frage mit einem zärtlichen Lächeln, das Mario zu verstehen geben sollte, daß sie nicht darauf aus war, ihn zu kränken. Aber das brauchte sie nicht zu befürchten: wie schon vorher zertrümmerte er auch diesen Gedanken mit seinen Worten.

«Was Sie da sagen, ist eine Binsenweisheit und ein Pleonasmus dazu. Die Liebe ist immer widernatürlich. Sie ist die absolute Anti-Natur. Sie ist der Frevel, der Aufstand gegen die Ordnung des Universums, der falsche Klang in der Sphärenmusik. Sie ist der Mensch, das heißt, sie ist mit hellem Gelächter aus dem irdischen Paradies entflohen. Sie ist das Scheitern der Pläne Gottes.»

«Und das nennen Sie nun Moral!» warf Emmanuelle mit leichtem Spott ein.

«Moral ist, was den Menschen zum Menschen macht! Nicht aber, was ihn zu einem sich selbst entfremdeten Objekt macht, zum Gefangenen, Sklaven, Eunuchen, Büßer oder Hanswurst. Die Liebe ist nicht erfunden worden, um den Menschen zu erniedrigen, zu knechten oder daß er darüber spotte. Sie ist nicht das Kino des Armen und das Beruhigungsmittel für den Ruhelosen, keine Zerstreuung, kein Spiel, kein Opium, keine Kinderklapper. Die Liebe, die Kunst der fleischlichen Liebe, das ist des Menschen Wirklichkeit, das Gestade ohne Falle, die terra firma, das einzige wirkliche Vaterland. *Alles, was nicht Liebe ist, geschieht für mich in einer anderen Welt, in der Welt der Gespenster. Alles, was nicht Liebe ist, geschieht für mich im Traum und in einem fürchterlichen Traum ... Ich werde erst wieder Mensch, wenn Arme mich umschlingen!* Diesen hellseherischen Aufschrei

Don Juans haben viele gehört und verstanden, so verschieden sie ihrem Genius nach auch gewesen sein mögen. Sie sprachen eben von Askese; genau das ist die Erotik für einige Hindu-Sekten: eine Pflicht. Aber ist es nicht rührend, daß sie das auch für die kleine Hetäre von Amathus ist, wenngleich zarter empfunden und von welch bezaubernder Schamhaftigkeit: *Meinst du, die Liebe sei ein Ausruhen? Sie ist eine Mühe, Gyrinno, und von allen die härteste.*»

«Dieser Ansicht bin ich nicht», sagte Emmanuelle, «und ich ziehe es vor, an die Liebe als an ein Vergnügen zu denken. Im übrigen hat mich die Liebe noch nie ermüdet.»

Mario machte eine höfliche Verbeugung. «Daran zweifle ich nicht», sagte er.

«Ist es denn unmoralisch, Lust an der Liebe zu haben?» bestürmte sie ihn.

«Ich versuche ja gerade, Ihnen das Gegenteil zu erklären», antwortete er geduldig. «Die Moral der Erotik besteht darin, daß die Lust die Moral ausmacht.»

«Eine moralische Lust, finde ich, büßt viel von ihrer Würze ein.»

«Warum? Das verstehe ich nicht», sagte Mario verwundert. «Ist denn für Sie moralisches Prinzip und Verzicht, Zwang ein und dasselbe? Wenn aber doch dieses Prinzip Ihnen versagt, sich etwas zu versagen? Wenn es Sie nötigt, das Leben zu genießen. Ah, ich sehe schon! Es ist der Gedanke an Moral, der Sie abschreckt, weil er in Ihrem Verstand zusammenfällt mit dem sexuellen Bannfluch. Sich moralisch verhalten, nicht wahr, das bedeutet:

*Du sollst nicht Unzucht treiben, weder mit dem Leib noch in Gedanken; es soll dich nicht gelüsten nach dem Werk des Fleisches als nur in der Ehe?*

Gestatten Sie diesen Mystifikationen bitte nicht, in Ihren Augen das ehrenvolle Wort Moral zu kompromittieren. Ein schon seit langem aufgedeckter geschichtlicher Irrtum darf Ihnen nicht als Vorwand dienen, die gleiche Verdammung über das Gute wie über das Böse zu sprechen oder – was noch schlimmer wäre – zu behaupten, es gäbe das Gute und das Böse überhaupt nicht!»

«Hören Sie, Mario, Sie werden immer sibyllinischer. Wie soll ich wissen, worauf Sie hinauswollen? Von der Erotik sind Sie ausgegangen, und nun sprechen Sie wie ein Prediger auf der Kanzel! Ich finde mich da nicht mehr zurecht. Was heißt bei Ihnen das Gute und das Böse?»

«Seien Sie versichert, wir werden darauf zurückkommen! Zuerst aber möchte ich mit dem abrechnen, was *die anderen* das Gute und das Böse nennen. Insbesondere geht es da um jene ‹Tugenden›, die für Sie offenbar mit der Moral zusammenfallen: die Bescheidenheit, die Keuschheit, die Enthaltsamkeit, die eheliche Treue . . .»

«Nicht nur für mich! Nennt das nicht jeder Moral?»

«Ja, ich weiß. Aber darüber kann ich nur lachen! Denn ein Vertrauensmißbrauch von seltener Komik hat es zuwege gebracht, daß die sexuellen Tabus ins Reich der Moral Eingang gefunden und dort ihr ungerechtes Gesetz schließlich zur Herrschaft gebracht haben. Nach göttlichem Recht haben sie dort überhaupt nichts zu suchen! Mehr noch! Ihrer Natur und ihrem Zweck nach sind sie vollkommen unmoralisch – sind sie doch einem durch und durch spießigen Kalkül entsprungen: dem Bestreben nämlich, dem Herrn über Grund und Boden auch das Besitzrecht an den Kindern zu sichern, die genau wie Feuersteinwerkzeuge und Gefäße Produktionsmittel und äußeres Merkmal des Reichtums waren.»

Mario sprang auf und ging zu einem im granatfarbenen Halbschatten liegenden Regal. Als er zurückkam, hielt er in der Hand einen Band mit Lederrücken und Eisenbeschlägen.

«Hören Sie zu!» sagte er. «Ich treibe keinen Mißbrauch mit der Auswahl der Texte, die ich heranziehe, noch deutele ich an ihnen herum. Ich beschränke mich auf das unwiderlegbarste aller Dogmen, auf die Zehn Gebote, so wie sie Moses vom Berge Sinai gebracht hat. Und im 2. Buch Mose, Kapitel 20, Vers 17 lese ich folgende, einst in Stein gehauene Worte:

*Laß dich nicht gelüsten deines Nächsten Hauses. Laß dich nicht gelüsten deines Nächsten Weibes, noch seines Knechts noch seiner Magd, noch seines Ochsen, noch seines Esels, noch alles, das dein Nächster hat.*

Und das ist nun wahrhaftig eindeutig und ungeschminkt: Weib, wisse, auf welchen Platz der Ewige dich gestellt hat: zwischen die Scheuer und das Vieh, zu den übrigen Arbeitskräften, und da keineswegs auf den ersten Platz! Als Herrin kommen Sie erst nach dem Ziegelstein und dem Stroh. Als Sklavin stehen Sie weniger hoch im Kurs als ein Knecht und nur ein wenig höher als ein Stück Vieh oder ein Esel.»

Mario schlug die Bibel wieder zu und legte seine Rechte mit einer pastoralen Geste darauf:

«Das Mittelalter habe, so heißt es, die Liebe erfunden. In Wahrheit ist es dem Mittelalter aber beinahe gelungen, sie uns zu verleiden! Wenn der Liebe heute überhaupt noch eine Chance des Wiedererstehens bleibt, so nur, weil unser Zeitalter Mythen hekatombenweise hinschlachtet. Der Kleriker der Feudalzeit hatte geglaubt, uns mit dem vergifteten Geschenk seiner Moral die Lust am Genuß für alle Ewigkeit nehmen zu können. Sehen Sie nur, was von all diesen Komplotts und Machenschaften heute noch übrig ist! Die Keuschheitsgürtel des Guten und des Bösen, die von den Lehensherren ihren Frauen und Eselinnen um die Lenden geschnallt worden waren, sie fallen in verrosteten Stücken herab von den Zinnen und Pechnasen, die sie haben entstehen sehen. Die Ehre, in Museen ausgestellt zu werden, wollen wir ihnen lassen. Aber halten wir als erstes einmal fest, daß ihr Ende eminent moralisch ist – was von ihrer Entstehung gewiß nicht behauptet werden kann! Und es verdient unsere Bewunderung, daß die echte Moral überlebt, wenn das Wirken der Zeit Strafgericht über die falsche gehalten hat.»

Er stieß ein ironisches Gelächter aus.

«Ist das erbauliche Ungefähr der Werte sexueller Moralität nicht getreulich aufgehoben in dem abenteuerlichen Weg des lateinischen Wortes *pulla*, indem es nämlich im Französischen sowohl *pucelle* (Jungfrau) als auch *poule* (Henne, Liebchen, Dirne) ergeben hat? Sie sehen, wie sehr die Entscheidung zwischen Gut und Böse dem Zufall überlassen war. Es hätte ebensogut umgekehrt kommen können: nämlich daß man dem Dirnendasein höchste Ehre und Tugend zugesprochen und daß das Jungfrauentum als ein Vergehen vor Gott und der Kirche gegolten hätte!»

Emmanuelle war nachdenklich geworden. Sie billigte zwar Marios Urteil über den ganz und gar zufälligen Wert der Imperative der traditionellen Moral, fragte sich aber, warum man dann seine Zeit damit verlieren sollte, auf den Trümmern der alten Ethik eine neue zu errichten? Konnte man denn nicht nach Lust und Laune lieben, frei und ohne sich den Kopf darüber zu zerbrechen, wie man einen neuen Kodex erlassen und ihn aller Welt verkünden könnte? Mußte man sich denn wirklich unbedingt Gesetze geben? Es gibt keine Moral, und wäre es eine ‹erotische›, dachte Emmanuelle, die besser wäre als überhaupt keine Moral.

«Schlechte Gesetze überwindet man nicht durch Anarchie», entgegnete Mario, als sie ihm ihre Zweifel anvertraut hatte. «Es geht nicht darum, in den Dschungel zurückzukehren, sondern es gilt zu erkennen, daß einige von den Kräften, die im Menschen schlummern und von der jetzigen Gesellschaft verdrängt und zur Auszehrung verdammt werden, ganz zu Recht bestehen und daß sie unserer Gattung dazu verhelfen können, glücklich zu werden. Das neue Gesetz, das gute Gesetz, verkündet nicht mehr und nicht weniger, als daß es schön ist und gut, die Kunst der Liebe zu beherrschen und sich ihr frei hinzugeben; daß die Jungfernschaft keine Tugend, freies Zusammenleben kein Verbrechen und die Ehe kein Gefängnis ist; daß es auf die Kunst des Genießens ankommt und daß es noch nicht genügt, sich nie zu verweigern, sondern daß man sich unablässig feilbieten, sich hingeben, seinen Leib mit einer immer größeren Anzahl Leiber vereinen und die Stunden, die man nicht in den Armen anderer verbringt, als verloren ansehen muß.»

Mit erhobenem Zeigefinger fügte er hinzu: «Wenn ich dieses große Gesetz später noch durch andere ergänze, dann denken Sie bitte daran, daß sie nichts weiter sind als untergeordnete Bestimmungen, die helfen sollen, sich an das gerade angeführte Prinzip zu halten, indem sie der Zaghaftigkeit der Seelen und dem Überdruß des Fleisches wehren.»

«Wenn aber die Tabus der bürgerlichen Moral wirtschaftlichen Ursprungs sind», sagte Emmanuelle, «dann erfordert die Heraufkunft Ihrer erotischen Moral eine echte Revolution. Ist das dann vielleicht so etwas Ähnliches wie der Kommunismus?»

«Keinesfalls! Es ist viel gewichtiger und radikaler. Es gleicht eher der Mutation, durch welche der des Meeres überdrüssige Fisch, der eines fernen Tages Emmanuelle heißen sollte, in Erfahrung bringen wollte, ob der neue Geschmack, den er an der Erde fand, ihm Beine wachsen lassen würde, und dank der er, seine zukünftigen Brüste emporrichtend, zu atmen begonnen hat.»

Sie lächelte bei diesem Bild: «Der erotische Mensch wird also ein neues Tier sein?»

«Er wird mehr sein als der Mensch und dennoch Mensch bleiben. Nur reifer und in der Entwicklung fortgeschrittener. Ich habe Sie vorhin daran erinnert, daß es das Auftauchen der Kunst an den Wänden seiner Höhlen ermöglicht hat, den Augenblick zu bestimmen, da der erste Mensch sich vom letzten Affen abgesondert hat. Der Tag ist nicht mehr fern, da die Kräfte der Erotik ebenso gewiß den ruhmreichen Menschen von dem schamerfüllten, sich in die Schlupfwinkel der heutigen Gesellschaft verkriechenden, seine Nacktheit verhüllenden und sein Geschlecht geißelnden Menschen trennen werden, wie die künstlerischen Kräfte den Menschen vom Tier getrennt haben. Armselige Versuche zum Menschen hin, die wir sind, rohe Entwürfe, die noch tief im Schlamm der Sümpfe des Pleistozän stecken! Vernarrt in unsere Hemmungen, verliebt in unsere ungeschlachten Leiden, mit all unserer Verblendung und all unseren Kräften evangelischer Bestien gegen die Strömungen der Hoffnung ankämpfend, die uns der Kindheit zu entreißen trachten!»

«Aber worauf stützt sich denn Ihre Annahme, daß diese Strömungen siegen werden, daß Ihre Moral schließlich über die von Gesetz, Sitte und Religion behütete Moral triumphieren wird? Was ist, wenn das Gegenteil eintritt?»

«Dazu wird es nicht kommen! Ich kann es nicht glauben! Denn ich kann nicht glauben, daß der Mensch von so weither, von so weit unten gekommen ist, nur um in seinem jetzigen Zustand zu verharren, plötzlich darauf zu verzichten, weiter voranzuschreiten, zu etwas Neuem zu werden. Er wird seinen Weg fortsetzen! Tastend, gewiß, schaudernd, aber ohne Umkehr. Immer eigentümlicher unter den anderen Spezies. Wenn wir schon jetzt weniger stupide sind als der Coelacanthus, dann werden wir es eines Tages noch viel weniger sein.»

Nachdem er Emmanuelle einen Augenblick Zeit zum Nachdenken gelassen hatte, sagte Mario: «Wir können etwas dazu tun: wir können versuchen, unsere Intelligenz zu vermehren, und das Unmögliche tun, um glücklich zu sein.»

Emmanuelle macht den Mund auf, aber schon fährt er fort: «Gewiß, mir ist nicht versprochen worden, daß ich je den Fuß auf jenes noch nicht erkundete Gestade setzen werde, für das ich keinen anderen Namen weiß als Glück. Und dennoch, Éluard hat zu Recht verkündet: *Es ist nicht wahr, daß es von allem etwas braucht, um eine Welt zu schaffen. Es braucht nur Glück, nichts weiter.* Aber wieviel Mut, um es zu erlangen! Indes, hat ihn das Menschentier nicht schon von Kindheit an gebraucht, um der Kinderstube seiner Götter zu entfliehen? Und braucht es ihn nicht auch heute noch, um mit den Menschen auf den Straßen das Wagnis des Lebens und des Todes, dem kein Paradies verheißen ist, zu bestehen, statt in einsamer Kontemplation auf das Reich zu warten, in dem die Sanftmütigen und Demütigen des Herzens belohnt werden?»

«Und die Gefahr des Irrtums», warf Emmanuelle ein.

«Die Gefahr, sich Illusionen über die eigene Natur zu machen. Und Gedanken über seine Macht und seine Bedeutung, die man für eigene Gedanken hält.»

Mit plötzlich aufkeimendem Verdacht sah er sie scharf an: «Gehören Sie etwa zu denen, für die das Abenteuer des Menschen sinnlos ist?» fragte er. «Sind Sie der Meinung, daß unsere Spezies zum Scheitern verurteilt ist, einem Scheitern, das ihrer Naivität entspricht? Meinen Sie, wir seien ein Spielzeug unserer eigenen Sprache und unser Verderben stehe schon auf den Tafeln des Höchsten geschrieben? Sind Sie der geringschätzigen Überzeugung, daß wir gleich der Dronte einzig zu dem Zweck erfunden worden sind, eines Tages auszusterben, und daß dies das einzige ist, wozu wir taugen? Vielleicht ist ja sogar Ihrer Ansicht nach das Verschwinden des Menschen das Beste, was der Welt, die er ja nur stört, geschehen kann, und erwarten Sie dieses Ende von der Höhe Ihrer unmenschlichen und eiskalten Wissenschaft herab und mit jener masochistischen Unparteilichkeit, die heute Mode ist?»

«Nein», sagte Emmanuelle, «so denke ich nicht. Aber Sie müssen doch zugeben, daß auch Ihr eigenes Vertrauen ein Glaube ist, eine Art Religion.»

«Nein, das stimmt nicht», sagte Mario. «Wenn ich des Menschen sicher bin, so deshalb, weil ich ihn am Werk sehe. Sein Fortschritt, der auch der meine ist, besteht darin, immer weniger zu glauben und immer besser zu sehen. Götter entstehen nur hinter geschlossenen Lidern.»

«Vielleicht beziehen Sie nur die Einsteins in Ihre Betrachtung ein und nicht genügend die Verbrecher. Sonst hätten auch Sie zuweilen Angst.»

«Es ist kein Verbrechen, kein Einstein zu sein», sagte Mario, «aber es ist zweifellos ein Fehler. Und ich habe kein Recht, mich zu beklagen, daß die Menschen mich umbringen, wenn es mir selbst nicht gelungen ist, sie vom Tod zu heilen. Ich kann sterben, sicher, aber ich werde dann wissen, daß das meine Schwäche ist und nicht meine Ehre.»

«Sie wissen sehr gut, daß niemand imstande sein wird, ein Mittel gegen den Tod zu finden.»

«Ich weiß, daß der Geist stirbt, sobald Mythologien in ihm gleich Tumoren die glücklichen Zellen ersetzen. Wo die Chance unserer Wirklichkeit lag, läßt sich das Leid ihrer gestörten Ordnung nieder. Wir sterben nur an Unwissenheit und Häßlichkeit. Der Tod ist weiter nichts als ein bestürztes Erstarren des Wissens.»

Mario sammelte sich und begann von neuem: «Die unendliche Ausdehnung der Intelligenz ist die Asymptote zum Tod. Unsere Zukunft ist also unendlich. Wir sind nicht mehr die Patienten des Arztes Aeternitas, unsere Geduld ist am Ende! Wir werden unsere todbringenden Morgen vergessen, wie die Genesenen ihre Leiden vergessen. Wir werden unsere Welt in irgendeinem Zufluchtshafen des Raumzeitalters finden: er wird unsere Liebe und unser Daseinsgrund sein. Und dort werden wir die langen Nachtwachen unseres trugbildlosen Lebens damit verbringen, dem Getöse der Quasare zu lauschen. Wir werden glücklich sein ...»

Er schwieg.

Emmanuelle ließ ausreichend Zeit verstreichen, bis sie Mario mit behutsamer Stimme wieder auf das Thema brachte: «Und die Erotik vermag bei der Entdeckung dieser neuen Welt behilflich zu sein?»

«Mehr als das: Sie ist eins damit, sie ist der Fortschritt selbst.»

«Übertreiben Sie da nicht?»

«Aber verstehen Sie mich doch! Ich habe es Ihnen doch schon gesagt: es geht nicht darum, die Gesellschaft zu reformieren; ja nicht einmal darum, eine neue zu entwerfen oder gar eine Republik der ausschweifenden Wollust zu errichten! Es handelt sich vielmehr um einen biologischen Fortschritt, um eine Verwandlung, um das Auslösen eines Mechanismus, das sich eines zukünftigen Morgens im Gehirn des Menschen ereignen wird. Ein Aufglimmen – und schon ist es geschehen! Er denkt nun anders, er ist ein anderes Wesen. Er hat einen entscheidenden Schritt getan. Die Unwissenheit, die Schrekken, die Knechtschaft seines alten Geschlechtes betreffen ihn nicht mehr. Er weiß nicht einmal mehr, was sie bedeuten. Ob er und wie er liebt, was gilt's. Daß er es freien Geistes tut, ist das Neue daran. Denn gut ist es für ihn, was Genuß bereitet, und böse, was Leiden schafft. So einfach ist das. Das ist für ihn das Gute und das Böse. Das ist seine Moral. Gut ist für ihn, was schön ist, was ihn in Versuchung führt, was ihn zur Erektion bringt. Böse ist für ihn, was häßlich ist, was ihn langweilt, was ihn begrenzt und was ihn frustriert. Die Wonnen und Gifte der Angst und der mystischen Trancen können ihm nichts mehr anhaben. Um sich von der Verzweiflung zu heilen, bedarf es nicht mehr der halluzinogenen Pilze, der Philosophien und der Einsiedeleien. Die Freude an sich selbst und seinesgleichen genügt ihm. Erscheint Ihnen dieser Mensch nicht als ein weiter fortgeschrittenes Tier als der Träger des härenen Büßerkleides? Hat er nicht einen Fortschritt vollzogen?»

«Ja, da stimme ich mit Ihnen überein. Aber es ist ein Fortschritt des einzelnen, der nur für ihn Folgen hat. Vorhin aber sprachen Sie vom Fortschritt, als beträfe er das ganze Menschengeschlecht.»

«Das ist auch richtig. Die Weiterentwicklung der Spezies vollzieht sich nicht in der Masse, in ganzen Gesellschaften. Mutation ist immer schon die Sache weniger gewesen, jener ungeliebten Minderheiten mit hochgerecktem Hals und offenen Augen, mit denen die großen, willenlosen Rudel nicht bereit waren, ihre Weiden zu teilen. Wenn sich aber ein solcher mutierender Zweig vom menschlichen Stammbaum ablöst, dann verändert sich damit die ganze Welt. Es braucht morgen nur ein Mensch zu erscheinen, für den Worte wie Schamlosigkeit, invertiert, Ehebruch, Inzest Chiffren ohne Sinn sind, ein Mensch, der sie nicht verstehen könnte, selbst wenn er es versuchen würde, und schon sind unsere Tugenden gleich den Zähnen des Archaeopteryx und dem Kamm des Stegosaurus in Schaukästen verbannt.»

«Da aber dieser Mensch noch nicht erschienen ist, ist das erotische Zeitalter doch nur eine Zukunftsvision. Sie und ich, wir haben kein Glück, wir sind zu früh auf die Welt gekommen!»

«Wer kann das wissen?» sagte Mario. «Die Evolutionsgesetze bleiben uns auf große Strecken verborgen. Es ist möglicherweise kein unnützes Unterfangen, zu versuchen, uns selbst auf die Welt zu bringen. Vielleicht sind wir noch gar nicht geboren.»

«Was müssen wir tun, um geboren zu werden?» rief Emmanuelle.

«Handeln, als wäre man Herr über das Leben. Tun, als lebe man! Wenn überhaupt, dann ist jetzt der Augenblick gekommen, Pascals Rezept anzuwenden: Nur ist es statt des Weihwassers die Praxis der Erotik, die uns als Lebensregel Licht bringen mag. Und nicht nur wir werden dadurch erleuchtet: Wenn nur eine hinreichend große Anzahl unter uns vorbehaltlos, mit aller Deutlichkeit und großem Aufsehen die Werte der Erotik als einzigen moralischen Maßstab anerkennt – gleich jenem Vierfüßler, der ein für allemal beschloß, aufrecht auf seinen Hinterbeinen zu gehen, ohne sich darum zu kümmern, ob die übrige Tierwelt lieber weiter im Dreck herumschnüffelte –, so kann das, wenn das Glück unserer Spezies nur noch einmal lächelt, zu dem entscheidenden Schritt werden, der notwendig, aber auch ausreichend ist, um aus dem Zeitalter der Angst in das Zeitalter der Vernunft zu gelangen.» Er seufzte: «Ach, natürlich würden wir lieber erst in einer Million Jahre geboren werden! Aber wir sollten wenigstens unser Bestes tun, um uns dieses Zeitalter der Vernunft näherzubringen. Heute verdient nur dann etwas, getan, gesagt oder geschrieben zu werden, wenn es dem ‹Übergang› dient. Man muß auf seine Worte achten, auf seine geringsten Gesten: nichts sagen, was die Menschen in ihrer stupiden Überzeugung bestärken könnte, daß sie bereits gefunden hätten, was zu suchen sie gekommen sind, nichts, was ihre Pubertät noch verlängern könnte. Ich meinerseits weiß sehr gut, was meine Pflicht ist: Ich muß ihnen immer wieder von neuem sagen, daß ihr Körper rechtmäßig ist, daß er unendlich viel vermag, daß die Süße des Lebens auch der Daseinsgrund des Lebens ist.»

Der Klang von Quentins Stimme ließ Emmanuelle auffahren: Sie hatte ganz vergessen, daß er da war. Sie hörte zu, wie er mit unerwartetem Eifer und großer Eloquenz auf Mario einredete. Ihren Gastgeber schien das, was er hörte, außerordentlich zu interessieren. Von Zeit zu Zeit stieß er Rufe des Entzückens aus. Schließlich übersetzte er Emmanuelle (der klar wurde, daß der Engländer den wesentlichen Teilen ihrer Unterhaltung müheloser gefolgt war, als sie angenommen hatte): «Was Quentin mir da eben erzählt, berechtigt zu den größten Hoffnungen. Es sieht so aus, als existiere der ‹mutierende Zweig› – oder doch wenigstens eine Knospe dieses Zweiges – schon, und zwar, was noch mehr wert ist, schon seit tausend Jahren! Unser Freund ist mehrere Monate lang zusammen mit einem bekannten Soziologen – einem gewissen Verrier Elwin – Gast eines Stammes in Indien gewesen, den die ‹zivilisierten› Inder für primitiv halten, von dem aber ganz im Gegenteil angenommen werden darf, daß er eine Vorhut der Intelligenz verkörpert. Dieses Volk heißt Muria. Ihr ganzes Gesellschaftssystem ist um eine Sexualmoral errichtet, die das genaue Gegenteil der unserigen ist. Eine Moral, die nicht verbietet, sondern aufbaut. Der Eckstein ihres Erziehungssystems ist ein Gesellschaftsschlafraum, in dem die Kinder beiderlei Geschlechts vom zartesten Alter an zugelassen werden, um hier die Kunst der Liebe zu erlernen. Die Institution heißt ... *How do you call it?*»

«Ghotul.»

«Stimmt, das Ghotul. Dort werden die kleinen Mädchen von den großen Jungen und die kleinen Jungen von den großen Mädchen lange vor der Pubertät in die körperliche

Liebe eingeführt. Und zwar keineswegs auf instinktive oder tierähnliche Weise: die erotischen Techniken, die ihnen hier beigebracht werden, haben nach zehn Jahrhunderten der praktischen Ausübung, wie es scheint, einen unvergleichlichen Grad des Raffinements erreicht. Dieses Praktikum, das jedes Kind mehrere Jahre lang zu absolvieren hat, dient gleichzeitig zu seiner künstlerischen Ausbildung, da die Schüler des Ghotul ihre Mußestunden – zwischen zwei Umarmungen – damit verbringen, die Wände ihres Schlafsaals auszuschmükken. Die Inspiration zu den Zeichnungen, Malereien und Plastiken holen sie sich stets aus der Erotik. Quentin erzählt mir, sie seien so vollkommen, daß es nicht möglich sei, eine derartige Galerie zu betrachten, ohne sogleich von den lebhaftesten Empfindungen bestürmt zu werden. Und wenn man den kleinen Mädchen und Jungen von elf Jahren zusieht, wie sie, ohne sich dabei zu verstecken, in völliger Ungezwungenheit bei weit geöffneten Türen und unter den stolzerfüllten Augen ihrer Eltern in Nachahmung der kühnsten Figuren dieses erotischen Museums lebende Bilder darstellen, für die sie in Europa geradewegs in eine Besserungsanstalt verbracht würden, nicht ohne zuvor die Skandalseite und damit die Kasse der wohlanständigen Zeitungen gefüllt zu haben, dann kann man sich des Gedankens nicht erwehren, daß diese Muria nicht tausend Jahre im Rückstand leben, sondern eher einen Vorsprung von tausend Jahren haben.»

Nachdem Mario geendet hatte, steuerte Quentin noch weitere Einzelheiten bei, die Emmanuelle ebenfalls übersetzt wurden: «Das Erstaunlichste dabei ist, daß diese ‹praktischen erotischen Aufgaben›, die allen Kindern des Stammes aufgegeben werden, nicht etwa Auswirkungen eines Sittenverfalls oder einer moralischen Blindheit sind, an denen diese Rasse von Geburt an leiden würde, sondern sehr wohl eines Systems, einer ausgearbeiteten und strengen Regel. Da ist keine Zügellosigkeit, sondern Ethik. Die Gemeinschaftsdisziplin des Ghotul ist sehr streng, und die Ältesten sind für die Jüngeren verantwortlich. Das ‹Gesetz› untersagt bei ihnen mit aller

Strenge jede dauerhafte Bindung zwischen Knabe und Mädchen. Niemand hat das Recht, von irgendeinem Mädchen zu sagen, es sei das *seine,* und wer mit einem der Mädchen mehr als drei Nächte hintereinander verbringt, wird bestraft. Alles ist darauf abgestellt, die intensiven Bindungen, die sich in die Länge ziehen, zu verhindern und Eifersucht gar nicht erst entstehen zu lassen. Alle gehören allen. Läßt ein Junge einem Mädchen gegenüber einen Eigentums- und Ausschließlichkeitsinstinkt erkennen, verzerren sich seine Gesichtszüge, wenn er sie den Geschlechtsakt mit einem anderen vollziehen sieht, dann übernimmt es die Gemeinschaft, ihn wieder auf den rechten Weg zu führen, indem sie ihm hilft, seine Natur zu bezähmen. Er muß sich nämlich dann selbst dafür verwenden, daß das Mädchen, das er liebt, von allen anderen jungen Männern besessen wird, mit seiner eigenen Hand muß er die Manneskraft seiner Gefährten in sie einführen, bis er gelernt hat, darunter nicht nur nicht mehr zu leiden, sondern es herbeizusehnen und sich darüber zu freuen. Das größte Verbrechen bei den Muria ist nicht der Diebstahl, nicht der Mord, *die es nicht gibt,* sondern die Eifersucht. So sind die Mädchen und Knaben, wenn sie das Heiratsalter erreichen, nicht nur reich an einer auf der Welt einzigartigen sexuellen Erfahrung, sondern sie gehören auch einem anderen Zeitalter an: Sie kennen nicht das Mißtrauen und die Verzweiflung unserer Zivilisation. Sie leben auf der Seite des Glücks.»*

Emmanuelle schien beeindruckt. Dennoch protestierte sie: «Mario, eine solche Moral kann sich in einem Volk nicht als Folge einer Anstrengung des Bewußtseins und des Nachdenkens entwickeln. Sie hat sicher schon zu allen Zeiten bei ihnen Geltung gehabt. Das muß eine angeborene Gnade sein. Sie erinnern sich, gerade vorhin haben Sie die Gabe der Erotik mit der Gabe der Poesie gleichgesetzt. Das bedeutet doch wohl, daß man sie nicht durch Willensanstrengung oder Fleiß

* Die Beschreibung der Sitten der Muria ist keine Erfindung. Um sich dessen zu vergewissern, kann man das Werk von VERRIER ELWIN: ‹*The Muria and their Ghotul*› (Oxford 1947) konsultieren.

erwerben kann. Wenn man sie nicht von Natur besitzt im Augenblick, da man auf die Welt kommt, wird man, welche Mühe man sich auch geben mag, nichts erreichen.»

«Welch vulgärer Wahn! Muß ich Ihnen denn noch einmal sagen, daß es in der Natur keine andere Poesie gibt als die, die der Mensch in sie hineinlegt? Auch keine andere Harmonie, keine andere Schönheit. Und diesem Menschen, der alles macht, wächst alles, einschließlich der Poesie, einschließlich des Genies, erst im Alter der Vernunft zu. Das Beispiel der Muria zeigt uns nichts weiter, als daß man dieses Alter eben früher oder später erreichen kann. Man wird nicht als Dichter geboren. Man wird auch nicht als auserwähltes Volk geboren. Man wird als überhaupt nichts geboren. Man muß lernen. Die uns Lebendigen eignende Art der Menschwerdung, uns zum Menschen zu mausern, besteht darin, unsere Unwissenheit und unsere Mythen abzuwerfen wie der Einsiedlerkrebs sein altes Gehäuse und in die Wahrheit einzutreten wie in ein neues Gewand. So können wir wieder und wieder geboren und neu geboren werden: nach jeder ‹spontanen› Mutation mehr *Mensch*, der sich seine Welt immer besser zu seiner Lust einrichtet. Lernen, das heißt, genießen lernen. Schon Ovid sagte, erinnern Sie sich: *Ignoti nulla cupido!*»

Emmanuelle erinnerte sich nicht und übersetzte in Gedanken verkehrt. Mario fuhr fort, ohne sich zu bemühen, sie aufzuklären: «Und was haben wir nicht alles zu lernen! Die Kunst, die Moral, die Wissenschaft: das Schöne, das Gute, das Wahre – mit anderen Worten: alles (denn etwas anderes gibt es nicht: Die Zeit des Sakralen ist zu Ende). Glücklicherweise hat all dies, um uns die Aufgabe zu erleichtern, mit sich selbst ein Kind gezeugt: Eros. So daß es nur des erotischen Nachdenkens, der erotischen Erfahrung und des erotischen Weitblicks bedarf, um zur Poesie, zur Moral und zur Erkenntnis zu gelangen – da diese ja letzten Endes nichts weiter als die verschiedenen Reflexe ein und derselben Lehre sind: der *Menschenlehre*, in dem Sinne, wie in der Schule von der Lehre der Dinge gesprochen wird.»

«Ihre Beweisführung wird immer abstrakter, Mario! Geben Sie mir lieber Beispiele für das, was man tun kann.»

«Jene Haltungen, Begebnisse und unverhofften Assoziationen, ohne die es keine poetische Situation gibt, all dies zu ersinnen, zu sehen und nötigenfalls entstehen zu lassen, das zum Beispiel ist eine der Quellen der Erotik.»

«Sie sagen unverhofft: Heißt das, daß man keine Lust empfinden kann über etwas, auf das man gefaßt ist? Gibt es Erotisches nur in dem, was verwirrt und bestürzt?»

«Zumindest muß man mit dem Gewohnten brechen. Ein Vergnügen besitzt nicht mehr die Qualität des Künstlerischen, sobald es ein übliches Vergnügen ist. Wert hat nur das Nichtabgedroschene, Außergewöhnliche, Ungewohnte: was man nie zweimal sehen wird. Nur das *Ungebräuchliche* ist wahrhaftig erotisch.»

«Wenn sich aber die erotische Moral erst einmal durchgesetzt hat, wird dann nicht vielleicht auch die Erotik keine Anziehungskraft mehr haben? Möglicherweise ist für die Muria die Liebe nicht amüsanter als das Kochen?»

«Aus dem, was Quentin mir berichtet, habe ich einen anderen Eindruck gewonnen. Es scheint im Gegenteil eher so zu sein, daß ihnen als Experten in der Kunst der Liebe, die sie seit ihrer Kindheit sind, während ihres ganzen Lebens nichts über die sexuellen Spiele geht. In Indien sind sie bekannt als feurige Propagandisten der körperlichen Liebe, als Menschen, die im Geiste Ganeschas handeln. Aber ich gebe Ihnen zu, daß ihre Erfahrung nicht unbedingt auch für uns gilt, deren Geist durch Traditionen sexueller Heuchelei, die stärker sind als die Gewißheit der Vernunft, gezeichnet ist und vielleicht für immer verstümmelt bleibt. Gewiß, wir wollen hoffen, daß die Natur für uns einen Sprung macht. Auf jeden Fall dürfen wir uns nicht schmeicheln, daß wir erraten und im voraus nutzbringend beschreiben könnten, von welcher psychologischen Beschaffenheit unser Nachkomme, der Mutierende, sein wird. Kümmern wir uns also nur um unsere eigene Anekdote, wir, die wir den entscheidenden Schritt noch nicht getan haben. Und geben wir zu, daß sich für die Gefangenen, die wir sind, das befreiende Wunder der erotischen Erschütterung in den meisten Fällen nur dann ereignet, wenn dabei Brauch und Sitte in die Schranken gefordert werden. Es trifft also zu – und das ist unsere Vergeltung –, daß das gegenwärtige Überleben falscher Moralregeln – oder bloß gesellschaftlicher Konventionen (man denke nur an den absurden Anständigkeitskodex bei der Länge der Kleider: Qual für die einen und: oh, anbetungswürdig perverses Entzücken für die anderen) – uns nicht nur überhaupt nicht schadet, sondern unsere Lust sogar noch erhöht, indem es uns, die wir diese Regeln ablehnen, die Gelegenheit an die Hand gibt, zu schockieren – und den Anreiz, schockiert zu werden! Denn nicht die Frau ist erotisch, die von ihrem Mann vor dem Einschlafen geschwängert wird, wohl aber die, die zur Teezeit ihren Sohn ruft und ihm aufträgt, seiner kleinen Schwester eine Scheibe Brot mit Sperma zu machen. Und das ist erotisch, weil dieses Menü noch nicht Bestandteil der Sitten ist. Sobald das Bürgertum es sich erst einmal zu eigen gemacht hat, wird man etwas anderes erfinden müssen.»

«Ich hatte also recht, Mario, als ich sagte, daß die Erotik, da sie das Außergewöhnliche, noch nicht Dagewesene braucht, durch ihre eigenen Fortschritte gefährdet wird. Eines schönen Tages werden alle Formeln abgenutzt sein.»

«Sie können sogar, liebe Freundin, ohne ein Wagnis einzugehen, versichern, daß schon seit langem nichts Neues mehr erfunden worden ist. Dennoch sind Ihre Befürchtungen grundlos, weil die Erotik kein Erbe ist, das man weitergibt, sondern ein Abenteuer des Individuums. Gewiß, wir sollten uns freuen und bedenkenlos den Umstand ausnutzen, daß uns die Gesellschaft heute noch sehr entgegenkommt, indem sie die Rezepte vor uns versteckt: daß die Lust, sie ihr zu entreißen, also noch zusätzlich zu der Lust kommt, sie in die Praxis umzusetzen. Aber wir können ganz beruhigt sein: Die Erotik wird ihren Wert als individuell Errungenes selbst in einer von den sexuellen Tabus befreiten Welt bewahren. Hat denn etwa die Veröffentlichung der Gesetze der Verskunst jemals dem Dichter die Mühe abgenommen, das Geheimnis der Dichtung auf eigene Faust neu zu entdecken?»

Emmanuelle nickte zustimmend.

Mario fuhr fort: «Nicht daß der Künstler historisch gesehen etwas Neues schafft, rechtfertigt seine Unternehmung, sondern daß er es für sich schafft. Im Unterschied zu den Erfindungen der Wissenschaft tut es den Erfindungen der Kunst keinen Abbruch, wenn sie schon einmal gemacht worden sind! Was kümmert es mich, ob der Mensch von Lascaux oder die Chinesen dieses Pferd schon einmal gezeichnet haben? Für mich ist wichtig, daß es mich, wenn meine Finger es zum erstenmal der Zärtlichkeit meiner Vision abgewonnen haben, mit seinen vier Hufen so weit trägt, wie das Universum mich interessiert. Das heißt, beiläufig bemerkt, so weit wir, das Pferd und ich, gesehen werden können, so weit, wie ich es zeigen kann. Eben noch war es ein Spaß für uns, daß wir die Gesellschaft hatten, um uns zu verbergen, jetzt brauchen wir sie, damit sie uns betrachtet. Ohne Zuschauer gibt es keine glückliche Kunst.»

Mario blickte Emmanuelle forschend an, als erwarte er eine Reaktion. Sie rührte sich aber nicht.

«Die Muria-Kinder», fuhr er fort, «lieben sich vor ihren Gefährten, vor dem durchreisenden Gast. Ich möchte wetten, zu zweit allein in einem Zimmer würden sie sich am Ende langweilen. Wenn Sie befürchten, daß durch Gewöhnung die Lustempfindung abstumpft, haben Sie recht. Aber vermag der Blick eines andern nicht neue Horizonte zu eröffnen?» Marios Stimme wurde affektiert: «Hier treffen Sie auf ein zweites Gesetz der Erotik: Sie bedarf der *Asymmetrie.*»

«Was meinen Sie damit? Und wie lautet übrigens das erste Gesetz?»

«Das Gesetz des *Ungebräuchlichen.* Beides sind jedoch nur, ich sagte es Ihnen bereits, kleine Gesetze. Das große Gesetz, das einzig notwendige und ausreichende, ist, Sie erinnern sich, von souveräner Einfachheit . . .»

«Daß jeder Augenblick, den man anders verbringt, als kunstvoll in immer neuen Armen zu genießen, vergeudete Zeit ist. Meinen Sie das?»

«Ja, ungefähr. Obgleich mir der Ausdruck ‹in immer neuen Armen› nicht glücklich gewählt zu sein scheint. Es sieht so aus, als wolle er besagen, daß Sie Ihre ehemaligen Partner immer dann verstoßen sollten, wenn Sie neue gewinnen. Das wäre allerdings ein fataler Fehler! Aus der Vervielfältigung Ihrer Partner, und nicht aus ihrer Aufeinanderfolge, wird sich die Qualität Ihrer Lust ergeben. Den flatterhaften Herzen verheimlicht Eros seine Geheimnisse. Was nützt es, daß Sie sich hingeben, wenn Sie es nur tun, um sich gleich darauf wieder zurückzunehmen? Dadurch würde sich Ihnen die Welt nicht erweitern.»

Emmanuelle runzelte die Stirn, biß sich auf den Daumen und versuchte, sich auf das, was sie sagen wollte, zu konzentrieren und es so gut wie möglich zu formulieren.

Mario merkte das wohl, aber er fuhr fort: «Im übrigen würde ich meinerseits nicht den Hauptakzent auf *Genuß* setzen, obwohl ich weiß, wie lieb Ihnen diese Vorstellung ist, sondern, wie ich schon sagte, auf *Kunst*: Können Sie mir das verzeihen?»

«Gut», sagte Emmanuelle versöhnlich. «Sagen wir also: die Kunst zu genießen statt kunstvoll zu genießen. Wären Sie mit folgendem einverstanden:

*Jeder Augenblick, den man mit anderem verbringt als mit der Kunst, in einer immer größeren Anzahl von Armen zu genießen, ist verlorene Zeit*?»

«Sehr gut!» sagte Mario zustimmend. «Sie haben ein Gefühl für Formulierungen, ein Talent für die Synthese. Darin müssen Sie sich üben. Ich werde demnächst eine Sammlung von Maximen bei Ihnen bestellen.»

Mario sah dabei gar nicht so aus, als scherze er; Emmanuelle lachte unwillkürlich. Was sie mit ihrem Orakelspruch ausgedrückt hatte, war ihr gar nicht recht klargeworden, aber Mario machte es ihr deutlich:

«Man darf in dieser Sentenz den Ausdruck ‹in den Armen› nicht zu eng fassen, denn es ist doch einleuchtend, daß er sich auf eine sehr breite Skala erotischer Bindungen bezieht, die von Ihren eigenen Armen bis zu allem reicht, was es außer den Armen eines andern noch gibt: sein Blick, sein Ohr (selbst wenn es unsichtbar wäre: hinter einer Tür oder am anderen Ende einer Telefonleitung), seine Briefe, ja sogar einfach sein tief in Ihrem Innern verborgenes Bild. Und natürlich haben die Arme weder Geschlecht noch Zahl ... Aber wir wollen uns nicht weiter in grammatischen Fragen verlieren.»

«Vielleicht wäre aber ‹Kunst zu lieben› anmutiger als ‹Kunst zu genießen›?»

«Anmutiger gewiß, aber weniger genau. Außerdem, Sie haben mir die Kunst zugestanden, ich Ihnen den Genuß: kommen wir nicht noch einmal auf diesen Handel zurück. Und Sie sollten auch Ihre Götter nicht verbrennen ... Im übrigen ist ‹lieben› zweideutig und auch begrenzt: um zu lieben, muß man wenigstens zu zweit sein, genießen aber kann man auch allein.»

«Natürlich», sagte Emmanuelle.

«Ja, man *muß* sogar allein genießen», überbot sich Mario. «Wer die Tore zum Reich der Erotik nicht in seiner Einsamkeit zu öffnen vermag, dem werden sie für immer verschlossen bleiben.» Er musterte seinen Gast streng: «Ich nehme doch an, daß Sie sich den Liebesgenuß selbst verschaffen können?»

Sie nickte zustimmend.

Aber er insistierte: «Und Sie tun es gern?»

«Ja, sehr.»

«Und häufig?»

«Sehr oft.»

Sie empfand keinerlei Scham, sich dazu zu bekennen, ganz im Gegenteil. Es war ihr Mann, der sie dazu ermutigt hatte. Und so wie sie sich nicht genierte, in seiner Gegenwart nackt zu baden, so genierte sie sich auch nicht, vor ihm zu masturbieren; und da sie Verständnis dafür hatte, daß er ihr gern dabei zusah, pflegte sie es so einzurichten, beides zu tun, wenn er dabeisein konnte. Dies erschien ihr als eine ebenso wichtige eheliche Pflicht wie andere, und sie wußte, daß Jean ebenso dachte und ihr Verhalten zu schätzen wußte.

«Es wird Ihnen also nicht schwerfallen, zu verstehen, was das Gesetz der Asymmetrie bedeutet», sagte Mario, indem er den Faden wiederaufnahm.

«Ach ja, ich hatte ganz vergessen, Sie noch mal danach zu fragen. Ich habe nämlich noch nicht recht begriffen, worin das Gesetz besteht. Das Ungebräuchliche, ja. Aber warum Asymmetrie?»

«Ich will mich ein weiteres Mal der Bilderwelt der Wissenschaft bedienen, um es Ihnen deutlich zu machen. Die Erotik bedarf, um aufblühen zu können – und das ist ein ganz natürlicher Vorgang –, des Zusammentreffens bestimmter Gegebenheiten, die zur Entstehung allen Lebens notwendig sind. Auch Sie haben sicherlich in der Schule gelernt, daß eine lebende Zelle dann nur entstehen kann, wenn große Proteinmoleküle vorhanden sind. Nun haben diese Moleküle aber die Eigenschaft, daß ihre Struktur, die Anordnung ihrer Bestandteile, eine hochgradige Asymmetrie aufweist. Ohne ein gewisses anfängliches Mißverhältnis ist keine höhere Organisation der Materie, kein Leben möglich, also auch kein Fortschritt. Später wird sich dann auch die *Unangepaßtheit* als ein entscheidender Faktor der biologischen Entwicklung herausstellen. Als eine fortgeschrittene Phase dieser Entwicklung wird die Erotik selbstredend von den gleichen Gesetzen beherrscht. Das Leben, das heißt die Erotik, verabscheut das Gleichgewicht.»

Marios langfingrige Hand beschrieb vor ihren Augen einen Kreis.

«Wenn wir jedoch von neuem die Erotik als eine Kunst ansehen wollen, so werden wir feststellen, daß es auch hier wieder der Asymmetrie bedarf, soll diese Kunst Beifall finden. So müßte beispielsweise die Zahl derer, die sich der Liebe hingeben, ungerade sein.»

«Oh!» sagte Emmanuelle, eher amüsiert als schockiert.

«Aber gewiß. Die Zahl *eins* zum Beispiel ist ungerade: wer masturbiert, ist zugleich Akteur und Zuschauer. Aus diesem Grund ist Masturbieren eminent erotisch: ein Kunstwerk. Die einzige Liebe, der man Ausschließlichkeit zubilligen kann:

*... Eine Jungfrau, die sich selbst umschlungen hält,*
*Eifersüchtig ... Aber auf wen und von wem bedroht?*»

Einen Augenblick schien Mario zu träumen, dann begann er von neuem: «Erotisch auch der Ehebruch. Das Dreieck, das die Banalität des Paares sühnt. Für das Paar gibt es keine Erotik, es sei denn, sie ziehen einen Dritten hinzu. Und dieser Dritte ist ja tatsächlich oft anwesend, wenn schon nicht leibhaftig, so doch zumindest in den Gedanken eines der Partner. Ist nicht auch Ihnen schon oft, während Sie jemanden liebten und seine Liebkosungen genossen, das Bild eines andern immer wieder in den Sinn gekommen? Wieviel süßer ist doch das harte Geschlecht des Gatten, wenn Sie sich hinter Ihren geschlossenen Augenlidern gleichzeitig träumerisch dem Hausfreund hingeben, dem Mann Ihrer Freundin, dem Unbekannten, dem Sie auf der Straße begegnet sind, dem Leinwandhelden, dem Geliebten Ihrer Kindheit! Antworten Sie! Genießen Sie das nicht auch?»

Ohne länger zu zögern als vorher, nickte Emmanuelle zustimmend mit dem Kopf. Wie oft, wenn sie in Jeans Armen lag, hatte sie die Umarmung anderer Männer gefühlt, und die Erinnerung daran stürzte sie in eine derart heftige Verwirrung der Sinne, daß sie meinte, Mario müsse es ihr ansehen: in der vergangenen Nacht hatte sie sich ihm hingegeben ... Und auch Christopher am Abend seiner Ankunft. Arianes Freunden, die sie noch nicht einmal kannte. Jeans Bruder, seit sie ihm zum erstenmal begegnet war. Und während der letzten Wochen immer wieder den beiden Unbekannten im Flugzeug – vor allem dem griechischen Gott. All diese Gesichter kamen ihr so blutvoll wieder in den Sinn, daß ihr schwach wurde, und sie wagte nicht die geringste Bewegung, aus Angst, ihre Hand nicht zurückhalten zu können.

Spöttisch lächelnd fuhr Mario fort: «Sie werden sicher bemerken, daß der erotische Charakter nicht gewahrt bliebe, wenn sich beide Partner gleich verhalten würden: Läßt der eine seine Gedanken schweifen, so muß der andere im Gegensatz dazu mit der ganzen Gewalt seines Verlangens, seiner Inbrunst, der unmittelbaren Lust seiner Sinne gegenwärtig sein, so daß seine Vorstellungskraft von der Heftigkeit seiner ausschließlichen Leidenschaft, seiner absurden Treue gelähmt wird! Andernfalls wäre die Symmetrie ja nicht gestört, beide wären gleichzeitig abwesend, es herrschte Gleichgewicht, Gleichheit, und gerade das muß ja unter allen Umständen vermieden werden.»

Mario machte mit beiden Armen eine Bewegung, die ausdrücken sollte, wie klar das alles auf der Hand liege: «Natürlich hat hier die Wirklichkeit ähnlich wie die Materie noch Vorrang vor der bloßen Fiktion: Ein Zuschauer aus Fleisch und Blut ist besser als jeder imaginierte Zuschauer. Ein Liebhaber findet den ihm gemäßen Platz zwischen den Partnern.»

Emmanuelle fand, daß diese Maxime Marios nun doch etwas gegen den guten Geschmack verstieß. Die eleganteste Methode, ihm das zu verstehen zu geben, war, nicht zu antworten. Er ließ sich aber keineswegs beeindrucken, sondern überbot vielmehr seine erste These noch:

«Obwohl ein echter Künstler immer *mehrere* Zuschauer einem einzigen vorziehen wird.»

Emmanuelle fühlte sich wohler, wenn über Libertinage im Ton der Farce gesprochen wurde.

«Mit anderen Worten», scherzte sie, «Erotik ohne Exhibitionismus gibt es nicht?»

«Hm!» sagte Mario. «Ich weiß nicht recht, was Sie mit diesen Worten sagen wollen. Ich weiß nur, daß es den Geist zu befeuern vermag, sich nachts auf der Straße stehend zu lieben, wenn nur wenige Spaziergänger, in ihre Pelzmäntel und Seidencapes gehüllt, vorbeischlendern.»

«Warum nicht gleich am hellichten Tag mitten im Verkehr?» fragte sie ironisch.

«Weil die Erotik – die Erotik von Rang – sich wie jede Kunst fern der Menge vollzieht. Sie flieht das Gedränge, den Lärm, den Jahrmarkt, die Vulgarität. Sie braucht die Minderheit, die Nonchalance, den Luxus, den Rahmen. Wie das Theater hat sie ihre eigenen Konventionen.»

Emmanuelle dachte nach. Sie war entzückt, daß sie plötzlich völlig aufrichtig zu sagen vermochte, was ihr noch ein paar Sekunden vorher aus unerfindlichen Gründen nicht über die Lippen gekommen wäre: «Ich glaube, ich wäre dazu imstande.»

«Auf der Straße vor aufmerksam zuschauenden Passanten zu lieben?»

«Ja.»

«Aus Lust am Liebesakt oder daran, dabei beobachtet zu werden?»

«Beides, nehme ich an.»

«Und wenn man von Ihnen verlangte, nur so zu tun als ob? Wenn ein Mann Sie nur zum Schein besäße, würde dann das bloße Vergnügen, Anstoß zu erregen, Ihnen genügen?»

«Nein», sagte sie mit Bestimmtheit. «Wozu dann das Ganze?»

Ihr wurde bewußt, daß ihre Worte auch für den gegenwärtigen Augenblick galten, denn sie spürte das Verlangen, es sofort zu tun. Sie wollte sich Mario hingeben oder masturbieren, wußte aber nicht genau, was sie lieber getan hätte: wichtig war jetzt nur, daß ihr Geschlecht liebkost wurde. Nach kurzem Zögern sagte sie: «Ich möchte, daß auch meine Sinne genießen.»

«Sie meinen, intensiv genießen, nicht wahr?»

«Aber ja, warum auch nicht?» sagte Emmanuelle aggressiv. «Ist das etwas Schlechtes?»

Der leise Spott, den sie aus Marios Reminiszenz herausgehört hatte, reizte sie.

Er nickte ernst: «Es kann schlecht sein.» Er zögerte einen

Augenblick und sagte dann: «Die Sinnlichkeit ist eine Gefahr in der Erotik.»

«O Mario, Sie sind anstrengend.»

«Langweile ich Sie?»

«Nein, aber Sie haben eine zu große Vorliebe für das Paradoxe.»

«Das ist nicht paradox. Sie wissen doch, was Entropie ist?»

«Ja», sagte sie zwar, bemühte sich aber vergebens, die richtige Definition dafür wiederzufinden.

«Nun gut! Entropie, also – grob gesagt – der Verschleiß, der Verfall der Energie, lauert so wie dem ganzen Universum auch der Erotik auf. Und die der Erotik eigentümliche Form der Entropie besteht weniger in dem allmählichen Unempfindlichwerden der Gesellschaft als in der Sättigung der Sinne. Eine gesättigte Sexualität ist eine Sexualität, die dem Tod entgegengeht. Ich erinnere Sie an das tiefsinnige Wort Don Juans: *Was mich nicht mitreißt, bringt mich um!* Genau das meinte ich vorhin, als ich zu Ihnen vom Gleichgewicht sprach. In jedem Augenblick ist in jedem von uns das Begehren von der Sättigung bedroht. Bedroht durch ein stagnierendes Glück, durch den Überdruß, der der Überdruß des ewigen Schlafs ist. Auf den Brüsten der Braut das Wort ‹Ende›, in der Breitwanddimension des Films. Schaurige Aussicht hinter dem *‹happy end›*. Es gibt nur eine einzige Waffe dagegen: den Versuchungen der Sättigung zu widerstehen, nämlich immer nur dann zum Genuß bereit zu sein, wenn man sicher ist, noch einmal genießen zu können, oder besser, wenn man weiß, daß man nach dem Orgasmus erneut in Erregung kommen kann.»

«Mario . . .»

Er hob schulmeisterlich einen Finger: «Erotisch ist nicht die Ejakulation, sondern die Erektion.»

Emmanuelle wollte es ihm an Gewagtheit gleichtun. «Diese Bemerkung», sagte sie, «betrifft, scheint mir, weniger die Frauen als die Männer, denn hierin sind die Frauen den meisten ihrer männlichen Partner überlegen.»

Er ließ sich zu einem Lächeln bewegen: *«Psyche ist immer bereit»,* zitierte er.

Emmanuelle konnte jedoch Mario nicht ganz zustimmen: «Kurz, unter dem Vorwand der Erotik sollte man also Ihrer Meinung nach der Liebe entraten, aus Angst, man könnte dabei Lust empfinden! Ich hatte es Ihnen ja schon gesagt: An einem bestimmten Punkt treffen sich Ihre Theorien mit den Geboten des Katechismus: Pflegt Euren Geist und kasteit Eure Sinne! Ich glaube doch, daß ich der Auffassung, die ich zuerst geäußert habe, treu bleiben werde: daß ich nämlich auf Moral pfeife. Und auch auf die Erotik, wenn sie soviel Tugend erfordert! Ich verschaffe mir lieber so viel Lust, wie mir behagt – und so viel ich vermag –, schenke meinem Körper lieber all die Lust, nach der er sich sehnt. Ich möchte mich nicht ‹dosieren›, selbst wenn mein Geist dabei irgendeine perverse Erregung empfinden sollte!»

«Sehr gut! Sehr gut! Wenn Sie wüßten, wie ich Ihnen beipflichte! Welche Freude, eine Frau zu finden, die bereit ist, sich einzig der Wollust zu widmen! Mit allem, was ich Ihnen die ganze Zeit empfohlen habe, habe ich kein anderes Ziel verfolgt, als Ihnen dabei zu helfen. Ich sage Ihnen ja nicht: Mäßigen Sie Ihre Lust; ich frage Sie nur: Wenn Sie so viel und so lustvoll genießen wollen, nicht nur im Fleisch, sondern auch im Geist, was wäre dann nach Ihrer Meinung zu tun? Und ich möchte Sie zu nichts anderem ermutigen, als diese elementaren Gesetze einzuhalten: Hüten Sie sich vor der isolierten Umarmung, sie führt nur zum Schlaf; glauben Sie nicht, wenn Sie gerade eben Lust empfunden haben, Sie seien nun befriedigt: Suchen Sie sich neue Lust zu verschaffen; lassen Sie es nicht zu, daß die Bequemlichkeit der Sättigung über die Forderung der Erotik die Oberhand gewinnt; eifern Sie nicht der gedankenlosen Glückseligkeit nach, mit der die traurige Umarmung der Tiere endet; und verwechseln Sie nicht den Begriff des Koitus mit dem Begriff des Paares: Auf was sollte der Mensch denn beim Begriff des Paares stolz sein? Diese erbärmliche Erfindung hat ihm nichts weiter eingebracht, als daß er auf der Arche Noah mit Okapis, Waschbären und Läusen zusammen eingeschifft worden ist. Nicht gerade sehr aufregend.»

Plötzlich lachte er laut und freimütig auf: «Da kommen Sie daher und sagen mir, ausgerechnet mir, ich riete Ihnen, sich zu beschränken! Wo ich Ihnen doch gerade die Tore zum Grenzenlosen öffne! Aber dazu müssen Sie wissen, daß Ihr Gesichtskreis immer sehr begrenzt bleiben wird, wenn Sie Liebe nur von einem Mann erwarten. Ich lehre Sie nicht die Liebe eines einzelnen noch die Liebe einiger weniger, sondern die Liebe der Vielzahl!»

Emmanuelle schob die Lippen vor, und man sah ihr an, daß sie an ihren Zweifeln und ihrer Weigerung beharrlich festhielt.

Mario rief hingerissen: «Wie schön sind Sie!»

In ihren Anblick versunken, schwieg er einen Augenblick, und auch sie wagte sich nicht zu regen. Er flüsterte:

*«Wenn du willst, werden wir uns lieben*
*mit deinen Lippen, ohne es zu sagen!»*

Sie schüttelte ihre langen Haare, als wolle sie den Zauber vertreiben, und lächelte Mario an, der ihr Lächeln mit einem Ausdruck der Achtung erwiderte, den sie an ihm noch nicht entdeckt hatte. Um ihre Gefühle zu überwinden, zwang sie sich zum Sprechen: «Was muß ich also tun?»

Er antwortete mit einem neuen Zitat: *«Bleib liegen, o mein Leib, gemäß Deiner wollüstigen Sendung! Koste aus die tägliche Lust und die Leidenschaften, die keinen Morgen haben. Möge unter dem, was Du bei Deinem Tod bedauerst, keine unbekannte Freude sein.»*

«Nun, das meinte ich ja gerade!» sagte Emmanuelle triumphierend.

«Ich auch.»

Sie lachte, unfähig, darauf etwas zu erwidern. Immer mußte er recht behalten!

«Nur daß ich auf die Einzelheiten eingegangen bin.»

«Auf viel zu viele!» beklagte sie sich. «Ihre Gesetze ... Wenn ich nur an die beiden ersten denke ...»

«Eben habe ich ein drittes der wichtigeren verkündet: das Gesetz der *Zahl*. Die Vielzahl ist, für sich genommen, schon ein Element der Erotik. Und umgekehrt gibt es keine Erotik, wo Beschränkung ist. Zum Beispiel die Beschränkung auf zwei. Ich habe Ihnen ja gerade gesagt, wie wenig ich von dem Paar halte.»

«Erklären wir es also für vogelfrei», sagte Emmanuelle. «Wohin aber führt uns das? Muß man sich weigern, mit nur einem Mann zu schlafen? Darf man es nur im Trio, Quintett oder Septett tun?»

«Wenn man will», räumte Mario ein. «Das ist aber nicht unerläßlich. Die Zahl beherrscht nicht nur den Raum, sondern auch die Zeit. Und sie läßt sich nicht nur addieren oder multiplizieren. Sie läßt sich auch dividieren oder subtrahieren. Zu Beginn dieses Abends habe ich Sie, liebe Freundin, erzürnt, als ich Sie auf eine der vielen Möglichkeiten, sich zu dividieren, hinwies.»

Sie erinnerte sich jetzt beinahe mit Vergnügen daran: in ihren Augen blitzte es auf; sie wollte etwas sagen, besann sich dann aber.

Mario fuhr fort: «Subtrahieren: Machen Sie doch ein Spiel daraus, sich zuweilen Ihren eigenen Sinnen zu verweigern. Lassen Sie doch das Schloß der Fee vor Ihnen bis ans Ende der verzauberten Allee zurückweichen, bevor Sie Ihren Sinnen (natürlich!) nachgeben. Verleihen Sie der Lust und dem Begehren Dauer. Und machen Sie nicht nur sich selbst mit ihren unerreichbaren Reizen trunken:

*Jungfrau war ich und ein anbetungswürdiges Weihopfer im Schatten!*

Geben Sie, geben Sie mit vollen Händen den einen, womit Sie den anderen gegenüber kargen, ohne auf Verdienst zu achten. Liefern Sie demjenigen, der monatelang wie ein Gralsritter schmachten und kämpfen zu müssen glaubt, um

Sie zu erobern, Ihren Körper ohne Zögern und vollständig gleich am ersten Tag aus. Und einem andern, dem Sie oft und lange die intimsten Liebkosungen gestattet haben, verweigern sie aus bloßer Laune ‹die höchste Gunst›. Bieten Sie sich einem Unbekannten an, aber dem Freund, der seit seiner Kindheit davon träumt, sanft in Sie einzudringen, erlauben Sie nur, seine Lust in die Schale Ihrer Hände zu ergießen.»

«Sie sind schrecklich! Glauben Sie wirklich, daß ich mich je solchen Ausschweifungen hingeben werde? Aber Gott sei Dank sagen Sie das ja wohl nur zum Spaß . . .»

«Ja. Man soll alles nur zum Spaß sagen. Nur die Schamhaftigkeit ist traurig. Aber was finden Sie denn an dem, was ich eben angeregt habe, so schrecklich? Etwa den Gedanken, sich Ihrer Hände zu bedienen?»

«Ach, Unsinn. Das ist es nicht . . .»

«Sie müssen nämlich wissen, daß ich von diesen wunderbaren Werkzeugen der Wollust schönsten Gebrauch zu machen gedenke.»

«Aber gewiß!»

«Seien Sie bedankt! So viele Frauen scheinen zu glauben, daß nur ihr Schoß, ihre Brüste oder ihr Mund mit Kräften begabt sind. Dabei sind es doch erst die Hände, die uns zu Menschen machen! Was anderes könnte uns männliche Wesen denn besser zu Menschen machen als die Hände der Frauen? Wir könnten Unzucht treiben mit einer Hirschkuh oder einer Löwin, ihre Zitzen streicheln und unter der sanften Berührung ihrer Zunge erbeben. Aber nur eine Frau vermag es dahin zu bringen, daß wir uns zwischen ihren Fingern ergießen. Es wäre im Namen des Humanismus wert, diese Art der Liebe allen anderen vorzuziehen.»

Emmanuelle machte eine gleichmütige Geste, wie um anzudeuten, daß sie allen Neigungen die gleiche Existenzberechtigung einräume. In der Tat hatte sie es aufgegeben, Mario um das Vergnügen bringen zu wollen, das er offensichtlich dabei empfand, zu provozieren. Sie sagte sich, daß der Abend dadurch viel unterhaltsamer war. Dennoch quälte sie eine Vorstellung, und sie wußte nicht, welche dunklen Regungen sie veranlaßten, ausgerechnet diesem ‹Gesetz› Marios mehr Bedeutung beizumessen als allen anderen. Sie kam noch einmal auf das Thema zurück:

«Es sieht so aus, als wollten Sie mir unter dem Vorwand, daß ich mich dividieren oder subtrahieren soll, in Wirklichkeit nur nahelegen, mich aller Welt hinzugeben! Mal dem einen, mal dem andern. Sie ermutigen mich zwar nicht gerade dazu, mich feilzubieten, raten mir andererseits aber auch nicht davon ab, meinen Körper jedem preiszugeben! Darum habe ich Sie einen korrumpierenden Verführer genannt.»

«Und warum sollten Sie einen Körper, der von allen Lust zu gewinnen vermag, nicht unter vielen, unter ungeheuer vielen Liebhabern aufteilen? Was könnten Sie dagegen einzuwenden haben?»

«Aber das wissen Sie doch, Mario!»

Sie meinte, dieser Protest müsse genügen, ihn wieder zur Vernunft zu bringen. Aber er kam ihr nicht zu Hilfe. Daher rettete sie sich in eine weitere Frage: «Und warum sollte ich es tun?»

«Ich habe es Ihnen doch schon gesagt: der Erotik wegen. Weil die Erotik die *Zahl* braucht. Es gibt für eine Frau keine größere Wollust, als Buch über ihre Liebhaber zu führen: schon während der Kindheit, wenn noch zum Zählen die Finger ihrer Hände reichen; dann während der Schul- und Ferienmonate; später, wenn sie verheiratet ist, in ihrem geheimen Notizbuch, in dem sie den Tag, der die Liste um einen neuen Namen verlängert, mit einem mysteriösen Zeichen markiert: Was? Seit dem letzten ist fast schon ein Monat vergangen? Oder der vorgetäuschte Gewissensbiß: Schlimm, zwei in einer Woche! . . . Bis hin zum voll akzeptierten Triumph, zum stolzen Siegesgesang: Jetzt bin ich soweit! In dieser Woche jeden Tag einen! Und mit ganz leiser Stimme, sich eng an die Freundin schmiegend und nahe an ihrem Ohr: ‹Du, mehr als hundert?› – ‹Noch nicht. Und du?›

– ‹Ja.› Oh! Lust! Tausend, zehntausend Leiber kann Ihr Leib in sich empfangen! Sie werden nur den Liebhabern nachtrauern, die Sie nicht gehabt haben. Erinnern Sie sich an die Definition, die ich Ihnen von der Erotik gegeben habe: Sie ist die Lust am Exzeß.»

Emmanuelle schüttelte den Kopf.

«Und doch ist das Gesetz der Zahl», protestierte Mario, «wenn man es genauer betrachtet, selbst ja nichts anderes als eine Folgerung jenes anderen Gesetzes, das Sie, dessen bin ich sicher, jetzt nicht mehr anfechten werden: daß man sich vor der Sättigung hüten muß. Es ist leicht einzusehen, warum die Lust einer Vielzahl von Liebesquellen bedarf: Aus Furcht, daß Ihre Sinne sich zufriedengeben und bekennen könnten, daß sie gesättigt sind, dürfen Sie sich erst dann einem Mann hingeben, wenn Sie sicher sind, daß sich ein anderer schon bereithält, Sie zu nehmen.»

«Aber irgendwo muß das doch einmal aufhören!» rief Emmanuelle. «Nach dem zweiten müßte dann ja noch ein dritter kommen, und schon müßte wieder einer bereitstehen?»

«Warum denn nicht?» sagte Mario. «Genau das muß das Ziel sein.»

Emmanuelle lachte: «Die menschliche Widerstandskraft hat ihre Grenzen», sagte sie.

«Ja, leider», gab Mario düster zu. «Aber der Geist kann sie überwinden. Wichtig ist nur, daß der Geist sich nicht bescheidet, niemals gesättigt ist.»

«Das sicherste Mittel, ihn wach zu halten, wäre, wenn ich Sie recht verstehe, daß man sich ununterbrochen der Liebe hingibt?»

«Nicht unbedingt», warf Mario ungeduldig ein. «Was zählt, ist nicht der Liebesakt selbst, sondern die Art, wie man ihn ausführt. Der sinnliche Akt selbst vermag nicht, die erotische Qualität hervorzubringen, und wiederholte man ihn auch ins Unendliche. Das liefe nur auf Sättigung hinaus. Liefern Sie sich zehn, zwanzig Männern hintereinander aus, und Sie erleben möglicherweise einen Tag unaussprechlicher

Wonne – vielleicht aber verzehren Sie sich auch vor Langeweile. Alles hängt von dem Augenblick selbst ab, von dem, was ihm vorausging, und was Sie von dem, was folgt, erwarten. Daher gibt es auch trotz der bestehenden Gesetze keine festen Regeln: Mit dem Ziel, die Grenze der erotischen Vollkommenheit zu erreichen, sollte Ihre Hingabe an diese zwanzig jedesmal die absolut gleiche sein, wie bei einem Reigen sollte sich das Fleisch dieser Partner in Ihrem Schoß ablösen, ohne daß Sie den einen vom andern zu unterscheiden suchen, und ein andermal wiederum sollten Sie verlangen, daß jeder einzelne der zwanzig Sie auf besondere Weise erfüllt.»

«Die zweiunddreißig Positionen», sagte Emmanuelle spöttisch.

«Unsinn! Die Erotik ist keine Angelegenheit von Positionen. Vielmehr entsteht sie aus *Situationen.* Es zählen ganz allein die Positionen Ihrer Gehirnwindungen. Lieben Sie mit dem Kopf! Bevölkern Sie ihn mit mehr Organen und mit wollüstigeren Empfindungen, als Ihnen alle Männer der Erde zusammen verschaffen könnten. Jede Ihrer Umarmungen soll alle anderen enthalten und ankündigen: Daß mitten im Geschlechtsakt vergangene und zukünftige Akte gegenwärtig sind, Akte, die von anderen und mit anderen vollzogen wurden, das wird dem Akt seinen erotischen Wert verleihen. Ebenso soll nicht der Mann, der Sie nimmt, dem Augenblick Anmut verleihen, sondern der andere neben Ihnen, der Ihre Hand hält oder Ihnen eine Seite Homer vorliest.»

Emmanuelle lachte heraus, war aber doch beeindruckter, als sie zugeben mochte.

«Soll ich etwa meinem Mann, wenn er mich lieben will, sagen: ‹Unmöglich, wir sind ja nur zu zweit!›?»

«Das würde jedenfalls von gesundem Menschenverstand zeugen», sagte Mario ernsthaft. «Wenn aber der Dritte körperlich nicht anwesend sein kann, dann ist es, wie ich Ihnen schon sagte, Aufgabe Ihres Kopfes, ihn zu beschwören.»

Das sagte Emmanuelle zu. Ja, wirklich, dachte sie, das war das größte Vergnügen, das sie – bisher – genossen hatte:

dieses geträumte Hinübergleiten in die Arme eines anderen, nach Belieben Beschworenen, eben in dem Augenblick, da Jean in sie eindrang. Das war die erste Entdeckung, die sie selber auf dem Gebiet der Erotik gemacht hatte, schon gleich zu Anfang ihrer Liebe, als Jean sie das vierte oder fünfte Mal besessen hatte. Anfangs hatte sie sich dieses zusätzliche Erlebnis nur zögernd und nur von Zeit zu Zeit zugestanden, gewissermaßen als ein besonderes Geschenk. Später dann immer häufiger und jetzt, wenn sie darüber nachdachte, eigentlich jede Nacht. Das war gut! Diese Häufigkeit war an sich schon ein Lustfaktor. Von da an drängte es sie nicht bloß aus sinnlicher Begierde, von ihrem Mann geliebt zu werden, sondern auch deshalb, weil ein anderer Mann, den sie gerade begehrte, sofort da war und sie keinerlei Verlegenheit zu überwinden, keinerlei Schamgefühl, Prinzipien oder Sitten zu verletzen brauchte, um ihm die intimsten und ausschweifendsten Gunstbeweise zu gewähren, mit ihm im Traum tun konnte, was sie vielleicht in Wirklichkeit nicht zu tun gewagt hätte. Und da durch ihre auf diese Weise verzehnfachte Lust auch Jeans Lust verzehnfacht wurde, betrog sie ihn damit nicht, ganz im Gegenteil: Von Tag zu Tag wurde sie ihm eine immer glühendere und sinnlichere Geliebte. Sie nahm sich vor, in Zukunft systematisch nur noch so zu lieben, jedesmal den ‹dritten Partner› heraufzubeschwören, damit sich das Gesetz der Asymmetrie erfülle. Bei dem Gedanken an diese überaus raffinierte Wollust wuchs ihre Ungeduld dermaßen, daß sie sich am liebsten jetzt sogleich ihrem Mann hingegeben hätte, um sich einem andern hingeben zu können.

Wem? fragte sie sich. Natürlich nicht Mario, das wäre witzlos gewesen. Aber Quentin.

«Ich muß darauf achten, daß ich nicht gleichzeitig zwei Gespenster in mein Bett hole», sagte sie spöttisch. «Denn dann wäre es ja wieder eine gerade Zahl, und alles wäre verdorben.»

Mario lächelte: «Nein, dann bestünde dennoch Asymmetrie, denn die gerade Zahl wäre ja ungleich verteilt. Gewiß, ich würde Sie niemals zur Liebe zu viert ermutigen, wenn es darauf hinausliefe, daß die vier sich paarweise umarmen, selbst wenn es auf dem gleichen Lager geschähe. Nichts wäre fader und banaler. Man sollte dieses Spiel den achtbaren Bürgern überlassen, die nach dem Vespergottesdienst danach gieren. Wollte man aber daraus schließen, daß deshalb die Zahl vier mit dem Bann belegt werden muß, so wäre das ein arger Fehler. Denn von der Banalität des Quadrats befreit und zum Beispiel in drei und eins aufgespalten, bietet sie interessante Möglichkeiten. Das gleiche gilt für die Zahl acht, so gerade und so symmetrisch sie auch sein mag; weil sie sechs Männer und zwei Frauen bedeuten kann, eine der elegantesten Kombinationen, die jeder Frau fürs erste drei Ministranten sichert und am Ende schließlich die Verschmelzung der beiden so gebildeten Gruppen ermöglicht.»

Emmanuelle versuchte, sich die Szene vorzustellen.

«Ich gebe zu», sagte Mario mit wohlwollendem Lächeln, «auch das Einfache hat seine Reize, und ich glaube, daß die genußreichste Art der Liebe für eine Frau stets – wie Sie selbst vorhin bemerkt haben – die gleichzeitige Hingabe an zwei Männer bleiben wird.»

Emmanuelle zog erstaunt die Augenbrauen hoch, daß ihr das Verdienst einer solchen Idee zugesprochen wurde.

«Es gibt wenige Erlebnisse, die vollkommener und harmonischer sind, und es ist verständlich, wenn eine Frau von Geschmack diesen Genuß über jeden anderen stellt. Zwischen der Hingabe an nur einen Mann und der Liebe mit zwei Männern besteht ein Unterschied wie zwischen einem Reisschnaps und einem Marc de Champagne.»

Er hob eine Magnumflasche hoch und schenkte Emmanuelle davon ein. Verwirrt kostete sie einen Tropfen der goldbraunen Flüssigkeit. Mario blickte sie unverwandt an.

«In den Armen nur eines Mannes muß sich eine Frau schon vernachlässigt fühlen. Und wenn es zutrifft, daß nur ein ganzer Schwarm von Liebhabern den Anforderungen Ihres Geistes zu entsprechen vermag, dann hat auch Ihr Körper einen legitimen Anspruch darauf, daß kein diskriminierender Unterschied gemacht wird zwischen den ihm innewohnenden androgynen Möglichkeiten und seinen unschuldigen Neigungen. Sie dürfen sich nicht damit abfinden, daß zu irgendeinem Zeitpunkt ein Teil Ihres Körpers weniger Beachtung findet als ein anderer, daß Sie auch nur zu einem Teil unbeansprucht, entblößt bleiben ... Alle Zugänge zu Ihren Sinnen haben den gleichen Anspruch auf Liebe und besitzen die gleichen Tugenden. Und da ein einzelner Mann nicht gleichzeitig alle Stellen Ihres Körpers zu liebkosen vermag, ist es ratsam, daß sich zumindest zwei darum bemühen, gemeinsam das Dilemma Ihres Körpers zu lösen. Erst wenn sie gleichzeitig ihre Zwillingswollust in Ihre zwiefachen Münder füllen, werden Sie ganz begreifen, warum Sie Frau sind und warum es schön ist, Frau zu sein.» Er erkundigte sich neugierig: «Wie gefällt Ihnen das?»

Emmanuelle blickte in die schillernde Kristallkugel, die sich ihr da bot, und hüstelte verlegen.

Er aber fragte erbarmungslos weiter: «Ich meine: Zwei Männer gleichzeitig lieben. Nicht nur im Traum ...»

Sie entschied sich, freimütig zu sein. «Ich weiß nicht», sagte sie.

«Und warum nicht?» fragte Mario verwundert, mit gemessener Stimme.

«Ich habe es noch nie getan.»

«Wirklich? Und warum nicht?»

Sie zuckte mit den Schultern.

«Finden Sie dagegen etwas einzuwenden?» fragte er mit leisem Spott in der Stimme.

In Emmanuelles Gesicht spiegelten sich die verschiedensten Empfindungen, aber sie waren nur schwer zu deuten. Mario schwieg lange, was die Verlegenheit seines Gastes noch vergrößerte. Sie hatte das Gefühl, als stünde sie unter Anklage und als habe sie sich einer ihr nicht bewußten, unsühnbaren Sünde wider den Geist schuldig gemacht.

Unvermittelt fragte er: «Warum haben Sie geheiratet?»

Sie wußte nicht, was sie antworten sollte. Ihr war, als habe man sie soeben an den Schultern gepackt und sie wie beim Blindekuh-Spiel so lange um sich selbst gedreht, bis sie ihren Orientierungssinn verloren hatte. Wie mit verbundenen Augen und tastend vorgestreckten Händen saß sie da und wagte nicht, sich in irgendeine Richtung vorwärts zu bewegen. Sie wollte Mario gegenüber nicht zugeben, daß sie Jean aus Liebe geheiratet hatte – oder genauer aus der Lust an der Liebe. Dann kam ihr ein Gedanke, wie sie sich herauswinden konnte, ohne einen Mißton aufkommen zu lassen.

«Ich bin Lesbierin», sagte sie.

Mario blinzelte mit den Augen. «Gut», sagte er anerkennend. Dann aber argwöhnisch: «Aber sind Sie es wirklich immer noch – oder waren Sie es nur in Ihrer Kindheit?»

«Ich bin's immer noch», sagte Emmanuelle.

Eine Woge der Verzweiflung schlug über ihr zusammen, auf die sie nicht gefaßt gewesen war. Sagte sie denn die Wahrheit? Würde sie noch jemals einen Frauenkörper mit ihren Armen umschlingen können? Mit Bee hatte sie alles verloren . . .

«Weiß Ihr Mann von Ihren Neigungen?»

«Natürlich. Sie ist übrigens allgemein bekannt. Ich mache kein Geheimnis daraus. Ich bin stolz darauf, hübsche Mädchen zu lieben und von ihnen geliebt zu werden.»

Sie hatte das Bedürfnis, mit ihren Worten zu provozieren; doch tat sie sich damit nur selbst weh.

Mario erhob sich und durchmaß mit langen Schritten das Zimmer. Er schien hingerissen. Schließlich trat er auf sie zu, nahm Emmanuelle bei der Hand, führte sie zum Sofa und kniete zu ihren Füßen nieder. Zu ihrer Überraschung küßte er sie zart auf ihre Knie und umschlang dann mit seinen Armen ihre Beine.

*«Die Frauen sind schön allesamt»*, murmelte er mit einer Inbrunst, der die Tiefe seiner Stimme etwas Ergreifendes verlieh. *«Die Frauen allein verstehen zu lieben. Bleib bei uns, Bilitis! Bleib! Und besitzt du eine glutvolle Seele, wirst du*

*wie in einem Spiegel die Schönheit auf dem Leib deiner Geliebten erblicken.»*

Emmanuelle dachte mit melancholischer Ironie, daß sie wahrhaftig kein Glück habe: Sie hatte sich in eine Frau verliebt, die nicht lesbisch genug, und in einen Mann, der es zu sehr war!

Mario hatte indessen seine Nonchalance wiedergewonnen und setzte sein Verhör fort: «Haben Sie schon viele Frauen geliebt?»

«Aber ja!» Und da sie sich diesen Abend nicht durch den Gedanken an Bee verderben lassen wollte, versicherte sie: «Ich wechsle gern und oft.»

«Finden Sie denn so viele?»

«Man braucht es ihnen nur vorzuschlagen.»

«Gibt es auch welche, die ablehnen?»

«Wenige!» brüstete sich Emmanuelle, die gleichzeitig ihrer Prahlerei überdrüssig wurde. (Sie sehnte sich danach, wieder zu ihrer Offenheit und Freimütigkeit zurückzufinden.) «Natürlich», verbesserte sie mit einem heiteren Lächeln, «gibt es Mädchen, die sich nicht erobern lassen. Das ist dann aber ihre eigene Schuld!»

«Das meine ich auch», sagte Mario. «Und Sie? Sind Sie leicht zu erobern?»

«O ja! Ich schätze es, den Dingen ihren Lauf zu lassen!» Sie lächelte über ihr Geständnis und fügte dann hinzu: «Aber nur, wenn meine Verehrerinnen hübsch sind. Ich verabscheue Mädchen, die nicht wirklich schön sind.»

«Vortrefflich», beglückwünschte Mario sie erneut.

Er kam wieder auf einen Punkt zu sprechen, der ihn allem Anschein nach leidenschaftlich interessierte: «Sie sagen mir, daß Ihr Mann über Ihre weiblichen Liebschaften Bescheid weiß! Aber billigt er sie denn auch?»

«Er ermutigt mich sogar dazu. Noch nie hatte ich so viele Freundinnen wie seit meiner Heirat.»

«Fürchtet er denn nicht, daß Sie ihm durch sie entfremdet werden könnten?»

«Keineswegs! Es ist etwas völlig anderes, eine Frau zu lieben als einen Mann. Das eine kann das andere nicht ersetzen; man braucht beides. Ausschließlich lesbisch zu sein, ist genauso beklagenswert, wie es gar nicht zu sein.»

Diesmal jedoch war Emmanuelle entschlossen, an ihrer Meinung festzuhalten. Ihre Sicherheit schien sogar Mario zu imponieren.

«Ich darf doch annehmen, daß auch Ihr Mann in den Genuß der Reize Ihrer Geliebten kommt?» erkundigte er sich behutsam.

Emmanuelle lächelte spöttisch: «Vor allem sie träumen von nichts anderem», sagte sie scherzend.

«Sind Sie denn nicht eifersüchtig?»

«Das wäre lächerlich!»

«Sie haben recht: Wenn Sie sich in Ihre Freundinnen teilen, kann das Ihrer beider Lust nur steigern.»

Er nickte mit dem Kopf, und es schienen ihm erregende Bilder vor Augen zu stehen. Emmanuelle sah wieder die nackten Körper ihrer Freundinnen vor sich, so nackt, so süß, so schön! Es blieb ungewiß, ob sie Marios letzte Worte überhaupt gehört hatte.

«Und er?» fragte er nach einer Weile.

Emmanuelle riß die Augen auf. «Er?»

«Ja, Ihr Mann. Führt er Ihnen viele Männer zu?»

«Wie?» sagte sie und war zutiefst schockiert. «Aber nein!»

Sie fühlte, wie sie errötete.

«Nicht ein einziges Mal, seit Sie verheiratet sind?» fragte Mario unbeirrt.

Sie konnte eine Bewegung des Unmuts nicht unterdrücken.

«Unter diesen Umständen», sagte Mario eisig, «begreife ich nicht recht, warum Sie überhaupt verheiratet sind.»

Er nahm einen Schluck von dem Marc, schlürfte ihn genußvoll und fragte dann geringschätzig: «Würde er Ihnen denn verbieten, andere Männer zu lieben?»

Emmanuelle versicherte eilig: «Nein, ganz und gar nicht.»

In ihrem Innern war sie sich dessen jedoch nicht so sicher.

«Hat er Ihnen gesagt, daß Sie es tun könnten?»

Wieder antwortete sie mit gequältem Gesicht: «Natürlich nicht ausdrücklich. Aber er hat es mir nie verboten. Und er fragt mich auch nie, ob ich es tue oder nicht. Er läßt mir Freiheit.»

Mario machte eine Bewegung des Bedauerns: «Gerade das sollten Sie ihm vorwerfen. Das ist nicht die Freiheit, deren die Erotik bedarf.»

Emmanuelle versuchte zu verstehen, was Mario damit sagen wollte.

«Als Sie noch in Paris waren und Ihrem Mann Briefe schrieben», begann er wieder, «haben Sie ihm da über Ihre Liebschaften berichtet?»

Mit niederdrückender Deutlichkeit kam ihr ihre ‹Banalität› zum Bewußtsein. Sie schüttelte den Kopf.

«Ich habe ihm von meinen Freundinnen erzählt», sagte sie.

Mario machte eine Bewegung, als wolle er sagen: Das ist besser als gar nichts. Von neuem schwiegen sie. Emmanuelle sah zu Quentin hinüber. Dieser lächelte. Sie fragte sich, ob er wirklich verstand, was gesprochen wurde, oder ob er nur nicht zeigen wollte, daß er sich langweilte.

«Sie dürfen auf keinen Fall denken, daß Jean eifersüchtig sei», erklärte sie, um sich bei Mario wieder in ein besseres Licht zu setzen. «Er ist es genausowenig wie ich. Er hat mich erst gelehrt, meine Beine zu zeigen. Und hauptsächlich ihm zuliebe trage ich enge Kleider, damit der Rock, wenn ich zum Beispiel aus dem Wagen steige, möglichst weit hochrutscht. Und Sie sehen ja selbst, daß es mir auch in Gesellschaft nichts ausmacht, die Reize meines Körpers zu zeigen.» Sie lachte und fuhr fort: «Sehen Sie, das schockiert mich nicht. Ist es nicht Beweis genug, daß wir beide, er und ich, Anlagen zur Erotik haben?»

«Ja, durchaus.»

«Die Tiefe meiner Dekolletés bestimmt er, und kennen Sie etwa viele Ehemänner, die die Brüste ihrer Frauen ebenso großzügig entblößen?»

«Zeigen Sie denn Ihre Brüste gern?»

«Ja», sagte Emmanuelle. «Aber eigentlich erst, seit Jean es mich gelehrt hat. Bevor ich ihn kannte, mochte ich es gern, wenn man mich berührte, das heißt, wenn junge Mädchen mich berührten, aber ich entblößte mich nicht absichtlich. Ich zog keine Lust aus der Entblößung. Das ist jetzt anders.» Und mutig fügte sie hinzu: «Ich bin keine geborene Exhibitionistin; ich bin es erst geworden! Und das verdanke ich ihm.»

«Haben Sie sich je gefragt, warum es Ihrem Mann Vergnügen macht, wenn Sie Ihre Reize so öffentlich zur Schau stellen?» erkundigte sich Mario. «Wenn er es nur getan hat, um Sie zu einer Kokotte zu machen, so kann ich das nicht gerade rühmlich finden. Und falls es nur Besitzerstolz war, der ihn die Schönheit seiner Frau zur Schau stellen ließ, der Stolz des reichen Mannes, der seinen Nächsten, der nichts dergleichen besitzt, verhöhnen will, so wäre das kaum lobenswerter.»

«O nein!» protestierte Emmanuelle, die es nicht ertrug, daß man über ihren Mann abfällig sprach. «Das ist ganz und gar nicht seine Art. Wenn er mich veranlaßt, meinen Körper zu zeigen, so um auch andere Gefallen an seiner Schönheit haben zu lassen ...»

«Es ist also genauso, wie ich sagte!» bemerkte Mario triumphierend. «Wenn Ihr Mann alles dazu tut, damit Sie die Lüsternheit der Männer erwecken, wenn er Sie gewissermaßen mit der Erektion anderer Männer konfrontiert, so deshalb, weil er möchte, daß Sie sich ihnen hingeben.»

«Aber ...» versuchte Emmanuelle einzuwenden.

Dieser Gedanke war ihr noch nie gekommen, und ihr fiel nichts ein, was ihr hätte helfen können, ihn zu widerlegen. Dennoch war sie wie betäubt: war es denkbar, daß Jean dies von ihr erwartete?

«Warum sollte Jean schließlich wünschen», erklärte sie, «daß ich ihn betrüge? Welche Art von Vergnügen kann ein Mann daran finden, daß andere seine Frau besitzen?»

«Also so», sagte Mario, und seine Stimme hatte einen strengen Klang, «also so, meine Liebe, steht es mit Ihnen? Wollen Sie etwa behaupten, kein Verständnis dafür zu haben, daß ein fortschrittlich gesonnener Mann aus erotischem Raffinement sehr wohl Gefallen daran finden kann, zu sehen, wie seine Frau andere Männer verführt? Jesus Sirach, der gesagt hat: ‹Eine schöne Frau erfreuet ihren Mann, und ein Mann hat nichts Liebers›, wußte jedenfalls mehr darüber als Sie. Seien Sie doch logisch: Wenn Ihr Mann Spaß daran hat, zu wissen, daß Sie Frauen lieben, warum sollte er dann bei Männern etwas dagegen haben? Besteht denn zwischen der hetero- und der homosexuellen Liebe wirklich ein so entscheidender Unterschied, wie Sie anzunehmen scheinen? Ich für meinen Teil glaube, daß es nur eine Liebe gibt und daß es keinen Unterschied macht, ob man sich ihr mit einem Mann oder einer Frau, dem eigenen Ehemann, dem Liebhaber, mit dem eigenen Bruder, der eigenen Schwester oder dem eigenen Kind hingibt.»

«Jean hat immer gewußt, daß ich Mädchen liebe, schon bevor er mich entjungfert hat: Ich selbst habe es ihm am ersten Tag, als ich ihn kennenlernte, gesagt.»

Und Marios letzte Worte aufgreifend, fügte sie unvermittelt hinzu: «Und wenn ich einen Bruder gehabt hätte, hätte ich es mit ihm getan. Aber ich bin einziges Kind!»

«Ja, und?»

«Nun, ich meine damit, daß ich meinen Mann nicht betrüge, wenn ich eine Frau liebkose.»

Das schien ihren Gastgeber zu belustigen: «Liebt er denn Männer?» fragte er.

«Nein!» Emmanuelle fand die Vorstellung, ihr Mann könne Päderast sein, absurd.

«Sie sind ungerecht», bemerkte Mario, der ihre Gedanken erraten hatte.

«Das ist nicht dasselbe!»

Mario lächelte, und sie war sich plötzlich nicht mehr sicher, ob es denn nicht doch dasselbe war . . .

«Ist es Ihnen denn lieber», fuhr Mario fort, «wenn er mit anderen Frauen schläft?»

«Ich weiß nicht ... Ich glaube, ja.»

«Warum sollte er dann nicht genauso denken», sagte er triumphierend, «was Sie betrifft, Sie und die anderen Männer?»

Er hat recht, dachte sie.

«Ein weiteres Beispiel», führte Mario seine Überlegungen fort, ohne eine Antwort abzuwarten: «Stellen Sie Ihre Beine und Ihre Brüste bloß aus Gewohnheit zur Schau oder um einer mondänen Spielerei willen, oder weil es Sie erregt, sich darzubieten?»

«Natürlich, weil es mich erregt!»

«Physisch?»

«Ja.»

«Erhöht es Ihre Lust, wenn Ihr Mann dabei ist?»

Sie dachte nach: «Ich glaube, ja.»

«Wenn Sie an seiner Seite sitzen, und ein Mann versucht mit seinen Blicken unter Ihr Kleid zu dringen, träumen Sie dann manchmal davon, daß er auch seine Hände darunter gleiten läßt, von anderem ganz zu schweigen?»

«Natürlich», gab sie lachend zu.

Aber sie war nicht überzeugt davon, daß auch Jean sich an der gleichen Szene weiden würde. Mario ahnte es und seufzte.

«Sie haben noch viel zu lernen. All das, was die bloße Sexualität von der Kunst der Erotik trennt.»

Er ließ nicht locker und gab dabei dem von Emmanuelle benutzten Wort einen ironischen Akzent: «Wenn Ihr Mann nicht wollte, daß Sie ihn betrügen, warum hätte er Sie dann heute abend allein hierhergehen lassen? Oder hat er doch etwas dagegen einzuwenden gehabt?»

«Nein. Aber vielleicht hat er sich gesagt, daß ich mich einem Mann, mit dem ich zu Abend esse, ja nicht zwangsläufig hingeben muß.»

Emmanuelle spielte die Unbefangene mit Anmut. Sie wußte nicht, ob diese Spitze gesessen hatte. Mario schien in

Gedanken zu versinken. Aber gerade in dem Augenblick, da ihre eigenen Gedanken abschweiften, fragte er: «Sind Sie bereit, sich heute abend hinzugeben, Emmanuelle?»

Zum erstenmal hatte er sie beim Namen genannt. Sie bemühte sich, die Erregung, die sie bei dieser unbekümmert gestellten Frage empfand, nach besten Kräften zu zügeln. Zum Beweis ihrer Ungebundenheit versuchte sie, ihrer Stimme den gleichen unbekümmerten Unterton zu verleihen: «Ja.»

«Warum?»

Sofort war sie wieder verlegen.

«Geben Sie den Männern so leicht nach?» fragte Mario.

Sie fühlte sich zutiefst beschämt. Sollte diese Unterhaltung sie demütigen? Sie hatte das Bedürfnis, ihr Prestige zurückzugewinnen.

«Ganz im Gegenteil», bekräftigte sie mit einer bei ihr ungewohnten Heftigkeit. «Ich habe Ihnen zwar gesagt, daß ich viele *Liebhaberinnen* gehabt habe, aber nicht, daß ich auch viele Liebhaber gehabt hätte. Und wenn ich Ihnen schon alles gestehen soll», fügte sie, von einem plötzlichen Impuls getrieben, hinzu (was sie selbst verlegen machte, denn sie log nicht gern und tat es so selten wie möglich), «ich habe noch nie einen Liebhaber gehabt. Jetzt werden Sie verstehen, wieso ich meinem Mann nichts zu erzählen hatte – bis jetzt jedenfalls», schloß sie mit einem Lächeln, dessen Bedeutung leicht zu erraten war.

Im gleichen Augenblick, da sie sich mit dieser Tugend schmückte, kam ihr der Gedanke, daß sie eigentlich damit gar nicht so unrecht hatte: Denn konnte man diese beiden Unbekannten, denen sie nacheinander im Flugzeug gehört hatte, konnte man sie ernsthaft als Liebhaber bezeichnen? Marie-Anne war auch der Meinung gewesen, daß sie gar nicht zählten. Und sogar sie selbst begann allmählich an der Wirklichkeit dieses Abenteuers zu zweifeln und sich einzureden, sie habe zwischen Himmel und Erde einer Art Wachtraum nachgegeben und also keine größere Untreue begangen als in jenen Augenblicken, da sie die imaginären Umarmungen der Männer genoß, denen sie sich jede Nacht von neuem auslieferte, wenn ihr Mann seine Lust in ihren Armen fand.

Zum erstenmal kam ihr der Gedanke, sie könne von einem dieser Reisegefährten schwanger sein: Bald würde sie es wissen. Aber auch das war nicht wichtig.

Plötzlich jedoch wandte sich Mario ihr mit neuem Interesse zu: «Sie machen sich doch nicht etwa über mich lustig? Ich glaube mich doch deutlich zu erinnern, daß Sie gesagt haben, Sie liebten die Männer *auch*?»

«Aber gewiß. Habe ich denn nicht geheiratet? Und außerdem habe ich Ihnen doch eben erst erklärt, daß ich bereit sei, mich noch heute abend einem anderen Mann hinzugeben.»

«Zum erstenmal also?»

Emmanuelle bestätigte diese halbe Lüge mit einem Kopfnicken.

(Wenn nur Marie-Anne ihm nichts erzählt hat, dachte sie beklommen! Aber nein, offensichtlich wußte Mario nichts davon.)

«Vielleicht bin ich auch schon in anderen Augenblicken dazu bereit gewesen, nur hat sich bis zu diesem Augenblick nie jemand gefunden, der die Gelegenheit wahrgenommen hätte», fügte sie mit einem Fünkchen Ironie hinzu, das ihrem Gastgeber wohl nicht entgangen war, denn er betrachtete sie mit einem Lächeln, das ihr gar nicht gefiel.

Er setzte zum Gegenangriff an: «Warum möchten Sie Ihren Mann denn betrügen? Befriedigt er Sie körperlich nicht?»

«O doch!» rief Emmanuelle bestürzt und plötzlich ganz unglücklich. «O doch! Er ist ein wunderbarer Liebhaber. Ich versichere Ihnen, ich entbehre nichts. Das ist es nicht, im Gegenteil . . .»

«Ach!» sagte Mario. «Im Gegenteil? Das ist ja interessant. Können Sie mir sagen, was Sie mit diesem ‹im Gegenteil› sagen wollen?»

Sie war wütend auf ihn. Erst hatte er ihr in einer Rede ausführlich dargelegt, daß es Jeans eigener Wille wäre, wenn sie sich Liebhaber zulegte, und nun tat er, als erinnerte er sich nicht mehr daran ...

In der Tat, warum, so fragte sie sich, fand sie sich heute abend so leicht mit der Vorstellung ab, untreu zu sein? Warum hatte sie zum erstenmal in ihrem Leben plötzlich so großes Verlangen danach, die verheiratete Frau zu sein, die einen Liebhaber hat? Denn das wollte sie ja: *Ehebrecherin* sein. Sie wollte es, ohne Jean darum weniger leidenschaftlich zu lieben – *im Gegenteil* ... Was ging in ihr vor? Bevor sie noch Zeit fand, über den Sinn ihrer Worte nachzudenken, hörte sie sich sagen:

«Weil ich glücklich bin. Weil ... weil *ich ihn liebe*!»

Mario beugte sich zu ihr hinüber: «Mit anderen Worten, Sie wollen Ihren Mann nicht etwa betrügen, weil er Sie langweilt, oder aus Schwäche, oder weil Sie sich an ihm rächen wollen, sondern *im Gegenteil*, weil er Sie glücklich macht. Weil er Sie gelehrt hat, zu lieben, was schön ist. Er hat Sie gelehrt, das Wunder der sinnlichen Lust zu lieben, das durch das Eindringen eines Mannes in die Tiefen Ihres Körpers erblüht. Er hat Sie gelehrt, daß die Liebe jene Betörung der Sinne ist, bei der die Nacktheit des Mannes Ihre eigene Nacktheit unter sich zermalmt. Das, was dem Leben immer wieder aufs neue Glanz verleiht, jene Bewegung, mit der Ihre Hände zur Schulter griffen und Ihr Kleid auf Ihre Taille herabsinken ließen, um Ihre Brüste zu entblößen, und jene andere Geste, mit der Sie Ihre Hände zu den Hüften gleiten und Ihr Kleid zu Boden fallen ließen, um zu einer anbetungswürdigen, alle Träume übertreffenden Statue zu werden. Er hat Sie gelehrt, daß die Schönheit nicht aus der Einsamkeit Ihres Körpers, sondern aus seinem Verströmen erwächst. Daß die Schönheit nicht darin besteht, darauf zu warten, daß andere Hände Sie entblößen, sondern in der Eile und der schlichten Natürlichkeit, mit denen Ihre Finger Sie selbst von der Sie schützenden Hülle befreien und Sie dem Fleisch, dem

Sie bestimmt sind, gleich einem Tribut darbieten. Er hat Sie gelehrt, daß es keine andere Schönheit, kein anderes Glück gibt; daß dieser Elan, in den Ihr Körper einwilligt, diese Organisation Ihrer Kräfte ein grenzenloses Einverständnis einschließen – das nur durch unendliche Wiederholung zustande gebracht werden konnte. Und daß kein anderer Akt des Bewußtseins für uns, die wir dem Instinkt abgerungene Wesen sind, mehr Sinn hat als das besonnene Aufspüren und Festhalten dieses einzigen Augenblickes – dieser lichten Sekunde, in der die Frau Ernte des Mannes und seine Erneuerung wird. Ein schöpferisches Wunder, das staunenswerter ist als der Marmor, der zum Torso, und die Melodie, die zur Symphonie wird! Diese Wirklichkeit, menschlicher als die Hinterlassenschaft der Materie, dieses Wunder unserer Freiheit, diese sinnliche Geistigkeit, dieses aus Leben geformte Kunstwerk!»

Emmanuelle wußte beim Zuhören nicht mehr, ob sie sich von diesem Netz der Worte einhüllen lassen, die Entscheidung darüber, was sie war, den Worten überlassen sollte ... Sie nahm Mario das von Lichtreflexen funkelnde Glas ab und blickte ihn fest an.

«Wollen Sie sich so hingeben?» vergewisserte er sich.

Sie neigte den Kopf.

«Und Sie werden Ihrem Herrn und Meister sagen, daß er stolz auf Sie sein kann?»

Sie verlor ihre heitere Gelassenheit und gab einen besorgten Seufzer von sich: «O nein.»

Dann, nach einem Augenblick des Zögerns: «Nicht gleich ...»

Mario lächelte sie nachsichtig an.

«Ich verstehe», sagte er. «Aber Sie werden lernen müssen.»

«Was soll ich denn noch lernen?» sagte sie unwillig.

«Das Vergnügen am Erzählen: subtiler, raffinierter noch als das Vergnügen am Geheimnis. Der Tag wird kommen, da die würzige Süße Ihrer Abenteuer in Ihren Augen weniger gelten wird als die Wollust, demjenigen, der zugleich Sie selbst und der aufmerksamste Ihrer Zuschauer ist, darüber ausführlich und mit Einzelheiten zu berichten, die Ihnen größere Lust verschaffen, als es Liebkosungen vermöchten.»

Er machte eine besänftigende Geste: «Aber überstürzen wir nichts, und wenn Sie es im Augenblick vorziehen, ein Geheimnis daraus zu machen, dann sagen Sie Ihrem Mann vorläufig nichts über die Fortschritte seiner Schülerin. Im übrigen –» und in seinem Lächeln war eine Spur von Spott – «ist es vielleicht besser, abzuwarten, bis diese Fortschritte wirklich überzeugend sind, nicht wahr? Die Überraschung wird für ihn dann um so köstlicher sein. Aber für diese Probezeit muß, wenn er es schon nicht tun kann, ein anderer Ihre Schritte lenken. Denn der Weg der Erotik ist zuweilen steil, *ad augusta per angusta*, und wenn Sie sich selbst überlassen blieben, könnten Sie leicht den Mut verlieren oder in die Irre gehen. Was meinen Sie dazu?»

Da Emmanuelle glaubte, er frage sie nur der Form halber, hielt sie es für würdiger zu schweigen. Mario nahm den Faden wieder auf:

«Sie müssen jedoch wissen, daß der Schüler grenzenlose Ausdauer besitzen muß. Niemand auf der Welt, der Ihre Schritte lenken könnte, vermag Ihnen zu helfen, wenn es Ihnen an Willen fehlt: Zwar kann man Ihnen den Weg zeigen, aber gehen müssen Sie ihn selber, mit kühnem Schritt und dem Wissen, wohin dieser Schritt Sie führen wird. Die Zeit der Einübung in eine Kunst kostet eher Mühe, als daß sie Vergnügen schafft. Wenn der, dessen Herz wankt, bevor die Gnade seine Geduld belohnt hat, die Gelegenheit zum Glück hat vorübergehen lassen, verdient er unser Erbarmen? Eines Tages wird Ihnen selbst die Erinnerung dieser harten Lehrzeit süß sein. Heute aber müssen Sie frei darüber entscheiden. Sind Sie bereit, alles zu versuchen?»

«Alles?» erkundigte sie sich vorsichtig.

Sie erinnerte sich, daß Marie-Anne vor ein paar Tagen die gleichen Worte gebraucht hatte.

«Genau das: alles!» sagte Mario jetzt sehr bestimmt.

Emmanuelle versuchte, sich vorzustellen, was dieses *alles* bedeuten könnte – und sie konnte sich nichts anderes vorstellen, als daß sie ihren Körper Marios Willkür ausliefern sollte. Da sie ohnedies beschlossen hatte, sich ihm hinzugeben, welche Bedeutung konnte es dann noch haben, wie er sie nehmen würde? Sie sagte sich nicht ohne Ironie, daß ihr Mentor die Qualität seiner Liebesmethoden doch wohl ein wenig zu hoch veranschlage, wenn er glaubte, daß die Erfahrung, die er ihr zugedacht hatte, bei Emmanuelle eine ‹Mutation› bewirken werde. Sie gestand sich ein, so gut wie keine Erfahrung mit Männern zu haben, war aber dennoch überzeugt, daß es für eine Frau nicht genüge, sich den absonderlichen Launen eines Liebhabers zu fügen, wenn sie sich entwickeln wollte. Diese Süffisance des Männchens amüsierte sie, irritierte sie andererseits aber auch wieder nicht so sehr, daß sie das Bedürfnis verspürt hätte, ihn in irgendeiner Weise zu entmutigen.

Indessen belastete es ihr Gewissen, daß sie sich nicht erklären konnte, warum sie ungeachtet aller Versicherungen Marios dieses Liebesverhältnis vor ihrem Mann lieber verborgen halten wollte. Nicht etwa deshalb, überlegte sie, weil sie befürchtete, Mario könne Jeans Beweggründe mißdeuten. Sie hatte den eigentlichen Grund zunächst nur halb begriffen: In dem ‹Betrug› eines Ehemannes, den man liebt, lag eine besondere Wollust, wie sie erst in diesem Augenblick erkannte; aber nun pochten ihre Schläfen ungeduldig bei dieser verführerischen Vorstellung. Es war durchaus möglich, daß die Mitwisserschaft des Ehemannes, der im Vertrauen mitgeteilte Ehebruch in der Welt der Erotik eine fortgeschrittenere Form der Libertinage darstellte. Aber so weit war sie noch nicht. In ihren Augen erhöhte die Geheimhaltung ihrer Abenteuer die Lust, die sie daraus zu gewinnen hoffte, eher, als daß sie sie schmälerte. Bevor sie sich daranmachte, die komplizierte Kunst zu erlernen, deren Regeln Mario ihr angedeutet hatte, wollte sie sich zunächst mit dem Einfachsten begnügen.

Bot ihr nicht schon allein der Ehebruch die Möglichkeit zu den schönsten Entdeckungen?

Ohne es zu wissen, war sie jedoch in Wahrheit stärker von einer abstrakten Erotik beseelt als von der elementaren Sinnlichkeit, der sie nachzugeben glaubte; denn es war weniger die Vorwegnahme der sinnlichen Genüsse, die ihr Liebhaber ihr verschaffen würde, was sie zur Hingabe drängte und sie schon jetzt schwach werden ließ, als vielmehr das Verlangen, Jean zu *betrügen,* ihn im gleichen Maße zu betrügen, wie sie ihn liebte, ihn schnellstens, häufig und mit ihrem ganzen Körper zu betrügen, mit ihrer ganzen Nacktheit, mit der ganzen Süße ihres Schoßes, in den sich der Samen eines Fremden ergießen würde.

Mario sah sie an, und sie wurde unter diesem Blick verlegen. Sie veränderte ihre Haltung auf dem Ledersofa und zeigte ihre Beine auf die ihr eigene Art. Sie meinte, Mario habe doch wohl deshalb zu ihr davon gesprochen, daß sie zwei Männer lieben solle, weil er sie sich mit seinem Freund teilen wollte. Na schön! sagte sie sich, ich werde es schon lernen. Sie hätte es lieber nur mit Mario zu tun gehabt oder – wenn es schon keine Möglichkeit gab, Quentin zu umgehen – lieber gesehen, wenn dieser sich mit einer Zuschauerrolle begnügt hätte, der Mario ja eine so große Bedeutung beimaß. Aber sie war entschlossen, sich den Forderungen ihres Gastgebers nicht zu widersetzen. Sie gestand sich ein, daß sie vielleicht sogar das dunkle Verlangen hatte, auch Quentin zu gehören. Und Mario behauptete ja, daß die Liebe mit zwei Männern so märchenhaft sei . . .

«Haben Sie denn wenigstens schon einmal mehrere Frauen geliebt?» fragte Mario.

Wieder erregte es sie, als sie merkte, daß er mühelos in ihr zu lesen verstand. Er mußte also wissen, wie sehr sie ihn begehrte. Er sah auf ihre Beine. Darüber vergaß sie zu antworten.

Mario skandierte in dem besonderen Tonfall, in dem er Verse zu zitieren pflegte:

*«Ich so rein! meine Knie*
*ahnen die Schrecken schutzloser Knie voraus!»*

Es beglückte sie, daß er ein Empfinden hatte für die Beredsamkeit ihres Körpers. Aber so leicht ließ er sich von seiner Wißbegierde nicht abbringen. Er ließ nicht locker:

«Mit mehreren Frauen gleichzeitig, meine ich.»

«Ja», sagte Emmanuelle.

Er schien entzückt.

«Sieh da», sagte er, «so unschuldig sind Sie ja gar nicht!»

«Warum sollte ich das auch sein?» sagte sie mit Auflehnung in der Stimme. «Ich habe es nie behauptet.»

Es war inzwischen für sie die schlimmste Beleidigung, die man ihr antun konnte, wenn man sie sittsamen Betragens verdächtigte. Wenn die Tatsache, daß sie ihre Beine zeigte, nicht genügte, daß man in ihr einen gleichwertigen Partner sah, dann würde sie sich eben auf dieses Sofa stellen und sich ganz nackt ausziehen. Dieser Impuls war so stark, daß sie ihre Füße hochzog und sich auf das Sofa kniete. Und sollte diese Demonstration ihren Gastgeber immer noch nicht überzeugen, dann würde sie vor ihm masturbieren! Ihre Brüste glühten: Vielleicht verdankte sie dem Alkohol, den Mario ihr eingeschenkt hatte, diese Kühnheit. Der Italiener blieb jedoch gelassen. Er schien auf verbale Erotik mehr Wert zu legen ... Er setzte sein Verhör fort:

«Und wie machen Sie es, wenn Sie zwei Mädchen gleichzeitig lieben?»

Emmanuelle wurde ungeduldig. Um das Ende dieser ‹mündlichen Prüfung› zu beschleunigen, beschrieb sie Szenen, an denen die Phantasie stärker beteiligt war als die Wirklichkeit. Sie suchte in ihrer Erinnerung gar nicht erst nach Einzelheiten, sondern meinte, daß ein bißchen Erfindung, mochte sie auch nicht immer überzeugend sein, Mario mehr gefallen müßte. Er ließ sich aber nicht täuschen.

«Das hört sich stark nach den Spielen kleiner Mädchen an», unterbrach er sie mit freundlicher Herablassung. «Es wird Zeit, daß Sie erwachsen werden, meine schöne Freundin.»

Sie war gekränkt und wollte dem Gegner einen Stich versetzen, um sich zu rächen. Als sie merkte, daß sie, wenn sie sich auf diese Weise eine unpassende Anspielung entschlüpfen ließ, ihren eigenen Absichten nur zu leicht schaden konnte, war es schon zu spät. «Und Sie», fragte sie, «fangen Sie es denn mit den Knaben geschickter an?»

Zu Emmanuelles Überraschung schien dies Mario jedoch überhaupt nicht in Verlegenheit zu bringen. Er antwortete vielmehr gutgelaunt: «Das werden wir Ihnen zeigen, meine Liebe!»

Er sagte etwas auf englisch zu Quentin, und Emmanuelle fragte sich beunruhigt, ob die beiden Männer es ihr wohl gleich hier an Ort und Stelle demonstrieren würden.

## Sechstes Kapitel

# *Der sam-lo*

Frühe säe deinen Samen und laß deine Hand des Abends nicht ab.

Prediger Salomo, XI, 6

Der Baum der Erkenntnis umhüllte ihn mit seinem Gezweig, und das waren meine Arme.

MONTHERLANT: *‹Don Juan›*

Das Stadtviertel, das Emmanuelle jetzt entdeckt, hat kaum Ähnlichkeit mit den breiten Prachtstraßen, die sie seit ihrer Ankunft in Bangkok kennengelernt hat und an denen mehrstöckige Wohnhäuser aus Beton oder im Grün der Gärten hinter blühenden Flamboyant-Bäumen versteckte Villen liegen. Träumt sie etwa? Der Vollmond gießt sein fahles Licht über die Szene und belebt ihre Kulissen auf eine Weise, die zu gut zu seinem bleichen Ballett paßt, als daß dies alles Wirklichkeit sein könnte. Weil es an trickreiche Perspektiven, Estraden, Pappwände, schwankende Bauten, Gerüste erinnert, ist Kulisse hier das richtige Wort. Mario folgend und gefolgt von Quentin, setzt sie ihre leichten Schuhe mit den spitzen Absätzen einen nach dem andern ängstlich auf einen Steg, der aus einer Reihe von zehn Meter langen und einen Fuß breiten Brettern besteht; die Bretter ruhen auf Böcken, die vom trägen, schlammigen Wasser des eher einer Kloake ähnelnden Kanals umspült werden. Unter dem Gewicht der Gehenden biegt sich das Holz und wippt wie ein Sprungbrett: Emmanuelle ist überzeugt, daß sie früher oder später in den Schlamm geschleudert wird.

Am Ende jedes Brettes muß man, um weiterzukommen, mit einem großen Schritt hinüber auf das folgende Brett treten, das noch morscher und schwankender als das eben verlassene zu sein scheint. Die drei haben auf diese Weise schon einige hundert Meter zurückgelegt, und nichts deutet darauf hin, daß dieser seltsame Marsch bald ein Ende haben wird. Emmanuelle kommt es jetzt so vor, als entferne sie sich für immer aus der ihr bekannten Welt. Sogar die Luft, die man hier atmet, ist von anderer Konsistenz und hat einen fremden Geruch. Die Nacht ist so totenstill, daß die Fremde, aus Angst, sie könne ein Sakrileg begehen, den Atem anhält und nicht zu sprechen wagt. Irgendwann wird ihr plötzlich klar, daß diese Stille in Wirklichkeit aus dem monotonen, unablässigen und schrillen Zirpen der Grillen besteht.

Vor einer halben Stunde haben Emmanuelle und ihre Begleiter das Haus aus Rundhölzern auf einem schmalen Boot verlassen, dessen Fährmann auf Marios Ruf hin am schwimmenden Landungssteg angelegt hatte. Erst sind sie ein Stück den *khlong* hinaufgefahren, um dann, ohne daß die junge Frau wußte, ob Mario sich auf gut Glück entschied oder ob er ein bestimmtes Ziel hatte, aus dem Boot auszusteigen und diesen Steg zu betreten, der rechtwinklig zum großen Kanal über einen schmaleren Abzugskanal gelegt ist und der so seicht ist, daß ihn selbst die leichten siamesischen Pirogen nicht befahren können.

Auf beiden Seiten wird diese Wasserrinne von niedrigen Hütten gesäumt, mit Wänden aus verrostetem Blech oder geschwärztem Bambus und Dächern aus Palmblättern. Diese Behausungen sind mit dem Steg durch gefährlich schwankende Klappbrücken verbunden, die aus einem verfaulten Balken oder gar nur aus einem unbehauenen Ast bestehen. Alle Türen und Fenster sind sorgsam verbarrikadiert, zugesperrt, als wüte draußen die Pest. Wie können sie da drinnen nur atmen, fragt sich Emmanuelle. Dann kann sie schon eher die Leute verstehen, die auf den Sampans wohnen, jenen schwimmenden Behausungen, die längs den Kanalböschungen auf den Wellen schaukeln und an denen sie gerade vorübergekommen ist: Männer, Frauen und Kinder nutzten die regenlose Nacht und schliefen hier unter den Sternen im Freien, einer dicht neben dem andern, mit offenem Mund oder auch mit offenen Augen. Aber was für mysteriöse Gründe mögen es sein, die die Leute veranlassen, sich hier in diesen feuchten Verliesen einzuschließen?

Je länger sie an diesen Häusern vorbeigehen, um so rätselhafter erscheint es. Es ist schwer zu glauben, daß diese menschenleere Straße aus abgestorbenem Holz, über modrigem Wasser, auf der man sich wie ein Seiltänzer fortbewegen muß, so lang sein soll und dennoch irgendwo hinführt. Und wie schaffen es die Anwohner, bei Tage, wenn sie ihre Verstecke verlassen wollen, auf diesem einzigen schmalen Zugang aneinander vorbeizukommen? Emmanuelle hat Angst vor den akrobatischen Verrenkungen, die nötig wären, sollten ihnen zufällig noch andere Nachtschwärmer entgegenkommen. Sie glaubt jedoch selbst nicht recht, daß dies eintreten könnte, denn die Gegend, in die ihre Begleiter sie geführt haben, ist zu sehr Mondlandschaft, als daß Aussicht bestünde, hier noch anderen Lebewesen zu begegnen.

Aber einen Augenblick später taucht aus einer der benachbarten baufälligen Hütten ein Mann auf. Er ist sehr groß, und sein muskulöser Oberkörper schimmert dunkelrot wie Glut. Um seine Lenden ist ein Stück roter Stoff geschlungen. Gedankenverloren auf die drei näher kommenden *farang* schauend, löst er den Lendenschurz. Jetzt ist er ganz nackt. Er uriniert ins Wasser. Selbst auf Abbildungen hat Emmanuelle niemals ein männliches Glied gesehen, das noch in erschlafftem Zustand so groß gewesen wäre: es hat, entspannt, die gleiche Größe wie das voll erigierte Glied ihres Mannes. Wie schön das ist! sagt sie sich. Der ganze Mann ist schön. Als sie einen Meter von ihm entfernt ist, starrt er ihr ins Gesicht. Sie kann nur eines denken: dieser Penis. Wenn er sich aufrichtete ... Aber der Siamese steht da wie aus Stein gehauen. Er sieht auf Emmanuelles halb entblößte Brüste, aber sein Glied rührt sich nicht. Die Seiltänzer schwanken vorüber und entfernen sich.

Eine Kreuzung. Die Gespensterbahn verzweigt sich. Mario zögert. Er fragt Quentin etwas und wählt schließlich eine der Abzweigungen. Emmanuelle fürchtet, er könne sich geirrt haben, denn sie gehen noch eine ganze Weile. Aber sie traut sich nicht, etwas zu sagen. Seit sie das Boot verlassen haben, ist ihr noch kein Wort über die Lippen gekommen. Plötzlich entfährt ihr dennoch ein Schrei. Der Plankenweg hat eine Biegung gemacht und mündet nun ganz unvermutet in eine Art Hof (Emmanuelle hätte ihn fast für eine Lichtung gehalten, so sehr hat sie das Gefühl, sich in einem Dschungel verirrt zu haben!). Vor ihnen erhebt sich zwanzig Meter hoch und wie einem Märchen entsprungen eine Silhouette, die sie zwar schon von weitem über den Dächern erspäht, jedoch für einen Baum gehalten hatte. Aus der Nähe erweist sie sich als Dschingis-Khan, dichter Schnurrbart, erbarmungslose Augen, die Hände auf die Dolche zu beiden Seiten des Gürtels gestützt. Der Mondschein fällt auf die gewaltigen Muskeln. Emmanuelle stockt das Herz. Das ist Hexenwerk. Gleich werden Fratzen schneidende Mongolen aus ihren Schlupfwinkeln herausstürmen: Emmanuelle wird unter den Riten eines grausamen Zauberkults geopfert werden. Während ihre Phantasie, die schneller ist als ihr Verstand, sich noch eine Welt von Chimären schafft, lacht sie nervös, denn noch hat sie ihre Kaltblütigkeit nicht ganz verloren: an den Schenkel des riesigen Eroberers gelehnt, steht eine sich neben diesem Riesen wie eine Miniatur ausnehmende Ballett-tänzerin in einem Gazeröckchen und schickt ein sittsames Lächeln zu den Sternen hinauf. Andere Figuren aus bunt bemalter Pappe stehen herum oder liegen kreuz und quer am Boden . . .

«Wie bizarr diese Kinoreklametafeln an einem solchen Ort wirken», sagt sie, um sich vom Klang ihrer Stimme beruhigen zu lassen. «Ich möchte gern wissen, wie sie hierher gelangt sind: Führt denn noch ein anderer Weg hierher als dieser unglaubliche Steg?» (Sie hat den Verdacht, daß Mario ihr damit eine ganz überflüssige Prüfung auferlegt hat.)

«Nein», sagt Mario und hält keine weitere Erklärung für notwendig.

Sie überqueren den Hof, wo die Reklametafeln abgestellt sind, gehen zwischen den Beinen des großen Khan hindurch, biegen um einen Zaun aus Wellblech und gelangen auf einen kleinen Vorplatz, auf den durch eine nur angelehnte Tür ein gelber Lichtschimmer fällt. Mario bleibt davor stehen, ruft etwas und geht dann, ohne eine Antwort abzuwarten, ins Haus. Emmanuelle wird immer unruhiger. Der Ort wirkt feindselig. Ein schwer zu bestimmender Geruch liegt in der Luft: wie eine Mischung aus Staub, Rauch, Lakritze und Tee. In dem fensterlosen Raum, den sie betreten haben, steht als einziges Möbel eine Sitzbank, deren Kretonnestoff zerrissen ist. Ein schmutziger blauer Vorhang versperrt den Blick in den hinteren Teil des Hauses. In diesem Augenblick wird er von einer Hand beiseite geschoben: eine Frau taucht auf.

Bei ihrem Anblick fühlt sich Emmanuelle ein wenig erleichtert. Es ist eine alte Chinesin (sie muß hundert Jahre alt sein, sagt sich die Besucherin), deren ovales Gesicht so runzelig ist, daß es an Krepp erinnert. Ihr Teint hat die orangene Farbe von altem Elfenbein. Die weißen Haare sind sorgfältig über die Schläfen gekämmt und enden in einem Knoten. Die Schlitze der Augen und der Mund sind so schmal, daß man sie in dem faltigen Gesicht kaum zu erkennen vermag. Die Alte spricht jetzt mit erstickter Stimme und zeigt dabei ihre schwarz lackierten Zähne. Die Hände hat sie in den Ärmeln der gestärkten Tunika verborgen, deren milchiges Weiß sich stark von der schwarz glänzenden Seide der weiten Hose abhebt.

Nach einer ziemlich langen Rede, der Mario keinerlei Beachtung zu schenken scheint, macht die sonst hölzern wirkende Gastgeberin überraschend eine geschmeidige, tiefe Verbeugung. Die Alte dreht sich um und verschwindet in den unergründlichen Tiefen der Hütte. Wortlos folgen sie ihr. Zuerst kommen sie durch einen dunklen Verschlag. Emmanuelle glaubt, sich bewegende Schatten zu sehen. Angst überkommt sie. Schließlich gelangen sie in einen ganz kleinen Raum, in dem sie, leicht abgestoßen von diesem Anblick, auf einer Pritsche aus lackiertem Holz zwei sehr alte und völlig nackte Männer liegen sieht. Sie blinzelt zu ihnen hinüber und sieht, wie die Rippen unter der braunen, weiß gefleckten Haut hervorstehen und die geweiteten Pupillen dieser alten Augen blicklos ins Leere starren. Mit einem flüchtigen Blick streift sie die runzeligen Penisse und die vertrockneten Hoden, aber schon befinden sie sich im nächsten Raum, der sich von dem vorhergehenden nur wenig unterscheidet. Die Alte hält noch einmal eine Predigt und verschwindet dann in der Dunkelheit.

«Was geht hier vor?» fragt Emmanuelle beunruhigt. «Was hat sie gesagt? Was wollen wir in dieser Höhle? Wie verkommen hier alles aussieht!»

«Das erscheint Ihnen nur so», sagte Mario. «Es ist zwar alles ein bißchen alt, aber durchaus sauber.»

Eine andere Frau taucht auf, sehr viel jünger als die erste, aber nicht weniger häßlich. Auf dem großen Tablett, das sie herbeiträgt, steht eine Spirituslampe, deren Zylinder aus ungewöhnlich dickem Glas ist (Emmanuelle hat noch nie so massives Glas gesehen); daneben sieht man runde Zinndöschen, lange, stählerne Nadeln, die wie Stricknadeln aussehen, getrocknete, rechteckig zugeschnittene Palmblätter und schließlich ein Gerät, von dem Emmanuelle zuerst nicht weiß, wozu es dienen soll: ein blankpoliertes braunes Bambusrohr, ungefähr von der Länge eines Arms, einer Flöte vergleichbar. Dieses Rohr scheint an beiden Enden verschlossen zu sein, doch dann entdeckt sie, daß in eines der Enden ein kleines Loch gebohrt ist, kaum so dick wie ein Streichholz. Das Rohr ist mit silbernen Ornamenten verziert. Kurz vor dem durchbohrten Ende scheint eine Art hölzerner Polyeder darauf zu balancieren, etwa so groß wie Emmanuelles Faust; er ist so glatt poliert, daß die Flamme der Lampe darauf tanzt und von ihm reflektiert wird. Sie entdeckt auf ihm eine Vertiefung von der Größe einer Perle, in der ebenfalls eine ganz kleine Öffnung zu erkennen ist.

Mario kam der Frage seiner Schülerin zuvor:

«Was Sie hier sehen, ist eine Opiumpfeife, meine Liebe. Ist es nicht ein schöner Gegenstand?»

«Eine Pfeife?» sagte sie verwundert lächelnd. «Das hätte ich nicht gedacht. Wo tut man denn den Tabak hinein? Die Öffnung, die ich da sehe, ist doch viel zu klein. Das kann doch nur für ein paar Züge reichen.»

«Mit Tabak wird sie auch nicht gefüllt, sondern mit einem Kügelchen Opium. Man nimmt davon nur einen Zug. Dann muß der Pfeifenkopf wieder neu gefüllt werden. Aber probieren Sie es doch selbst einmal aus.»

«Sie wollen doch nicht im Ernst, daß ich Opium rauche?»

«Warum denn nicht? Ich möchte, daß Sie dieses Spiel – oder diese Kunst – kennenlernen. Man sollte alles einmal probieren.»

«Und wenn ich Geschmack daran fände?»

«Das wäre auch kein Unglück.» Mario lachte: «Aber seien Sie ganz beruhigt: Ich habe Sie nicht hierhergeführt, um Sie zum Opium zu bekehren. Das ist nur ein Vorspiel.»

«Und was soll dann geschehen?»

«Seien Sie nicht ungeduldig, *cara*. Die feierliche Handlung des Opiumrauchens verlangt einen vollkommenen Gleichmut der Seele.»

In einer plötzlichen Anwandlung sagte Emmanuelle: «Und wenn es mir gefällt, darf ich dann wiederkommen?»

«Natürlich», sagte Mario.

Emmanuelles Fragen schienen ihn zu amüsieren. Er sah sie voller Nachsicht, ja fast mit Rührung an.

«Ich dachte, Opiumrauchen ist verboten?»

«Gewiß. Aber die außereheliche Liebe ist ja auch verboten.»

«Und was geschieht, wenn die Polizei kommt?»

«Dann kämen wir ins Gefängnis.» Mario lächelte und fügte hinzu: «Aber erst würden wir versuchen, die Polizisten mit Ihren Reizen zu bestechen.»

Emmanuelle erwiderte spöttisch: «Also ich muß mir den Ehebruch mit einem weiteren Verbrechen erkaufen?»

«Ja, mit einem Verbrechen, das Sie mit den Vertretern des Gesetzes begehen würden.»

Wie zuvor schon in seinem Haus entblößte er Emmanuelles Schulter und eine ihrer Brüste, und während er die Hand darauf legte, fragte er: «Sie würden es doch tun?»

Emmanuelles Gesicht drückte Zweifel aus, aber auch Genugtuung, denn sie genoß es, daß Mario sie entkleidete und berührte.

«Wären Sie denn nicht bereit, uns diesen Gefallen zu tun?» fragte er entrüstet.

Sie beruhigte ihn: «Doch. Und Sie wissen das nur zu genau . . .» Dann, nach einem kurzen Augenblick des Zögerns: «Wieviel Polizisten gibt es denn bei so einer Razzia?»

«Ach, höchstens zwanzig.»

Sie lachte hellauf.

Die Dienerin hatte ihre Gerätschaften auf der Holzpritsche abgestellt. Mario ließ Emmanuelles Brust los (sie bedeckte sie nicht wieder), legte einen Arm um ihre Taille und schob sie vor sich her: «Legen Sie sich dort hin», sagte er.

«Ich? Auf diese schmutzige Bank? Und gepolstert ist sie auch nicht!»

«Warum sollte das Lokal Geld für eine Matratze ausgeben, wenn dieser Rauch genügt, Sie in ein Paradies zu versetzen? Im übrigen wäre eine Matratze nicht so leicht sauberzuhalten wie dieses schlichte Holz.»

Nur widerwillig setzte sich Emmanuelle auf den äußersten Rand der lackierten Pritsche, während ihre beiden Begleiter sich links und rechts von ihr bequem darauf ausstreckten, so daß die drei einen Kreis um die Lampe bildeten. Nach einer Weile überwand Emmanuelle ihren Ekel, stützte sich wie die beiden anderen auf einen Ellbogen und legte den Kopf in die Handfläche. Sie konnte ihre Augen nicht von der länglichen Flamme lösen, die im Innern des dicken Glaszylinders ganz ruhig emporstieg. Es war ein faszinierender Anblick.

Die Chinesin kniete jetzt am Fuß der Holzpritsche und hatte eines der kleinen Döschen geöffnet, das mit einer opaken, dunklen, honigartigen Masse gefüllt war. Mit der Spitze einer der langen Nadeln holte die Frau einen getreidekorngroßen Tropfen heraus, hielt ihn einen Augenblick über die Lampe, rollte ihn in eines der faserigen Blattstücke, das sie in ihrer anderen Hand hielt, und setzte das Ganze dann wieder der Flamme aus. Das braune Klümpchen knisterte, schwoll zu doppelter Größe an, schillerte in den wunderbarsten Farben und nahm schließlich einen solchen Glanz an, daß sich alles darin zu spiegeln schien – ein lebendiges Sprühen.

«Schön», flüsterte Emmanuelle.

Schon dieser Anblick, dachte sie, ist es wert, hierhergekommen zu sein. «Ich könnte immer nur dieses kleine Kügelchen ansehen. Es funkelt so ausdrucksvoll wie ein Edelstein. Aber kein Edelstein ist so schön.»

Die zwanzig Polizisten fielen ihr wieder ein. Das war viel verlangt ... Aber um Mario vor dem Gefängnis zu bewahren, würde sie es bestimmt tun.

Nachdem die Priesterin das Opiumkügelchen zu einer durchsichtigen länglichen Form gerollt hatte, die genau in die Vertiefung der Pfeife paßte, steckte sie es zu Emmanuelles Bedauern mit einer raschen Bewegung hinein und zog die Nadel sofort wieder heraus. Im nächsten Augenblick schon hatte sie die Pfeife umgedreht und hielt sie mit dem Kopf nach unten über die Lampe, so daß sie fast die Öffnung des gluhend heißen Glases berührte. Dann reichte sie Mario das Mundstück. Er führte es an die Lippen und sog daran. Die Flamme stieg in die Höhe, und die ambrafarbene Perle verglühte. Der Atemzug, mit dem Mario den geheimnisvollen Rauch einsog, schien Emmanuelle kein Ende nehmen zu wollen.

«Jetzt sind Sie an der Reihe», sagte er. «Atmen Sie den Rauch nicht durch die Nase. Husten Sie nicht, atmen Sie langsam und stetig ein.»

«Ob mir das gelingt?»

«Darauf kommt es nicht an. Wenn Sie sich nur dabei amüsieren.»

Die Ministrantin bereitete eine neue Pfeife vor: Wieder flammte die braune Sonne am Ende des Zauberstabes auf, schwoll an und zuckte wie von Verlangen erfüllt. Emmanuelle sah darin ein Symbol ihres Geschlechts, dessen geschwollene Lippen nach dem glühenden Rammbock riefen, der sie wund, verbrannt und befriedigt zurücklassen würde. Es war ein angenehmes Gefühl, dachte sie, wie ihre Scham immer feuchter wurde, je mehr sich das schillernde Tröpfchen über der Flamme vor Wollust blähte. Sie fand Gefallen an diesem Ritus, denn ihr schien, als bereite sie sich mit ihm vor aller Augen feierlich auf die Liebe vor. Sie hielt ihre nackte Brust in der zur Schale geformten Hand. Sie war glücklich. Der ganzen Szene fehlte nur eines, um sie vollkommen zu machen: Die Gehilfin hätte eine Schönheit sein müssen, sehr jung und gefügig, mit einem unschuldigen Gesicht und einem hingebungsvollen Körper, den Mario, Quentin und sie nach und nach entkleiden und mit dem sie gemeinsam oder einer nach dem andern spielen würden, jeder, wie es ihm gefiel und bis zur äußersten Grenze der Lust. Wie schade, daß ihr Mentor nicht dafür gesorgt hatte! Fast hätte sie ihn deswegen tadeln mögen, aber sie wagte es nicht. Ihre Sehnsucht nach Mädchenbeinen, die sie mit ihren eigenen umschlingen konnte, nach dem Geschlecht eines Mädchens, in das sie ihre Finger gleiten lassen konnte, ließen ihr die Chinesin schließlich fast schön erscheinen.

Als ihr das Mundstück hingehalten wurde, ließ sie das Opium brennen, ohne zu inhalieren. Die Frau mußte ihre Stahlnadel noch einmal in die goldbraune Perle stoßen. Beim zweiten Versuch gelang es der Anfängerin, wenigstens ein ganz kleines Quantum Rauch einzuatmen.

«Der Geschmack gefällt mir», sagte sie, «und noch mehr der Duft. Es schmeckt ein bißchen nach Karamel, aber es kratzt in der Kehle.»

«Sie müssen Tee dazu trinken.»

Mario gab der Dienerin eine Anweisung. Sie stand auf und kam gleich darauf mit einem Tablett zurück, auf dem sehr kleine, bauchige, henkellose Tassen, ein Samowar voll kochenden Wassers und eine Teekanne aus Ton standen, die nicht viel größer war als die Tassen. Die winzige Kanne war bis zum Rand mit grünen Teeblättern gefüllt. Mit sicherer Hand goß sie einen Schuß dampfendes Wasser darauf und schüttete den Inhalt dann sofort in eine Tasse: Ein durchdringender Duft stieg von der kupferfarbenen Flüssigkeit auf, der eher an Jasmin als an Tee erinnerte. Emmanuelle schrie auf, da sie sich die Zunge verbrannt hatte.

«Sie müssen zugleich einen Mundvoll Luft einatmen, wenn Sie trinken, um den Tee abzukühlen», sagte Mario. «Sehen Sie, so.»

Er machte dabei ein gurgelndes Geräusch.

«Aber das ist doch höchst unschicklich», sagte Emmanuelle.

«In China gilt es als schicklich.»

Jetzt nahm Quentin die Pfeife. Auch ihm gelang es nicht so gut wie seinem Freund.

«Ich möchte es noch einmal versuchen», sagte Emmanuelle ungeduldig, da sie das neue Erlebnis als sehr erregend empfand. «Ich bin sicher, man hat danach herrliche Empfindungen. Wovon werde ich wohl träumen?»

«Sie werden überhaupt nicht träumen. Opium erzeugt nämlich keine Träume, sondern macht hellsichtig und befreit von allen körperlichen Miseren und den Fesseln des Geistes. Und dann müßten Sie schon mehrere Pfeifen rauchen, um irgendeine Wirkung zu verspüren.»

«Das will ich dann aber auch tun!»

«Sie dürfen noch eine rauchen, aber mehr nicht, denn sonst würde sich Ihnen der Magen umdrehen, und Sie hätten nichts weiter davon, als daß ich Ihnen den Kopf halten müßte.»

Emmanuelle war nicht gar zu enttäuscht darüber, denn die zweite Pfeife verursachte ihr einen Hustenanfall und bereitete ihr daher nicht mehr soviel Vergnügen wie die erste. Mario und Quentin beließen es bei einem Versuch.

«Haben Sie etwa Angst?» spöttelte Emmanuelle.

«Meine Liebe», entgegnete Mario, «ich will Ihnen ein Geheimnis verraten. Im Übermaß genossen, entzieht das Opium seinen Adepten die Manneskraft, und wir suchen hier nicht die Freuden des Geistes, sondern die des Fleisches.»

Emmanuelle fand (jetzt, da ihr eigenes Verlangen erloschen war), daß sich dieser schäbige Raum für die Freuden der Liebe nur wenig eigne, und fragte sich im übrigen, welche Rolle ihr dabei eigentlich zugedacht war.

«Sie haben vorhin gefragt», fuhr ihr Ratgeber fort, «wie wir es mit den Knaben anfangen. Nun gut! Die vortreffliche Person, die dieser geheimen Opiumhöhle vorsteht, zieht für die Friedfertigen, die hier lagern, auch schön gewachsene Jünglinge heran, und wir werden sie bitten, uns eine Auswahl vorzuführen.»

Er richtete ein paar Worte an die Dienerin, die eilends verschwand. Kurz darauf erschien die alte Chinesin mit dem Maskengesicht und verneigte sich mehrmals . . . Mario sagte nur ein paar Worte zu ihr, dann verbeugte sich die Alte erneut und gab einige schrille Laute von sich. Die Häßliche, die ihnen die Pfeifen vorbereitet hatte, eilte diensteifrig herbei.

«Die Alte spricht einen chinesischen Dialekt, den hier keiner kennt», erklärte Mario. «Sie hat die andere gerufen, damit sie dolmetscht.»

«Und in welcher Sprache sprechen denn Sie zu ihnen?»

«Siamesisch.»

Er wandte sich wieder den beiden Frauen zu. Die Unterhaltung nahm einen komplizierten Verlauf und machte die Metamorphosen durch, wie sie die Situation gebot. Nach einem minutenlangen Wortwechsel berichtete Mario:

«Statt auf meine Bitte einzugehen, macht sie mir einen anderen Vorschlag. Das gehört zu den Spielregeln.»

«Was hat sie denn zu bieten?»

«Mädchen natürlich. Ich habe ihr die nötigen Vorhaltungen gemacht. Nun schlägt sie vor, daß wir uns hier erotische Filme ansehen.»

«Warum nicht?» sagte Emmanuelle.

«Dazu sind wir aber nicht hierhergekommen. Sie ist auch bereit, eine Show für uns zu arrangieren: Zwei Mädchen sollen vor unseren Augen Zärtlichkeiten austauschen. Aber das vermag Sie doch wohl nicht zu interessieren, nicht wahr, Emmanuelle?»

Ihre Miene ließ jede Deutung zu.

Mario nahm die Verhandlungen wieder auf und erklärte dann: «Ich habe ihr gesagt, daß wir Knaben zwischen zwölf und fünfzehn wollen, Jungen mit gelöster Zunge, mit attischen Hinterbacken, feurig und mit einem wohlgeformten Glied.»

Emmanuelle bedeckte ihre Brust wieder. Die Alte starrte sie an; dann gab sie wieder schrille Laute von sich, und die Dienerin übersetzte. Mario antwortete darauf nur mit einem einzigen Wort.

«Was hat sie denn gesagt?» erkundigte sich Emmanuelle.

«Sie wollte wissen, ob die Knaben für mich oder für Sie bestimmt seien.»

«Und ... was haben Sie geantwortet?»

«Für uns beide.»

Emmanuelle kreiste es vor den Augen. War das das Opium? Aber Mario hatte doch gesagt ...

Die Alte psalmodierte noch immer. Sie schien zu lamentieren. Dabei machte sie eine Verbeugung nach der andern und endete schließlich mit einem gellenden Ton, bei dem sie verzweifelt die Arme erhob.

«Ich sehe schon, wir haben hier kein Glück», sagte Mario, bevor die Dienerin noch mit dem Dolmetschen begonnen hatte.

Kurz darauf erklärte er: «Ich hatte recht. Diese närrische Alte behauptet, daß sie heute nacht kein Füllen verfügbar habe. Es seien reiche Fremde dagewesen und hätten ihr Gestüt entführt. Sie ist wohl nur darauf aus, daß wir mehr bezahlen.»

Erneuter Wortwechsel. Erneutes, verzweifeltes Gestikulieren der Alten. Schließlich erklärte Mario: «Sie will davon nichts wissen. Wir werden unser Glück woanders versuchen müssen.»

Eine ganze Weile sprach er mit Quentin.

«Quentin will unbedingt hierbleiben», sagte Mario zu Emmanuelle. «Er ist sicher, daß er doch noch bekommt, was er will. Ich habe da meine Zweifel, aber das ist seine Sache. Ich schlage vor, wir lassen ihn hier und gehen allein weiter. Was halten Sie davon?»

Nichts hätte Emmanuelle lieber sein können. Die Atmosphäre hier bedrückte sie allmählich. Als sie sich dann von Quentin verabschiedeten, fiel es ihr doch unerwartet schwer, sich von ihm zu trennen. Er war ihr am Anfang des Abends eher als Eindringling, ja als Störenfried erschienen. Dann hatte sie seine Gegenwart schließlich ganz vergessen, denn er hatte sich ja kaum an ihrer Unterhaltung mit Mario beteiligt. Doch jetzt war sie traurig und verwirrt, daß er hier zurückbleiben wollte.

Mario und sie kamen wieder durch den Raum, in dem die beiden Alten mit den verdrehten Augen lagen.

«Und diese beiden reizen Sie nicht?» fragte sie sarkastisch.

Sie nahm es Mario und seinem Freund schließlich doch übel, daß sie nur auf Knaben versessen waren. Hätten sie sich für diese Nacht nicht mit ihr begnügen können? Und wenn sie schon Frauen nicht mochten, warum gaben sie dann vor, sich so für sie zu interessieren? Ach, Marie-Anne, dieser kleine Dummkopf! Wie konnte sie sie nur in die Arme dieser Päderasten treiben?

«Was findet denn Quentin an Knaben bloß so aufregend», fragte sie angriffslustig, «daß er hierbleibt?»

Schon wollte sie erwähnen, daß sie, als er ihre Knie liebkoste, nicht den Eindruck gehabt hatte, als stießen Frauen ihn ab, als Mario sagte:

«Für den Mann von raffiniertem Geschmack besitzt die Knabenliebe etwas, das man bei den Frauen nur selten findet», sagte er. «Den Reiz des Ungewöhnlichen. In diesem Sinne entspricht sie der Definition des Kunstwerks, die ich

Ihnen am Anfang des Abends gab. In eben dem Maße, in dem die Knabenliebe wider die Natur ist, wie die Schwachköpfe beharrlich verkünden, ist sie für mich erotisch.»

«Liegt es nicht vielleicht ganz einfach in *Ihrer* Natur?»

«Ja, sicherlich», sagte Mario. «Dennoch liebe ich die Frauen. Lange Zeit schien es mir kaum vorstellbar, daß ich mit einem Mann schlafen könnte. Dann habe ich aber lange darüber nachgedacht und schließlich voriges Jahr den ersten Versuch in dieser Richtung unternommen. Ich habe es nicht bereut. Sie sehen, auch ich brauchte Zeit, bis ich zu dieser Erkenntnis kam.»

Auf Emmanuelle stürmten die widersprüchlichsten Gefühle ein, und sie wußte nicht, wieweit sie Mario Glauben schenken sollte.

«Und haben Sie diese ... Kunst dann häufiger praktiziert?»

«Ich bemühe mich immer, daß die Dinge ihren Seltenheitswert behalten: *bis repetita* ... Das besagt, wie Sie wissen, das Gegenteil!»

«Aber haben Sie», insistierte Emmanuelle, «denn in dieser Zeit auch Frauen geliebt?»

Mario brach in Gelächter aus: «Was für eine Frage. Halten Sie mich denn für einen Ausbund an Keuschheit?»

«Viele?» wollte sie wissen.

«Sicher weniger, als ich Liebhaber gehabt hätte, wenn mir das Glück zuteil geworden wäre, eine schöne Frau zu sein.» Und mit galantem Lächeln fügte er hinzu: «Natürlich Männer *und* Frauen!»

Aber Emmanuelle befriedigte diese Antwort nicht: «Wen ziehen Sie vor?» fragte sie, leicht gereizt.

Mario blieb stehen: Sie befanden sich auf dem Hof vor der Bretterbrücke. Er nahm Emmanuelle bei den Schultern und zog sie an sich; sie glaubte, er wolle sie küssen.

«Ich liebe, *was schön ist!*» sagte er mit Nachdruck. «Und schön ist nur das noch nicht Vollbrachte und das schwer Erreichbare. Schön ist das, was man mit einer eigenen und der

Geste eines andern ins Leben ruft und ins Unendliche wirft, bevor es noch seine tote Form anzunehmen vermag.»

*Der Mann und die Frau – eine andere Welt inmitten der erschaffenen Welt.*

«Schön ist, was vor Ihnen noch nicht existiert hat und ohne Sie nicht existieren würde und das Sie nicht mehr in der Hand haben werden, wenn der Tod, diese einzige Ungerechtigkeit, Sie auf dieser Erde, die Sie lieben, niederstreckt.»

*Stolz auf ihr einsames Wissen. Stark durch ihre exemplarischen Absichten.*

«Schön ist der Augenblick, der nichts war und dank Ihnen unvergeßlich ist. Schön ist das Sein, das nichts war und dessen einzigartige Form Sie allein der amorphen Masse und dem amorphen Schicksal abgetrotzt haben.»

*Verführte Verführer, die die Karte der gebahnten Wege zerreißen.*

«Schön ist, wenn Sie Ihre fromme Ehrfurcht vor Ihrer Nation und Ihrem Jahrhundert überwinden und ebenso die Angst, von Ihrer Zeit und Ihren Mitmenschen mit Vorwürfen überschüttet zu werden, die Angst, in Verruf zu geraten. Nur wenn Sie sich weigern, so zu sein, wie Ihre furchtsamen Väter waren, Ihre gesichtslosen Mütter, Ihre heuchlerischen Brüder und Ihre erschlafften Schwestern, kann ein neuer Mensch entstehen.»

*Anders – aber als welche Häßlichkeit?*

*Abgebracht – aber von welcher Dummheit?*

*Entfremdet – aber welcher Herde?*

*Geschlagen – aber um welcher Vergeltung willen!*

*Verbannt – aber in welche Zukunft!*

«Schön ist, wenn Sie, auf Entdeckungen begierig, zum Sprung ansetzen, ohne an die Gefahren zu denken und ohne sich vergangener süßer Stunden zu erinnern, wenn Sie tun, was Sie noch nie versucht haben, und empfinden, was Sie nie wieder empfinden werden, denn als Tage und Nächte Ihres Lebens verdienen nur die gezählt zu werden, die Sie bereichert haben durch eine ungewöhnliche Tat. Und wer im Himmel oder auf der Erde könnte Ihnen die Tage und Nächte zurückgeben, die Sie vergeudet haben?»

*Der Mondschein läßt sie zu Stein werden: die eine Statue, Mario, hält das Bildnis einer Frau in den Armen.*

«Schön ist, sagt der Stein, wenn man alles versucht und nichts zurückweist, wenn man den Mut und die Fähigkeit hat, alles kennenzulernen. Zahllose Leiber nach unserem Ebenbild, Männer oder Frauen, ‹Hölle oder Himmel, was tut's . . . auf dem Grunde des Unbekannten nach dem Neuen suchend!›»

*Und an den vier Ecken des Kreuzwegs leere Stege, gerade, unwirkliche Brücken, alle einander gleich.*

«Schön ist, was in keinem Augenblick den gleichen Ausdruck hat und sich von allem anderen in der Welt unterscheidet.»

*Die schwarzen Haare auf den nackten Schultern gleiten durch die Finger des Kondottiere.*

«Schön ist, das Gegenteil jenes schreckhaften und trägen Herdentiers zu sein, als das man zur Welt gekommen ist.»

*Die breiten Schultern des tatarischen Helden verbergen den Mond.*

«Schön ist, niemals innezuhalten, nicht stehenzubleiben, sich nicht zu setzen, nicht einzuschlafen und sich nie umzudrehen.»

*Die Stunden der Nacht sind dahin, unsichtbar jetzt kreisen die stählernen Gestirne am heller werdenden Himmel.*

«Schön ist, nein zu sagen zu der Versuchung, die Sie unbeweglich macht und lähmt, die Sie bindet oder Ihnen Grenzen setzt. Schön ist, ja zu sagen, immer wieder, bis zur Erschöpfung und darüber hinaus, ja zu sagen zu jener anderen, jener Versuchung, die Sie vervielfältigt und vorantreibt und Sie zwingt, mehr als nur das Ausreichende oder Notwendige zu tun, mehr, als die anderen von Ihnen erwarten.»

*Die dem gelben Licht halb geöffnete Pforte: Schatten dringen hinein, Schatten dringen heraus. Nacht ohne Schlaf.*

«Schön ist, jeden Tag etwas Neues zu entdecken, worüber man staunen kann, einen Grund, sich zu wundern, einen Vorwand, alle Kräfte anzustrengen, um über die Versuchung zu siegen, die alles Erreichte darstellt, um das Gefühl der Sättigung und die Traurigkeit über das Altern zu überwinden.»

*Mein Herz öffnet sich deiner Stimme . . .*

«Schön ist, sich unermüdlich zu *verändern.* Denn jede Veränderung ist Fortschritt, jedes Verharren ein Grab. Genügsamkeit und Verzicht sind nur ein und dieselbe Verzweiflung, und wer innehält und den Versuch, ein anderer zu werden, aufgibt, der hat sich schon für den Tod entschieden.»

*Der Gongschlag, der vom Tempel herübertönt, gedämpft vom Summen der Insekten.*

«Gewiß, es steht Ihnen jederzeit frei, sich für den Frieden der Stelen zu entscheiden und sich, gleich einer wächsernen Jungfrau in ihrem edelsteinbesetzten Schrein, in der Mittelmäßigkeit einer wunschlosen Existenz einzubalsamieren.»

*Zwei Kinder tauchen aus dem Schatten auf und gehen Hand in Hand vorüber.*

«Ich aber, der ich versuche, Sie nicht für den Tod, sondern für das Leben zu gewinnen, ich sage, dann wäre es besser, Sie wären nie geboren. Denn jedes Menschenleben, das der Erstarrung anheimfällt, ist totes Gewicht auf unserem Planeten und hindert den Fortschritt der Menschheit.»

*Es sind Bruder und Schwester. Sie werden einander lieben.*

«Denn dies müssen Sie wissen, Emmanuelle: die künftigen Tage der Erde werden das sein, was die Erfindungskraft Ihres Körpers aus ihnen macht. Wenn aber Ihr Traum seinen Glanz verliert und Ihre Flügel sich wieder schließen, wenn das Unglück es will, daß Ihre Wißbegierde sich erschöpft, daß Ihr Weitblick und Ihre Standhaftigkeit Sie im Stich lassen, daß Sie in Ihrem Willen, zu entdecken und zu erneuern, schwankend werden – dann ist es um die Hoffnungen und die Chancen des Menschen geschehen: in alle Ewigkeit wird dann die Zukunft der Vergangenheit gleichen.»

*Die weiße Ballerina zwischen den Beinen des Kriegers.*

«Ihre Liebe zur Liebe, Emmanuelle, macht Sie zur Braut der Welt. Und darum hängt das Schicksal aller von Ihrer Leidenschaft, von Ihrem Mut und Ihrer Kühnheit ab. Wenn Sie, die allen Menschen versprochene Liebende, auf die Eroberung auch nur eines einzigen Mannes oder einer einzigen Frau verzichten, könnte das bedeuten, daß dieser Mann, diese Frau und alle ihre Nachkommen darauf verzichten, die Lichtjahre und die Sternennebel zu erobern.»

*Marios Stimme bringt das Zirpen der Grillen zum Schweigen.*

«Verstehen Sie, was ich meine? Ich bringe Ihnen nicht die Lust des Augenblicks, sondern die Lust dessen, was noch in weitester Ferne liegt. Das Glück ist nicht dort, wo Sie sind, sondern dort, wohin zu gelangen Sie sich erträumen.»

*In immer noch mehr Arme.*

«O ja, Emmanuelle! Nicht mit Illusionen stille ich Ihren Durst, ich glühe Sie aus mit Wirklichkeit.»

*Inmitten des von den Sternen Alpha aus dem Bootes, Alpha aus der Waage und Alpha aus der Jungfrau gebildeten Dreiecks.*

«Ich lehre Sie nicht das Bequemste, ich lehre Sie das Vermessenste.»

«Nehmen Sie mich. Sie kennen mich noch nicht. Sie werden in meinen Armen eine ungeahnte Lust entdecken.»

Sie war überrascht, daß sich in dem Blick, mit dem Mario sie ansah, soviel Achtung ausdrückte. Er schüttelte den Kopf: «Das wäre zu einfach. Ich will mehr als das: erlauben Sie mir, daß ich Sie führe.»

Sanft schob er sie ein Stück vor sich her.

«So, und nun spielen Sie noch einmal die Akrobatin!»

Fügsam ging sie voran. Als sie an die Kreuzung kamen, entschied sich Mario für einen anderen Weg als den, den sie gekommen waren.

«Ich werde Ihnen etwas höchst Ungewöhnliches zeigen», versprach er ihr.

Gleich darauf kamen sie an einen breiten *khlong* – oder war es ein natürlicher Fluß? –, der sich in großen Windungen dahinzuschlängeln schien. Die Ufer waren von Gras und Unkraut überwuchert.

«Sind wir hier noch in Bangkok?»

«Ja, sogar mitten in der Stadt. Kein Ausländer verirrt sich in diese Gegend.»

Sie gingen jetzt über eine Wiese, und da Emmanuelle mit den Absätzen in der lockeren Erde steckenblieb, zog sie sich die Schuhe aus und ging barfuß weiter.

«Sie werden sich die Strümpfe zerreißen», sagte Mario. «Wollen Sie sie nicht lieber auch ausziehen?»

Emmanuelle war sehr empfänglich für dieses Zeichen der Aufmerksamkeit.

Sie setzte sich auf einen gefällten Baumstamm, der am Wege lag, und schob ihren Rock hoch. Der frische Luftzug erinnerte sie daran, daß Mario noch ihren Slip in seiner Tasche hatte. Das Mondlicht war so hell, daß man ihren Schoß deutlich sehen konnte, als sie ihren Strumpfhaltergürtel abstreifte.

«Ich kann mich an der Schönheit Ihrer Beine nicht satt sehen», sagte Mario. «An Ihren langen, geschmeidigen Schenkeln . . .»

«Ich dachte, nichts vermag Sie lange zu fesseln?»

Er begnügte sich damit, zu lächeln. Sie mochte nicht wieder aufstehen.

«Warum ziehen Sie nicht auch Ihren Rock aus?» schlug er ihr vor. «Sie könnten dann bequemer gehen. Und für mich wäre es ein Vergnügen, Sie so zu sehen.»

Sie zögerte keinen Augenblick, stand auf und löste ihren Gürtel.

«Wo soll ich ihn lassen?» fragte sie, während sie den Rock in die Höhe hielt.

«Legen Sie ihn auf den Baumstamm dort, wir nehmen ihn auf dem Rückweg wieder mit.»

«Und wenn ihn jemand stiehlt?»

«Macht es Ihnen denn etwas aus, ohne Rock nach Hause zu kommen?»

Emmanuelle schwieg. Sie setzten ihren Weg fort. In dieser Mondnacht leuchteten ihre Hinterbacken und ihre Beine trotz der Sonnenbräune unter dem schwarzen Seidenpullover seltsam hell. Mario ging dicht neben ihr und nahm ihre Hand.

«Wir sind da», sagte er schließlich.

Vor ihnen ragte eine niedrige, halb eingestürzte Mauer auf. Mario half seiner Gefährtin, über die Ziegel zu steigen und auf die andere Seite hinunterzuspringen. Als sie den Kopf hob, zuckte sie zusammen. Dicht vor ihnen kauerte eine Menschengestalt. Emmanuelles Hand verkrampfte sich in Marios Hand.

«Haben Sie keine Angst. Es sind friedfertige Leute.»

Sie wollte schon sagen: Aber in meinem Aufzug!, fürchtete jedoch Marios sarkastische Bemerkungen. Ihr Schamgefühl war so heftig, daß sie meinte, keinen Schritt mehr tun zu können. Wäre sie ganz nackt gewesen, hätte sie sich weniger verlegen gefühlt. Mario zog sie unbarmherzig weiter; sie kamen dicht an dem Mann vorbei, der sie mit brennenden Augen ansah. Emmanuelle erbebte.

«Da», sagte Mario und wies mit dem Finger auf einen Baum, «haben Sie schon jemals Ähnliches gesehen?»

Seltsame Früchte hingen an diesem Baum, dessen gewaltiger Stamm von unzähligen Wurzeln und wild wachsenden Lianen umwuchert war. Als sie genauer hinsah, entdeckte sie, daß er voller Phalli hing. Überrascht stieß sie einen Schrei aus. Mario erklärte ihr diesen seltsamen Anblick.

«Es sind Votivbilder und Opfergaben, die sexuelle Potenz oder Fruchtbarkeit schenken sollen. Je größer sie sind, desto reicher sind die Gläubigen – oder desto dringlicher ist die Bitte. Wir befinden uns hier in einem Tempel.»

Bei diesem Gedanken wurde sich Emmanuelle erneut ihrer Blöße bewußt.

«Wenn ein Priester mich hier sieht . . .»

«Ich finde nicht, daß Sie hier in einem dem Priapus geweihten Heiligtum deplaciert wirken», sagte Mario lachend. «Alles, was seinem Kult dient, ist an diesem Ort erlaubt, ja sogar erwünscht.»

«Waren das am Baum da *lingam*?» erkundigte sich Emmanuelle neugierig.

«Nicht direkt. Das *lingam* ist hinduistisch und wird im allgemeinen stilisiert dargestellt: im allgemeinen ist es ein senkrecht in die Erde gerammter Pfeiler, und man muß schon die Augen eines Gläubigen haben, um seine Bedeutung zu erkennen. Hier dagegen läßt man der Phantasie keinen Spielraum. Es sind eher Nachbildungen nach der Natur als Kunstwerke: billiger Kitsch, wie man ihn in der Vatikanstadt findet.»

Die Größe der an den Zweigen hängenden Phalli reichte von der Größe einer Banane bis zu der Größe einer Bazooka, aber bei allen waren die Einzelheiten gleich realistisch nachgebildet. Alle waren aus Holz geschnitzt und bemalt. Ein kleiner kirschroter Fleck schmückte den Harnröhrenausgang. Die Vorhaut war durch tiefe, die Eichel frei lassende Falten dargestellt. Die geschwungene Form des hoch aufgerichteten Gliedes war verblüffend lebendig. Sie hingen zu Hunderten von mehreren Bäumen herab. Hier und da standen in diesem Garten männlicher Ruten hölzerne Ständer mit Wachskerzen: die meisten waren freilich erloschen; doch sah man statt dessen Weihrauchstäbchen, ähnlich denen, die vor einem Buddha-Bildnis oder auf einem Ahnenaltar entzündet werden und deren betäubender Duft einen hier überall verfolgte. Die sich verzehrenden Stäbchen übersäten die Nacht mit roten Punkten.

Beklommen stellte Emmanuelle fest, daß sich mehrere dieser Lichtpunkte bewegten. Menschenhände hielten sie, wie sie in der hellen Nacht schließlich erkannte. Mindestens zehn Männer hockten mit untergeschlagenen Beinen da, so wie der erste, dem sie begegnet waren. Einer von ihnen erhob sich und kam näher. Wenige Schritte vor ihnen kauerte er sich wieder nieder. Ruhe lag in seinem Blick, und er betrachtete sie aufmerksam. Gleich darauf gesellten sich zwei, dann vier weitere zu ihm und ließen sich neben ihm nieder. Einer von ihnen schien fast noch ein Kind zu sein, ein anderer fast ein Greis. Keiner sprach ein Wort. Noch immer hielten sie die wohlriechenden Stäbchen in ihren Händen.

«Wir haben Publikum», sagte Mario scherzend. «Was sollen wir für sie spielen?»

Er nahm einen Phallus von verhältnismäßig kleinen Ausmaßen von einem Baum.

«Ich weiß zwar nicht, ob ich damit ein Sakrileg begehe», sagte er, «aber ich lasse es darauf ankommen. Es sieht nicht so aus, als nähmen sie Anstoß daran.»

Er reichte Emmanuelle das Stück Holz.

«Fühlt es sich nicht angenehm an?»

Sie betastete es.

«Zeigen Sie ihnen, was Ihre Hände damit tun würden, um ihn zu ehren, wäre er lebendig.»

Emmanuelle tat es widerspruchslos; sie hatte schon befürchtet, Mario würde von ihr verlangen, sie solle den hölzernen Phallus bei sich einführen.

Ihre Finger liebkosten diesen Gegenstand der Frömmigkeit, als hoffe sie, ihn zum Orgasmus bringen zu können. Bald nahm sie ihr Spiel so gefangen, daß sie fast bedauerte, sich nicht ihrer Lippen bedienen zu können, aber das Werkzeug war wirklich zu staubig!

Sie merkte, daß sich die Blicke der Männer entflammt hatten. Ihre Gesichter drückten Spannung aus. Mario machte eine Bewegung. Und im selben Augenblick sah sie sein hochaufgerichtetes Glied, größer und röter als der hölzerne Penis.

«Jetzt sollte der Schein vor der Wirklichkeit weichen», sagte Mario. «Mögen Ihre Hände sich dem Fleisch gegenüber als ebenso zärtlich erweisen wie der leblosen Materie gegenüber.»

Emmanuelle legte den Kultgegenstand in ein Astloch (sie hatte nicht gewagt, ihn auf die Erde fallen zu lassen) und ergriff gehorsam Marios Glied. Er wandte sich den hockenden Männern zu, damit sie besser sehen konnten.

Die Zeit stand still. Kein Laut war zu hören. Emmanuelle erinnerte sich an den ‹Humanismus›, von dem Mario ihr im Salon am Ufer des *khlong* gesprochen hatte, und sie praktizierte ihn in einem Maße, daß ihr schwindelte. Sie wußte nicht mehr, ob das Pulsieren in ihrer Hand das Pochen von Marios Glied oder das ihres Herzens war. Sie erinnerte sich an einen seiner Lehrsätze: *ohne zu einem Ende zu kommen!* Und sie bot all ihre Kräfte auf, *um es dauern zu lassen.* Schließlich flüsterte er:

«Jetzt!»

Im gleichen Augenblick wandte er sich dem Baum zu, von dem die priapischen Früchte herabhingen. Ein Strahl von ungewöhnlicher Länge und Dichte schoß durch die Nacht und bespritzte die hölzernen Phalli, die unter seinem Aufprall hin und her schwangen.

«Jetzt müssen wir aber etwas für unsere Zuschauer tun», sagte gleich darauf Mario. «Welcher von ihnen reizt Sie am meisten?»

Emmanuelle brachte vor Entsetzen keinen Laut hervor. Nein, nein! Diese Männer konnte sie nicht anrühren, und sie wollte auch nicht von ihnen angerührt werden . . .

«Ist der Knabe dort denn nicht entzückend?» sagte Mario. «Sogar ich könnte bei ihm schwach werden. Aber heute nacht sollen Sie ihn haben.»

Ohne Emmanuelle weiter zu fragen, winkte er dem Jungen und sagte etwas zu ihm. Langsam und würdevoll stand der Knabe auf und trat ohne die geringste Schüchternheit auf sie zu. Sein Gesicht schien eher Herablassung auszudrücken.

Mario sagte noch etwas, und der Junge zog seine kurze Hose aus. Nackt war er schön, stellte Emmanuelle in all ihrer Verwirrung erleichtert fest. Eine noch jugendliche Rute ragte steif und waagerecht vor ihr auf.

«Saugen Sie und trinken Sie», befahl Mario in einem Tonfall, als handle es sich um etwas Alltägliches.

Emmanuelle fügte sich widerspruchslos. Sie war so bestürzt und verwirrt, daß die Gesten selbst ihr kaum noch Bedeutung zu haben schienen. Der nackte Mann, dem sie auf dem Plankenweg begegnet waren, wäre ihr lieber gewesen ...

Sie kniete in dem dichten, weichen Rasen nieder und nahm das Glied in ihre Hände und schob die Haut, die die Spitze halb bedeckte, zurück. Sofort wurde die zarte Spitze größer. Emmanuelle nahm sie zwischen ihre Lippen, als wolle sie sie erst kosten. Während ihre Hand am Schaft entlangglitt, behielt sie die Spitze einen Augenblick so zwischen den Lippen. Dann schob sie wie in plötzlichem Entschluß die Rute ganz tief in ihren Mund, so weit, daß ihre Lippen den nackten Leib berührten und ihre Nase in den spärlichen Flaum der Schamhaare tauchte. Einen Augenblick verharrte sie so, dann begann sie, ihren Mund gewissenhaft und kunstvoll hin und her zu bewegen.

Doch diese Prüfung war für sie eine Qual, und während der ersten Minuten der Fellatio mußte sie gegen einen Würgereiz ankämpfen. Nicht daß sie es entwürdigend gefunden hätte, mit einem unbekannten Knaben die Gebärden der Liebe zu vollziehen. Hätte Mario sie aufgefordert, das gleiche Spiel im bürgerlichen Salon einer Freundin aus Paris mit einem hübschen blonden, nach Eau de Cologne duftenden Jüngling zu treiben, es hätte ihr zweifellos Vergnügen bereitet. Es hatte übrigens nur wenig gefehlt, und sie hätte ihren Mann vor ihrer Abfahrt aus Paris zum erstenmal betrogen (ohne daß ihr der Gedanke an Betrug gekommen wäre, weil es, mit einem Kind, eher so ausgesehen hätte, als wäre es nur ein Scherz), als sie den Annäherungsversuchen des kleinen, außerordentlich aufgeweckten Bruders einer ihrer Liebhaberinnen nachgab! Sie waren aber gestört worden: dennoch hatte Emmanuelle nicht nur im Geist, sondern auch körperlich Einverständnis gezeigt ... Es hatte sich dann aber keine Gelegenheit mehr ergeben: in diesem Augenblick mußte sie daran denken und gestand sich, daß sie auf eine recht natürliche Weise zu Ausschweifungen neige. Diesem Jungen, der bei ihr einen hingebungsvollen und feuchten Schoß gefunden hatte und schon fast in sie eingedrungen war – ihm hatte sie sich seitdem zehnmal in Gedanken hingegeben. Bei diesem hier war es aber etwas ganz anderes. Er erregte sie überhaupt nicht. Im Gegenteil, er flößte ihr Furcht ein. Außerdem hatte sie anfangs Abscheu empfunden bei dem Gedanken, daß er vielleicht nicht sauber war, sich dann aber zu ihrer Erleichterung daran erinnert, daß die Siamesen sich mehrmals am Tage sorgfältigen Waschungen unterziehen. Doch Vergnügen empfand sie bei diesem Erlebnis nicht. Nur um Marios willen hatte sie getan, was er wollte, aber ihren Sinnen und ihren Neigungen war das fremd . . .

Dennoch zwang sie sich dazu, ihre Arbeit gewissenhaft zu verrichten. Sie wollte diesem Jungen unauslöschlich in Erinnerung bleiben. Hatte ihr Mann ihr nicht versichert, daß es keine Frau auf der Welt gebe, die wie sie ihren Mund in den Dienst der Liebe zu stellen verstand?

Schließlich nahm sie das Spiel so gefangen, daß sie ganz vergaß, wem dieser Penis gehörte, dessen Kraft und Wärme sie zu lieben begann und dessen Eichel sie in ihrer Kehle wühlen und sich einen Platz suchen ließ, wo sie den Höhepunkt ihrer Lust erreichen konnte. Sie fühlte, wie ihre Schamlippen und ihre Klitoris sich regten; endlich schloß sie die Augen und überließ sich ganz ihren Gefühlen. Als ihre Liebkosungen ihren Zweck erreicht hatten, bereitete ihrer Zunge das hervorspritzende Sperma ebensoviel Lust, wie wenn es Jeans Sperma gewesen wäre. Es hatte nur einen anderen Geschmack: den sie genoß. Es war ihr dabei gleichgültig, daß alle diese Männer ihr zusahen: Sie sehnte sich jetzt selbst nach Befriedigung ihrer Sinne. Bevor sich die Rute noch aus ihrem Mund zurückgezogen hatte, fuhr sie leicht mit ihren Fingerspitzen über die Knospe in ihrem Geschlecht und ergab sich in Marios Armen, der sie zum erstenmal auf die Lippen küßte, dem Orgasmus.

«Hatte ich nicht versprochen, Sie Teil um Teil hinzugeben?» sagte er, nachdem sie wieder über die Mauer zurückgestiegen waren. «Sind Sie zufrieden?»

Sie war zufrieden. Dennoch fühlte sie sich noch immer unbehaglich und schwieg.

Er erklärte gedankenverloren: «Es ist für eine Frau sehr wichtig, viel Sperma zu trinken, und zwar an den unterschiedlichsten Quellen.» Seine Stimme wurde auf einmal feurig: «Sie *müssen* all dies tun, weil Sie schön sind», drängte er.

«Kann man denn nicht schön sein und dennoch keusch bleiben?» seufzte sie.

«Gewiß kann man das, aber nur zum eigenen Schaden. Doch wäre es nicht unverzeihlich, wenn man darauf verzichtete, von der eigenen Schönheit Gebrauch zu machen, um das zu erlangen, wonach sich so viele Frauen, denen es an Anmut fehlt, ihr ganzes Leben vergeblich sehnen?»

«Sie glauben also, daß alle Frauen von nichts anderem als von Wollust träumen?»

«Gibt es denn etwas Besseres?»

Der Rock lag noch an seinem Platz. Sie zog ihn wieder an, vermißte aber dann die Ungezwungenheit, mit der sie sich vorher bewegt hatte. Wieder schlugen sie eine andere Richtung ein. Sie fragte sich, wie lange sie noch so gehen würden, aber dann befanden sie sich plötzlich auf einer richtigen Straße.

«Wir wollen einen *sam-lo* nehmen, wenn wir einen finden», sagte Mario.

Emmanuelle hatte dieses selten gewordene Verkehrsmittel noch nie benutzt, und der Gedanke gefiel ihr. Sich im trägen Rhythmus einer Fahrrad-Rikscha unter diesem hellen Himmel dahinschaukeln zu lassen, war ungemein verlockend. Sie gingen einige hundert Meter auf der Straße, ehe sie ein freies Fahrzeug fanden. Der Fahrer (der, wie Mario erklärte, ebenfalls *sam-lo* genannt wurde) saß gedankenverloren auf dem Boden. Als er ihrer gewahr wurde, wies er mit einladender

Geste auf die schmale, mit rotem Moleskin bespannte Sitzbank.

Mario wechselte ein paar Worte mit ihm, wahrscheinlich, um sich mit ihm über den Preis zu einigen, winkte dann Emmanuelle, Platz zu nehmen, und setzte sich neben sie. In dem kleinen Fahrzeug saßen sie dicht aneinandergedrängt. Mario schlang einen Arm um sie, und sie schmiegte sich glücklich an ihn. Sie hatte ihren Rock wieder hinaufgeschoben, da sie wußte, daß er ihre Beine liebte. Das Dreirad fuhr los. Plötzlich kam ihr eine Idee, die sie selbst für phantastisch hielt. Noch nie hatte sie von sich aus etwas Derartiges getan, und noch dazu mitten auf der Straße! Aber sie nahm ihren ganzen Mut zusammen.

Sie wandte sich Mario zu und öffnete Knopf für Knopf seine Hose. Dann ließ sie ihre Hand hineingleiten und nahm das schlafende Glied in ihre Finger. Jetzt erst konnte sie wieder frei atmen.

«Wundervoll, Emmanuelle!» sagte Mario. «Ich bin sehr stolz auf Sie.»

«Wirklich?»

«Ja. Ihre Geste hat Bürgerrecht im Königreich der Erotik, weil der Brauch es will, daß die Männer die Initiative ergreifen und die Frauen alles mit sich geschehen lassen. Eine Frau, die die Initiative ergreift, wenn ein Mann am allerwenigsten darauf gefaßt ist, schafft eine erotische Situation von höchstem Reiz.»

Sie spürte in ihrer Hand, daß Mario ihr nicht nur moralisch zustimmte.

«Denken Sie bei anderen Gelegenheiten auch an diesen Grundsatz», fuhr Mario fort, «und Sie werden Erfolg haben. Auch in solchen Fällen gilt das Gesetz der Neuheit.»

«Was meinen Sie damit?»

Sie begann, Mario sanft zu streicheln.

«Wenn Sie die ständige Geliebte eines Mannes sind und sich vor ihm ausziehen, auch wenn er Sie nicht dazu aufgefordert hat, wo ist da das Unvorhergesehene? Und wo die

Erotik? Wenn aber Ihr Botschafter Ihnen beim Mittagessen einen nur vorübergehend anwesenden Diplomaten vorgestellt und Sie gebeten hat, ihm den Tempel des Liegenden Buddha zu zeigen, und Sie ihn, um ihm nach all den Strapazen der Stadtrundfahrt ein bißchen Erholung zu gönnen, zum Tee in Ihren kleinen Salon bitten, sich neben ihn auf Ihr bestes weißseidenes Sofa setzen und dann ganz einfach Ihre Bluse ausziehen, wobei Sie Ihr Haar in aller Unbefangenheit schütteln, so wird diese spontane Geste Ihrem Gast unauslöschlich im Gedächtnis haften bleiben. Ihr Bild wird ihm noch auf seinem Sterbebett gegenwärtig sein und ihn trösten. Nach einem solchen Schritt stehen Ihnen natürlich noch viele Möglichkeiten offen. Entweder Sie setzen Ihrer eigenen Initiative hier ein vorläufiges Ende und gießen ihm mit nackten Brüsten in aller Förmlichkeit eine Tasse Tee ein, wobei Sie es nicht versäumen sollten, ihn zu fragen, ob er ein oder zwei Stück Zucker nimmt. Es spricht viel dafür, daß er in diesem Augenblick unfähig ist, sich daran zu erinnern. Danach können Sie dann übrigens auch beurteilen, welche Maßnahme als nächste angeraten ist: Wenn er so verwirrt ist, daß er sagt: acht, vierzehn oder einen Meter, dann dürfen Sie nicht von ihm erwarten, daß er den nächsten Schritt tun wird; in diesem Fall sollten Sie sich für zwei Stück Zucker entscheiden und näher an ihn heranrücken. Tun Sie sodann das gleiche, was Sie auch eben bei mir getan haben, und fragen Sie ihn, was er lieber hat: vor oder nach dem Tee zum Orgasmus zu kommen und wie: in Ihrer Hand, in Ihrem Mund oder in Ihrer Scheide. Von da an ist alles übrige dann von untergeordneter Bedeutung. Das Klima ist geschaffen, und das Meisterwerk, wie Sie zu sagen pflegen, ist auf dem besten Wege, zu entstehen. Wenn dagegen Ihr Gast auch nur einen Anschein von Besonnenheit bewahrt hat, dann lassen Sie ihn das Nötige selbst tun, das heißt, gestatten Sie ihm, daß er sich auf Sie stürzt und sich wie der Faun benimmt, den Sie in ihm entfesselt haben: Es wird nur zu Ihrem Vorteil sein. Ein anderes Mal wieder legen Sie zur Abwechslung nicht nur

Ihre Bluse ab, sondern ziehen sich vollkommen nackt aus, bleiben dabei aber doch in jeder Sekunde ganz Frau von Welt und zeigen nicht die flüchtigste Gemütsbewegung. Und wenn Sie dann, während Sie Ihren Rock noch mit der linken Hand festhalten, mit Ihren langen Tänzerinnenbeinen aus ihm herausgestiegen sind und ihn mit allem gehörigen Anstand auf einen Stuhl haben gleiten lassen, wenn Sie Ihr Höschen, falls Sie eines tragen, abgestreift und es in der Orchideenvase in Sicherheit gebracht haben, setzen Sie sich wieder zur Linken des Besuchers und lehnen Sie sich leicht in die Kissen des Sofas zurück, wobei Sie ein Lächeln aufsetzen, ganz so, wie es sich in der guten Gesellschaft gehört. Sollte es sich zeigen, daß Ihr Gast vor Überraschung gelähmt ist, erzählen Sie ihm, damit er sich wieder wohl fühlt, wie zwei mit Macheten bewaffnete Schwarze Sie am Tage vorher vergewaltigt und welche Lust Sie dabei empfunden haben. Beschreiben Sie ausführlich das Geschlecht Ihrer Folterknechte und was sie sich alles mit Ihrem Körper erlaubt haben. Wenn er sich dann immer noch nicht rührt, masturbieren Sie vor ihm. Bei einem dritten Versuch etwa, mit einem ebenfalls hochgestellten Gast, ziehen Sie sich nicht aus, sondern fragen ihn, nachdem Sie die Teekanne in die Hand genommen und bevor Sie sich noch nach seinen Zuckerwünschen erkundigt haben, in völliger Unbefangenheit: Möchten Sie, wenn wir den Tee zu uns genommen haben, mit mir schlafen? Mein Mann kommt erst in einer Stunde nach Hause. Sollte der Betreffende eine ausweichende Antwort geben und eine alte Verwundung, ein am Bett einer Patentante vom Karmeliterorden abgelegtes Gelübde oder eine Bestimmung des Codex Hammurabi, wonach die Sinnenlust vor Sonnenuntergang verboten ist, vorschützen, dann sagen Sie ohne den geringsten Verdruß in der Stimme: Sie haben vollkommen recht – wo hatte ich nur meinen Kopf? Als ich heiratete, habe ich doch selbst gelobt, treu zu sein, und da ich meinen Mann noch nie betrogen habe, ist es sicher passender, wenn ich es auch heute unterlasse. Der Trottel wird sich nie darüber hinwegtrösten können, daß er sich eine so seltene Perle wie Sie hat entgehen lassen. Sollte er überraschenderweise anderen Sinnes werden, dann seien Sie unnachgiebig. Rufen Sie sofort die Polizei, wenn er Ihre Unschuld zu mißbrauchen versucht, damit er zur höchstmöglichen Strafe verurteilt wird. Kein Schwurgericht wird den törichten Auslassungen Glauben schenken, die er zu seiner Verteidigung vorbringt, auch wenn sie die nackte Wahrheit sind!»

Emmanuelle war entzückt, wie groß Marios Glied dank ihrer Bemühungen geworden war. Dennoch sagte sie, ohne den Sarkasmus in ihrer Stimme abzumildern:

«Herr Professor, das, was Sie mir da anempfehlen, entspricht, wenn mich mein Gedächtnis nicht trügt, genau dem, was ich vor weniger als einer Stunde zu Ihnen gesagt habe. Da Sie mich in beleidigender Weise abgewiesen haben, werde ich Sie jetzt dem erstbesten Gendarmen ausliefern.»

Mario lächelte.

«Ihre Hand ist wunderbar», sagte er, «machen Sie bitte so weiter. Meine Liebe, versuchen Sie doch nicht, sich dümmer zu geben, als Sie sind. Sie wissen sehr genau, daß es zwischen der von mir beschriebenen Situation und unseren Beziehungen nicht die geringste Ähnlichkeit gibt.»

Emmanuelle sah zwar nicht, wo der Unterschied liegen sollte, wenn man davon absah, daß sie nicht am Teetisch saßen, verspürte aber keine Lust, mit ihm zu rechten: die Liebkosungen, die sie spendete, entflammten ihre eigenen Sinne, und die Stöße des schlecht gefederten Dreirades auf der holperigen Straße erhöhten ihre Lustgefühle noch.

«Dieser *sam-lo* weiß nicht, was ihm für ein Schauspiel entgeht», bemerkte Mario.

Er pfiff, und sofort wandte der Mann den Kopf: seine Augen wanderten zwischen den beiden Fahrgästen hin und her, und ein breites Lächeln erschien auf seinem Gesicht.

«Wir gefallen ihm», stellte Emmanuelle fest.

«Ja, wir haben einen Komplicen gefunden», sagte Mario. «Das ist auch gar nicht verwunderlich, denn er ist schön. Es gibt eine internationale Freimaurerei der Schönheit. Manche Dinge sind nur Leuten gestattet, die schön sind. In einem Brief an Pierre Brasseur hat Montherlant einmal sehr richtig bemerkt, daß unanständiges Benehmen keineswegs vulgär ist: Prüderie ist Vulgarität.»

«Vor ihm hat Courteline schon gesagt», zitierte Emmanuelle, die sich freute, auch etwas zu wissen: «Die wahre Schamhaftigkeit verbirgt, was nicht schön ist.»

«Schämen Sie sich denn Ihrer Brüste?»

«O nein!»

Mit der Hand, die Mario nicht streichelte, zog sie ihren Pullover aus ihrem Rock und versuchte, ihn sich über den Kopf zu streifen. Mario war ihr behilflich. Dabei mußte sie das hoch aufgerichtete Glied einen Augenblick loslassen.

«Jetzt wünschte ich, wir würden jemandem begegnen», sagte Mario.

«Genügt der *sam-lo* denn nicht als Zeuge?» plädierte Emmanuelle ganz gegen ihren Willen.

«Er ist kein Zeuge mehr, er ist Partei.»

Mario rief ihm wieder etwas zu, und der Siamese drehte sich auf seinem Sattel um. Der Anblick seines halbnackten Fahrgastes schien ihn lebhaft zu beeindrucken, und das Dreirad machte einen plötzlichen Satz zur Seite. Alle drei lachten hellauf. Emmanuelle kam es vor, als sei sie leicht betrunken, doch war schon zu viel Zeit vergangen, als daß es noch die Wirkung des Chianti hätte sein können.

Dem Wunsch Marios wurde entsprochen. Ein Auto überholte sie und bremste heftig. Emmanuelle glaubte, es würde anhalten, und ihr Herzschlag stockte. Der Wagen fuhr jedoch wieder an. Die Gesichter der Insassen hatte man nicht deutlich sehen können.

«Vielleicht Freunde von Ihnen?» sagte Mario mit einem Anflug von Grausamkeit.

Sie erwiderte nichts, ihre Kehle war wie zugeschnürt. Sie wollte sich lieber konzentrieren. Ein zweiter *sam-lo*, in dem zwei amerikanische Marinesoldaten saßen, kam ihnen entgegen: Sie brüllten los beim Anblick, der sich ihnen bot. Mario und Emmanuelle taten, als sähen und hörten sie sie nicht. Die anderen gestikulierten wild in der Luft herum und versuchten, die beiden Fahrzeuge zum Halten zu bringen, aber die *sam-los* machten keinerlei Anstalten dazu und traten beide weiter gleichmütig die Pedale.

«Wo möchten Sie am liebsten zum Orgasmus kommen», fragte Emmanuelle, «in meiner Hand, in meinem Mund oder in meiner Scheide?»

Er antwortete nicht gleich. Sie beugte sich vor, legte ihre Lippen um seinen Penis und ließ ihn tief in ihren Mund gleiten. Sie hörte, wie er zitierte:

*«Solange, bis ich dir sage:*
*Ach, ich kann nicht mehr, mein Leben!*
*Ach, mein Gott, ich kann nicht mehr!*
*Dann nimm dein Mündchen weg,*
*Damit wie tot ich seufze,*
*Dann schenke mir den Rest.»*

Neugierig unterbrach sie ihr Werk und fragte: «Stammt dieses galante Gedicht von Ihnen?»

«Keineswegs», protestierte Mario. «Es stammt aus der *‹Première Journée de la Bergerie›*, einem Werk Ihres Landsmanns Rémy Belleau, aus dem 16. Jahrhundert.»

«Wie überraschend!» sagte sie hell auflachend.

Inzwischen waren sie vor Marios Gartentor angelangt.

Mario löste sich aus den Händen seiner Begleiterin, sprang herab und brachte seine Kleider wieder in Ordnung. Jetzt stieg auch Emmanuelle aus dem Fahrzeug, hielt es aber nicht für notwendig, sich ihren Pullover wieder anzuziehen. Das Mondlicht fiel auf ihre herrlich gewölbten Brüste.

Mario öffnete das Tor. Der *sam-lo* war abgestiegen und wartete scheinbar gleichmütig auf sein Geld. In diesem Augenblick sprang Mario überraschend auf den Sattel, trat kräftig auf die Pedale und war im nächsten Augenblick mitten im Garten. Der Siamese und Emmanuelle sahen sich an und lachten beide gleichzeitig los. Der junge Mann nahm den Scherz seines Fahrgastes heiter auf. Und im Augenblick schien ihn Emmanuelles Körper mehr zu interessieren als sein Dreirad. Sie war die erste, die hinter Mario herlief. Er stand vor der Treppe aus Baumstämmen, die ins Haus führte, und hielt das Fahrzeug triumphierend an der Lenkstange fest.

«Wie närrisch Sie sein können!» schalt die junge Frau ihn zärtlich.

«Wissen Sie, ich liebe auch Ihre Brüste», verkündete er, als handle es sich um eine lange gereifte Entscheidung.

«Da darf ich mich wohl glücklich schätzen!»

Wenn sie es sich auch nicht eingestand, so war sie doch geschmeichelt. Lachend kam der *sam-lo* herbeigeschlendert. Mario sprach zu ihm: Er schien eine richtige Rede vom Stapel zu lassen, mit Betonungen, Pausen und rhetorischen Effekten. Emmanuelle überlegte, was er ihm wohl sagen mochte. Das Gesicht des Siamesen verriet nichts. Dann endlich erwiderte er etwas, wobei er Emmanuelle ansah. Mario fuhr in seiner Rede fort. Der junge Mann nickte zustimmend mit dem Kopf.

«Das wäre abgemacht und mein Held für den Abend gefunden!» sagte Mario dann zu Emmanuelle. «Wieder einmal ein Beweis dafür, daß einem vor der eigenen Tür in den Schoß fällt, was man vergeblich überall gesucht hat!»

«Soll ich darunter verstehen, daß Sie ...»

«Genau das. Finden Sie denn, er sei meiner Gunst nicht würdig?»

Emmanuelle war nahe daran, in Tränen auszubrechen. Marios freundliches Verhalten während der Fahrt hatte sie ganz vergessen lassen, daß er sie im Laufe der Nacht wiederholt zurückgewiesen hatte. Sie hatte eigentlich gehofft, daß er sie, sobald sie erst einmal in seinem Haus wären, in seine Arme schließen würde. Sie war bereit gewesen, wenn er es wünschte, den Rest der Nacht mit ihm zu verbringen, und sie hätte ihm alles gestattet. Und jetzt zeigte es sich, daß sie ihn gar nicht interessierte. Er hatte nur daran gedacht, wie er wohl einen Jungen in sein Bett bekommen könnte! Emmanuelle blickte den *sam-lo* mit tränenverschleierten Augen an: War er denn wirklich so schön? Hatte er nicht das Gesicht eines Boxers? ...

«*Cara!* Quälen Sie sich doch nicht schon wieder unnötig», sagte Mario fröhlich, ihre düsteren Gedanken unterbrechend. «Sie werden schon noch sehen, ich habe eine phantastische Idee. Sie werden mir wieder einmal dankbar sein. Kommen Sie schnell ins Haus.»

Er öffnete die Tür und zog sie an sich, indem er sie um die Taille faßte. Sie ließ es schmollend geschehen. Dennoch war sie froh, daß sie jetzt wieder in dem Salon mit dem Schatten- und Lichterspiel, dem roten Ledersofa und dem herben Geruch des *khlong* war. Draußen schienen nur noch wenige Boote vorüberzukommen. War es so spät – oder so früh? Plötzlich spürte sie, daß sie todmüde war. Was für eine Nacht!

Mario brachte riesige Gläser, in denen Eiskristalle in einem grünen Likör glitzerten.

«Pfefferminzlikör *on the rocks*», verkündete er. «Das wird meinen Liebling wiederaufrichten!»

Sein Liebling? Emmanuelle lächelte bitter. Der *sam-lo* stand steif und unbeholfen in der Mitte des Zimmers. Verlegen nahm er das Getränk, das Mario ihm reichte. Sie tranken alle drei schweigend. Emmanuelle war so durstig, daß sie ihr Glas in einem Zug leerte. Mario hatte recht behalten: Sie spürte geradezu, wie sie wieder auflebte. Unvermittelt setzte Mario sich neben sie, umschlang sie mit seinen Armen und drückte seine Lippen auf ihre linke Brust.

«Ich werde Sie jetzt nehmen», sagte er und wartete ab, welche Wirkung seine Worte haben würden.

Emmanuelle war viel zu erstaunt, um reagieren zu können. Im übrigen war sie von dem, was sie gehört hatte, nicht recht überzeugt.

«Aber ich werde Sie durch diesen schönen Hirtenknaben hindurch nehmen», fuhr Mario fort. «Durch ihn hindurch, im wahrsten Sinne des Wortes. Das heißt, ich werde ihn durchstoßen, um zu Ihnen zu gelangen. Ich werde Sie besitzen, wie Sie noch nie besessen worden sind und wie auch ich noch nie eine Frau besessen habe. Sie werden mir mehr gehören, als je ein Wesen einem anderen gehört hat. Willigen Sie ein?»

Emmanuelle begriff nicht, was er damit sagen wollte, oder vielleicht wehrte sie sich auch unbewußt dagegen, es zu begreifen. Aber nicht einen Augenblick kam ihr in den Sinn, daß sie sich all dem entziehen sollte oder konnte. Was Mario auch von ihr verlangen mochte, sie akzeptierte es. Im Grunde fürchtete sie ja nur, daß er nichts von ihr verlangte. Und so sagte sie: «Machen Sie mit mir, was Sie wollen.»

Zum zweitenmal in dieser Nacht küßte er sie auf die Lippen. Sie war jetzt vollkommen glücklich. Und ungeduldig, daß er endlich über sie verfügte.

«Ihr erster Liebhaber!» rief er begeistert. «Heute nacht werden Sie ihn bekommen.»

Sie schämte sich, daß sie ihn getäuscht hatte, daß sie Mario ihre Erlebnisse im Flugzeug nicht gestanden hatte. Aber war das jetzt noch wichtig? Und da es das erste Mal war, daß es mit ihrer vollen Zustimmung geschah, daß sie ganz bewußt die Ehe brechen *wollte,* war Mario in gewissem Sinne ja wirklich ihr erster Liebhaber.

«Der erste von vielen?» fragte er, als wollte er sich vergewissern, daß sie seine Lehren angenommen hatte.

«Ja», sagte Emmanuelle.

Wie wunderbar, sich so bedingungslos hinzugeben! Die Frau, die sich nur einem einzigen hingibt, kann nicht ermessen, was für einen Schritt es bedeutet, sich auf einmal einer Vielzahl, einer unbegrenzten Zahl von Männern zu versprechen. Keine Frau würde je so sehr Ehebrecherin sein, wie sie es in diesem Augenblick war, wenn sie jetzt ihren Mann zum erstenmal betrog, ihn mit all jenen betrog, die sie in Zukunft begehren würde. Wer sonst konnte dieses Wunder vollbringen?

«Sie sträuben sich nicht mehr?» fragte Mario eindringlich.

Sie schüttelte den Kopf und dachte: Wenn er befehlen würde, ich sollte mich heute nacht zehn Männern hingeben, ich täte es.

Aber er verlangte von ihr ja nur, sich dem *sam-lo* hinzugeben. Sie streifte ihren Rock ab und blieb auf dem Sofa sitzen und lehnte sich in die Kissen zurück, deren Weichheit ihr wohltat. Sie hielt die Beine gespreizt, die Fersen auf den Teppich gestützt, und schlang, als der Mann behutsam in sie eindringen wollte, die Arme um seine Lenden. Als er ganz in ihr war, stellte sich Mario, der bisher an Emmanuelles Seite geblieben war und sie in den Armen gehalten hatte, hinter den *sam-lo*, und seine Hände packten dessen Hüften, und Emmanuelle fühlte, wie sich ihre Hände berührten.

Sie hörte Mario vor Lust aufstöhnen, ja geradezu aufschreien.

«Jetzt bin ich in Ihnen», sagte Mario. «Ich durchbohre Sie mit einem doppelt spitzen Schwert, wie es kein anderer Mann besitzt. Spüren Sie es?»

«Ja, ich bin glücklich», sagte Emmanuelle.

Der harte Penis des Siamesen zog sich etwas aus ihr zurück, kam dann aber unerbittlich wieder und wiederholte diese Bewegung in immer schnellerem Rhythmus. Sie wartete nicht mehr darauf, ob Mario ihr erlaubte, den Höhepunkt der Lust zu erreichen: Sie schrie laut auf; ihr Körper zuckte auf dem weichen, glänzenden Leder. Das Stöhnen der beiden Männer mischte sich in ihr Klagen, und ihr gemeinsamer Lustschrei zerriß die Nacht. Und aus der Ferne antworteten Hunde mit endlosem Bellen. Die drei aber hörten es nicht. Sie lebten in einer anderen Welt. Eine innere Harmonie schien ihr Zusammenspiel zu dritt zu bestimmen wie den Lauf der Räder einer Uhr. Es war ihnen gelungen, eine fugenlose Einheit darzustellen, vollkommener, als es ein Paar je hätte erreichen können. Die Hände des Siamesen preßten Emmanuelles Brüste, und sie schluchzte auf vor Lust, warf ihm ihre Lenden entgegen, damit er noch tiefer in sie eindringen konnte, stammelte, daß sie verrückt sei vor Glück, flehte, sie sollten sie zerreißen – sie nicht schonen und in ihr kommen.

Mario fühlte, daß der *sam-lo* über unerschöpfliche Kräfte gebot, konnte sich selbst aber nicht mehr zurückhalten. Er krallte sich mit den Nägeln in das Fleisch seines Partners, als wolle er ein Signal geben. Dann spritzten beide Männer gleichzeitig ihren Samen, der *sam-lo* in die Tiefe von Emmanuelles Leib, während ihm selbst die Sinne unter einem anderen Ansturm schwanden. Emmanuelle schrie noch lauter als vorher und fühlte, wie in ihrer Kehle der herbe Geschmack des Samens emporstieg, der sie überflutete. Ihre Stimme hallte über das schwarze Wasser, ohne daß jemand hätte sagen können, wem dieser Schrei galt:

«Ich liebe! Ich liebe! Ich liebe!»